U0016794

연세 한국어

활용연습 5

연세대학교 한국어학당 편

연세대학교 대학출판문화원

일러두기

- '연세 한국어 활용연습 5'는 고급용 한국어 교재인 '연세 한국어 5'를 보다 효율적으로 학습해 나갈 수 있도록 하기 위해 개발되었다.

- 연세 한국이 활용연습 5'는 총 10과로 이루어져 있으며, 각 과는 3개의 항으로 구성되어 있다.

- 각 과의 1항과 2항은 어휘, 문법 연습으로 구성되어 교재에 나온 본문 새 어휘와 주제 관련 어휘, 그리고 문법을 충분히 연습할 수 있도록 되어 있다. 어휘 및 문법 연습은 기계적인 방식을 지양하고 가능한 한 유의미한 맥락이나 담화 상황 내에서 연습이 이루어질 수 있도록 구성하였다.

- 3항은 주제 관련 통합 과제 형태의 연습 2개로 구성되어 있다. 각각의 연습은 듣기나 읽기 텍스트를 이해하는 활동으로 시삭하여 말하기나 쓰기를 통한 표현 활동으로 마무리하도록 구성되어 있다.

- 각 과가 끝날 때마다 고급에 적절한 속담, 관용어, 한자성어를 뜻풀이, 예문, 연습 문제와 함께 제시하였다.

- 다섯 과가 끝날 때마다 어휘와 문법의 총 복습문제를 넣어 배운 내용을 정리할 수 있도록 하였다.

- 학생들의 이해를 돕고자 어휘, 문법 각 연습 문제의 1번에는 답을 써 주어 보기와 같은 역할을 할 수 있도록 하였다.

- 책의 뒷부분에는 3항 듣기 연습의 지문과 각 연습문제의 모범 답안을 실어 학생들이 스스로 답을 확인하고 공부하는 데 도움이 되도록 하였다.

- 마지막에는 듣기와 읽기 지문의 출처를 밝혔다.

- 듣기 지문이 녹음된 CD를 첨부하였다.

차례

제1과 언어와 생활

1과 1항

어휘

1. 다음 [보기]에서 빈 칸에 공통으로 들어갈 단어를 골라 쓰십시오.

[보기]	아시다시피	지사	파견	당장	접하다

❶ 지갑을 잃어버려서 (**당장**) 집에 갈 차비도 없어요.
　회사에 급한 일이 생겼나 봐요. (**당장**) 가 봐야겠어요.

❷ 이번 인사에서 김영수 씨를 미국으로 (　　　　)하기로 결정했습니다.
　정부는 남극의 지형과 생물 연구를 위해 남극 세종기지에 연구원들을
　(　　　　)했다.

❸ 잘 (　　　　　) 물가 폭등과 고유가 현상으로 인해 많은 사람들이 어려움을
　겪고 있어요.
　여러분도 (　　　　　) 대한민국은 개인의 자유와 권리가 보장되는 민주주의
　국가입니다.

❹ 요즘엔 인터넷을 통하여 가장 먼저 새로운 정보와 소식을 (　　　　　)는/은/ㄴ
　세상이 되었다.
　해외여행을 하면 다른 나라의 새로운 문화를 (　　　　　)을/ㄹ 수 있어요.

❺ 그 회사의 CEO는 다양한 지역에 해외 (　　　　　)을/를 세울 계획이라고
　발표했습니다.
　이 과장님은 다음 달부터 제주도 (　　　　)에서 일하게 되었습니다.

2. 다음 [보기]에서 각 제목의 내용에 어울리는 단어를 골라 쓰십시오.

[보기]	말하기 : 토론	토의	면접	발표	연설
	듣　기 : 인터뷰	뉴스	강의	설교	

<말하기>

❶ '건전한 청소년 문화 형성 방안'　　　　　　　　　　　(　**토의**　)

❷ '2008년 상반기 대미무역수지 변화'　　　　　　　　　(　　　　　)

❸ '대통령의 대국민담화'　　　　　　　　　　　　　　　(　　　　　)

❹ '안락사, 찬성인가? 반대인가?'　　　　　　　　　(　　　　　)

❺ '2차 국비 장학생 선발'　　　　　　　　　　　　(　　　　　)

<듣기>

❶ '세상의 빛과 소금이 되게 하소서'　　　　　　　(　　설교　)

❷ '올림픽 금메달의 주역을 지금 만나 봅니다'　　　(　　　　　)

❸ '아시아 곳곳 지진 잇따라'　　　　　　　　　　(　　　　　)

❹ '인간 행동의 심리적 이해'　　　　　　　　　　(　　　　　)

| [보기] | 읽 기 : 신문기사 | 칼럼 | 사설 | 전공서적 | 논문 | 평론 | 문학작품 |
| | 쓰 기 : 개요 | 소개서 | 감상문 | 설명문 | 논설문 | | |

<읽기>

❶ '소나기'　　　　　　　　　　　　　　　　　(　문학작품　)

❷ '정치학 개론'　　　　　　　　　　　　　　　(　　　　　)

❸ '늘어나는 암환자, 사회보장 대책 확대해야'　　(　　　　　)

❹ '피아니스트 백건우의 음악세계'　　　　　　　(　　　　　)

❺ '고려시대 혼인제도 연구'　　　　　　　　　　(　　　　　)

❻ '불경기에 여행업계 한숨 푹푹'　　　　　　　　(　　　　　)

❼ '맛 따라 길 따라'　　　　　　　　　　　　　(　　　　　)

<쓰기>

❶ '금요일에 떠나는 낭만적인 드라이브 여행'　　　(　소개서　)

❷ '바둑의 역사'　　　　　　　　　　　　　　　(　　　　　)

❸ '태양 에너지 개발의 전반적인 사업 현황'　　　(　　　　　)

❹ '북한의 인권문제에 더 많은 관심을'　　　　　(　　　　　)

❺ '추격자, 망치처럼 파괴력 강한 스릴러'　　　　(　　　　　)

-을 거라고는 생각조차 못했다

3. 다음을 읽고 '-을 거라고는 생각조차 못했다'를 사용해 문장을 바꾸십시오.

❶ 지난 월드컵 우승팀인 프랑스가 이번 월드컵에서는 예선에서 탈락했습니다.
   지난 월드컵에서 우승했던 프랑스가 예선에서 탈락할 <u>을/ㄹ</u> 거라고는
   생각조차 못했습니다.

❷ 우리 반 1등이던 영수가 이번 시험에서 꼴찌를 했습니다.

   _____ 을/ㄹ 거라고는 생각조차 못했습니다.

❸ 20년 동안 연락이 끊겼던 친구에게서 갑자기 전화가 왔습니다.

   _____ 을/ㄹ 거라고는 생각조차 못했습니다.

❹ 나를 보면 눈인사도 안 하고 피하던 그 남자가 좋아한다는 고백을 했습니다.

   _____.

❺ 따뜻한 사월에 하늘에서 솜사탕 같은 눈이 갑자기 내렸습니다.

   _____.

❻ 미국 대학에서 만난 나이지리아 친구가 한국에 와서 일하게 되었습니다.

   _____.

4. '-을 거라고는 생각조차 못했다'를 사용해 다음 대화를 완성하십시오.

❶ 가 : 어렸을 때부터 영화배우가 꿈이었습니까?
   나 : 저는 너무 수줍은 성격이라서 <u>영화배우가 될</u> 을/ㄹ 거라고는
   생각조차 못 했어요.

❷ 가 : 요즘에 인터넷 상에서 사회적인 문제에 대해 가장 활발하게 댓글을 다는
   사람들은 초등학생들 이래요.
   나 : _____ 을/ㄹ 거라고는 생각조차 못했어요.

❸ 가 : 이번 마라톤 대회에 약 10,000여 명의 사람들이 참가했습니다.
   나 : _____ 을/ㄹ 거라고는 생각조차 못했어요.

❹ 가 : 이번 공연에서 유명 가수와 같이 무대에 오른다면서요?
   나 : _____ 을/ㄹ 거라고는 생각조차 못했어요.

❺ 가 : 옆 집 중학생 소녀가 부모님 없이 동생들과 할머니를 돌보며 산다는
   뉴스를 봤어요.
   나 : _____.

❻ 가 : 저기 바다 위 붉은 빛 노을 보이세요? 마치 한 폭의 그림처럼 아름답지요?
   나 : _____.

-을수록 -어지고는 있지만

5. 다음 표를 보고 대화를 완성하십시오.

시간의 경과	변 화	다른 모습
❶ 시간이 지나다	한국말 실력이 좋다	아직 부족한 점이 많다
❷ 공부하다	문법이 복잡하다	이해하는 데는 별 문제가 없다
❸ 시간이 가다	한국 친구가 많다	마음을 터놓을 친구는 별로 없다
❹ 한국에서 살다	한국 문화에 익숙하다	때로는 이해 못할 때도 있다
❺ 외국 생활을 오래하다	고향에 대한 그리움이 크다	고향 음식을 만들어 먹으며 향수를 달래다
❻ 날이 가다	요리 솜씨가 낫다	제 맛이 안 나다

리포터 : 한국에 오신 지 3년이 되셨다고요? 이제 한국말 실력이 많이 좋아지셨겠군요.

유학생 : ❶ 시간이 지날수록 을수록/ㄹ수록 한국말 실력이 좋아지고는 ~~어지고는/아지고는/여지고는~~ 있지만 아직 부족한 점이 많습니다.

리포터 : 공부할수록 무엇이 가장 어렵습니까? 문법이 가장 어려울 것 같은데요.

유학생 : ❷ _____ 을수록/ㄹ수록 _____ 어지고는/아지고는/여지고는 있지만 _____. 물론 정확히 말하기는 힘들지만요.

리포터 : 한국 친구들도 많이 사귀셨지요?

유학생 : 네, 그렇습니다. 그런데 ❸ _____ 을수록/ㄹ수록 _____ 어지고는/아지고는/여지고는 있지만 _____.

리포터 : 아, 그런가요? 문화의 차이를 극복하기 힘들어서일까요?

유학생 : 아무래도 그렇겠지요. ❹ _____ 을수록/ㄹ수록 _____ 어지고는/아지고는/여지고는 있지만 _____. 그래서 가끔 오해가 생기기도 하지요. 하지만 한국문화를 깊이 이해하기 위해 노력하고 있습니다.

리포터 : 아, 그렇군요. 한국에 오신 지 꽤 되셨는데 고향이 그립지는 않으세요?

유학생 : 네, ❺ _____ 을수록/ㄹ수록 _____ 어지고는/아지고는/여지고는 있지만 _____.

리포터 : 고향 음식 외에 한국 음식도 잘 만드시나요?

유학생 : 하하, ❻ _____ 을수록/ㄹ수록 _____ 어지고는/아지고는/여지고는 있지만 _____.

YONSEI KOREAN WORKBOOK 5

6. 관계있는 것을 연결하고 '–을수록 –어지고는 있지만'을 사용해 한 문장으로 만드십시오.

❶ 그 사람을 만나다 •   • 생활이 편리하다   •   • 아직 치매 수준은 아니다

❷ 가을이 깊어가다 •   • 힘들다   •   • 개인정보 유출문제가 심각해지고 있다

❸ 나이가 들다 •   • 선선하다   •   • 아직도 그 말을 못하고 있다

❹ 과학기술이 발달하다 •   • 기억력이 나쁘다   •   • 이에 대한 대비책도 마련되고 있다

❺ 프로젝트가 진행되다 •   • 환경오염이 심하다   •   • 결과물을 보며 성취감을 느끼다

❻ 인터넷이 보급되다 •   • 헤어져야겠다는 생각이 강하다   •   • 햇살은 여전히 따갑다

❶   그 사람을 만날수록 헤어져야겠다는 생각이 강해지고는 있지만 아직도 그 말을 못하고 있다.

❷   .

❸   .

❹   .

❺   .

❻   .

어휘

1. 다음 [보기]에서 알맞은 단어를 골라 빈 칸에 쓰십시오.

> [보기]   능통하다   모집하다   지원하다   번거롭다   겸손하다

한국어, 일본어, 중국어, 영어, 스페인어 등 5개 국어에 (능통한) 는/은/ㄴ 김영수 씨는 연세 무역회사에서 외국어를 잘하는 인재를 (   )는다는/ㄴ다는/다는 공고를 과 사무실 게시판에서 보고 그 회사에 (   )기로 마음먹었다. 이력서, 자기소개서, 추천서 등 서류를 준비하는 과정이 (   )었지만/았지만/였지만 성실히 준비하여 1차 서류 전형에 합격하였다. 지금은 2차 면접시험을 준비 중인데 자신감 있는 태도와 자기를 낮출 줄 아는 (   )는/은/ㄴ 태도, 두 가지 모습을 동시에 보일 수 있도록 노력하고 있다.

2. 다음 그림을 보고 [보기] 에서 알맞은 호칭을 골라 쓰십시오.

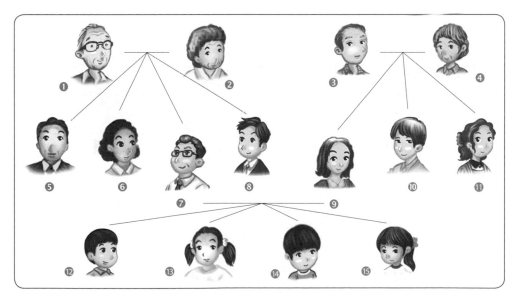

> [보기]   아버지/어머니   아빠/엄마   아버님/어머님   형/누나/언니/오빠
> 큰아버지/삼촌/고모   여보   여보게

1) ❼ → ❷ (어머니), ❼ → ❾ (   ), ❾ → ❶ (   ), ❾ → ❸ (   )

2) ⑮ → ❾ (   ), ⑮ → ❾ (   )

3) ⑬ → ⑤ (   ), ⑬ → ⑥ (   ), ⑬ → ⑧ (   )

4) ❸ → ❼ (   )

이경민 과장

박희정 대리

김영수(평사원)

약혼자 정미선

친구 황철식

[보기]	과장님	박 대리	김영수 씨	영수 씨	영수야

5) ❶ → ❷ (과장님   ), ❷ → ❸ (   )

6) ❸ → ❶ (   ), ❹ → ❶ (   ), ❺ → ❶ (   )

-오, -소, -구려 (하오체)

3. 다음 그림을 보고 '하오체'를 사용해 문장을 만드십시오.

❶ 이곳과 관계된 사람 이외에는 출입하지 마시오.

❷

❸

❹

❺

❻

4. 다음은 영화 '스캔들'의 한 장면입니다. 밑줄 친 부분을 '하오체'를 사용해 바꾸십시오.

조　원 : (놀랍다는 듯) 세상에 이런 인연이…… 이건 필시 내 긴 한숨이 부인을 예까지 ❶ **끌어 들인 것이다.**

숙부인 : (애써 온화한 표정으로 다소곳이) 비켜서시지요.

조　원 : (북받치는 듯) 부인! ❷ **내 말 좀 들어봐라!**

숙부인 : (피할 수 없음을 알고 내외하며)

조　원 : (아랑곳없이 계속 들 뜬 얼굴로) 내 평생 자비를 베풀었을 때 느끼는 희열이 이렇 게 큰 줄은 ❸ **몰랐다.** 부인의 족적을 좇아 이르는 곳마다 기쁨과 축복이 기다리고 있으니, 천국을 보여준 그대에게 내 무엇으로 ❹ **보답을 하면 좋겠니?**

숙부인 : (주위를 의식하며) 제발 그런 말씀 마십시오. 도무지 제게서 무엇을 얻었고, 또 무엇을 보답하신다는 것인지 전 도무지 알아들을 수가 없습니다.

조　원 : (강력하게) 아니오. 부인! 난 진정으로 ❺ **다시 태어난 것 같구나.**

숙부인 : (잠시 알아듣지 못해 아연해하다가 이해하고는 차분하게) 선행을 베풀어 희열을 느끼셨다면 그것은 부호군 나리의 덕행에 대한 보답인 게지요.

조　원 : (덥썩 손을 잡고 열정어린 눈으로) 내가 부인을 사랑할 수 있도록 ❻ **허락해 줘라!**

숙부인 : (소스라치지만 주위 시선을 끌까봐 차마 소리 지르지 못한다) 이게 무슨 짓입니까!

(영화 스캔들 S#26)

---

❶ 끌어들인 것이오.

❷

❸

❹

❺

❻

-네, -나?(-은가?/-ㄴ가?), -게, -세 (하게체)

5. 다음은 조선시대 선비 허균이 절친한 친구 권필에게 쓴 편지입니다. 밑줄 친 부분을 '하게체'를 사용해 바꾸십시오.

> 권형이 강화도에 계실 적에는 한 해에 두어 차례는 서울에 와 우리 집에 며칠씩 머무르곤 했지. 함께 술을 마시며 시를 읊는 것이 큰 즐거움이었는데 권형이 가족과 함께 서울로 이사 오고 난 뒤로는 열흘도 조용히 만나 어울리지 못하니 ❶ <u>오히려 강화도에 있던 날보다 못하다.</u> ❷ <u>이 무슨 까닭이냐?</u> 연못에는 물결이 출렁이고, 버드나무는 ❸ <u>푸른빛이 더욱 짙어졌다.</u> 연꽃은 붉은 꽃잎을 반쯤 터트리고, 푸른 나무가 비취색 해 가리개 위로 ❹ <u>그림자를 드리우고 있다.</u> 마침 동동주가 알맞게 익어 우윳빛으로 항아리에 넘실대고 있으니 ❺ <u>빨리 와라.</u> ❻ <u>함께 맛 보자.</u> 벌써 바람 잘 드는 마루를 닦아 놓고 기다리고 있네.
>
>
>
> (대장부의 삶 p.35 역사의 아침)

❶ 오히려 강화도에 있던 날보다 못하네.

❷

❸

❹

❺

6. '하게체'를 사용해 대화를 완성하십시오.

사위 : 장인어른, 장모님. 그동안 잘 지내셨어요?

장인, 장모 : 아이고, 우리 사위 왔나? ❶ <u>그 동안 별 일 없이 잘 지냈나</u>   ?

사위 : 네, 별 일 없이 잘 지냈습니다. 두 분 모두 건강하게 보이시네요.

장인 : 우리야 ❷ <u>   </u>. 그런데 지영이는 왜 같이 안 왔나?

사위 : 오늘 회사에서 중요한 회의가 있어서 조금 늦는다고 했어요. 조금 있다가
　　　올 겁니다.

장모: 그래? 난 또 같이 안 와서 ❸ <u>   </u>.

사위 : 싸우기는요. 저희가 얼마나 사이좋게 잘 지내는데요. 주위에서
　　　닭살부부라고 부러워들 해요.

장인 : 듣던 중 반가운 소리구먼. 걔가 막내라서 좀 철이 없기는 하지만 착한
　　　아이니 ❹ <u>   </u>.

사위 : 잘 알겠습니다. 너무 걱정하지 마세요. 지영 씨가 저한테 얼마나
　　　잘하는데요.

장모 : 자, 그럼 ❺ <u>   </u>. 자네 주려고 내가 씨암탉을
　　　잡았다네.

읽고 말하기

※ 다음 글을 읽고 질문에 답하십시오.

최근 젊은이들 사이에 '하오체'가 대유행이다. 일부 영화나 방송에서 등장했던 '하오체'를 일상생활에서도 그대로 따라하는 것이다.

'하오체' 유행의 발단은 2003년 여름 안방극장을 뜨겁게 달구었던 MBC 드라마 '다모'였다. 드라마는 '다모 폐인'이라 불리는 방대한 마니아층을 형성하며 인기를 누렸다. 이 퓨전 사극에 등장한 말투 때문에 '예사높임'인 '하오체'는 누구나 예사롭게 사용하는 어미가 되었다.

최근 '하오체'가 화려한 날개짓을 하게 된 것은 KBS오락 프로그램 '상상플러스'의 덕이 크다. 이 프로그램은 사회자가 세대 간에 서로 다른 언어 사용을 주제로 문제를 출제하면 연예인들이 답을 맞혀나가는 형식이다. 특히 '10대가 모르는 어른들 말'이 자주 문제로 출제되는데 이는 대부분 표기나 어법에 관한 것이 많아 시청자의 표준어 학습에 적잖은 도움을 준다는 평가를 얻고 있다.

프로그램 참석자들은 바른 우리말 쓰기를 강조한다는 방송 주제에 걸맞게 서로 '하오체' 형식의 공손한 어법으로 대한다. 입담 재주가 남다른 그들은 서로 '탁 대감', '이 대감', '정 대감'으로 부르며 맛깔스러운 '하오체'의 묘미를 더욱 살리고 있다. '다모'와 '상상플러스' 외에 MBC 드라마 '궁' 역시 기발한 발상과 '하오체' 어법으로 인기를 끌고 있다.

'하오체' 사용의 급증이 긍정적인 문화 확산으로 평가받는 이유는 그 어미가 상대방을 공손하게 떠받드는 의미를 지니고 있기 때문이다. 얼마 전 SBS의 프로그램 '야심만만 만 명에게 물었습니다'에 출연해서 후배 연예인들에게 '~했냐', '~잖아' 등 반말을 써서 물의를 빚은 배우 최민수도 '상상플러스'에 출연해서는 그런 비난을 비껴갔다. 진행자들이 하오체를 쓰다 보니 손님으로 출연한 연예인들도 모두 동화돼 서로 존중하는 말을 썼기 때문이다.

'하오체'의 인기는 인터넷 문화에도 새로운 기운을 불어넣고 있다. 그동안 은어나 비속어 등 상대방을 비하하는 말투들이 인터넷 글쓰기를 심각히 오염시켰다. 그러나 하오체의 부활은 상호 존중하는 인터넷 예절을 세워가는 데 적잖은 기여를 하고 있다.

1. 위 글의 제목으로 적당한 것은 무엇입니까? (   )

   ❶ 사이버 공간에서 나누는 아름다운 언어

   ❷ '하오체'로 나누는 정

   ❸ 요즘 '하오체'가 뜬다 하오
   ❹ 인터넷, 올바른 언어 사용을

2. '하오체' 사용 급증이 긍정적으로 평가받는 이유는 무엇입니까? '하오체'가 인터넷 문화에 기여하는 바는 무엇입니까?

3. 다음은 가수 김광진의 노래 '편지'입니다. 이 노래를 '하오체'로 불렀을 때와 반말로 불렀을 때의 느낌의 차이를 이야기해 봅시다.

여기까지가 끝인가 보오
이제 나는 돌아서겠소
억지 노력으로 인연을 거슬러
괴롭히지는 않겠소
하고 싶은 말 하려 했던 말
이대로 다 남겨두고서
혹시나 기대도 포기하려 하오
그대 부디 잘 지내시오

기나긴 그대 침묵을 이별로 받아두겠소
행여 이 맘 다칠까 근심은 접어두오
오 사랑한 사람이여 더 이상 못 보아도
사실 그대 있음으로 힘겨운 날들을
견뎌 왔음에 감사하오
좋은 사람 만나오
사는 동안 날 잊고 사시오
진정 행복하길 바라겠소
이 맘만 가져가오

※ 다음은 동영상 강의의 일부입니다. 듣고 질문에 답하십시오.

1. 이 이야기의 중심 내용은 무엇입니까? (　　)

❶ 좋은 글을 쓰려면 문법을 잘 외워야 한다.
❷ 좋은 글을 쓰려면 문법을 잘 이해해야 한다.
❸ 좋은 글을 쓰려면 말을 자유자재로 할 수 있어야 한다.
❹ 좋은 글을 쓰려면 좋은 문장을 많이 알고 있어야 한다.

2. 문법은 어떻게 공부해야 합니까? 그 이유는 무엇입니까?

3. 다음 단어를 이용하여 우리가 '문법'을 왜 알아야 하는지 그 이유에 대해 여러분의 생각을 쓰십시오.

생각	말	문법	규칙	문장	글	그릇	매뉴얼	글쓰기

읽기 활용연습

 어휘 연습

1. 다음 단어의 의미를 골라 연결하십시오.

1) 급우 •
2) 펴낸이 •
3) 명예 •
4) 유래 •
5) 보고 •

• 사물이나 일이 생겨남
• 책이나 잡지를 발행한 사람
• 귀중한 물건을 보관해 두는 창고
• 같은 학급에서 함께 공부하는 친구
• 세상에서 훌륭하다고 인정되는 이름이나 자랑

2. 빈칸에 공통으로 들어갈 단어를 쓰십시오.

| 야무지다 | 만만하다 | 성급하다 | 들추어 보다 | 망신을 당하다 |

1) ㄱ. 횡단보도는 _____ 게 건너면 안 된다.
   ㄴ. _____ 게 일을 처리하다가 오히려 실수할 때가 있다.

2) ㄱ. 그 사람은 일을 _____ 게 하기 때문에 안심하고 일을 맡길 수 있어.
   ㄴ. 친구 딸은 똑똑하고 _____ 어서/아서/여서 객지에서도 혼자 잘 살것 같다.

3) ㄱ. 사람들 앞에서 잘난 척을 했다가 도리어 _____ 었다/았다/였다.
   ㄴ. _____ 기 전에 솔직하게 말하는 것이 좋을 것이다.

4) ㄱ. 다음 경기에서 싸우게 될 팀도 _____ 은/는/ㄴ 상대가 아니어서 마음을 놓을 수 없다.
   ㄴ. 이 일이 _____ 어/아/여 보이지만 보기와 달리 쉽지 않다.

5) ㄱ. 책을 읽을 때 사전을 _____ 은/는/ㄴ 습관은 매우 유용하다.
   ㄴ. 일자리를 구하려고 신문을 _____ 었/았/였지만 마음에 드는 곳 이 없었다.

3. 다음 문제를 보고 답을 쓰십시오.

1) 보기와 같이 연결하고 알맞은 단어를 골라 빈칸에 쓰십시오.

	•들어가다 →	갓 들어가다
갓	•굽다 →	
	•낳다 →	
	•졸업하다 →	

	•뒷장 →	맨 뒷장
맨	•위, 아래, 앞 →	
	•끝 →	
	•먼저, 나중 →	

❶ ( )는/은/ㄴ 빵 냄새에 군침이 돌았다.

❷ 이번 신입 사원 중에는 대학을 ( )은/ㄴ 사람이 많다.

❸ 우리 회사에서 ( ) 출근하는 사람은 사장님이나.

2) 다음 표현의 의미를 골라 연결하고 문장을 완성하십시오.

꿀 먹은 벙어리 • • 현 상태로는 무용지물이다

구슬이 서 말이라도 꿰어야 보배 • • 말을 하지 않는다

❶ 아무리 좋은 생각이 많아도 .... 라고 작품으로

나타나지 않는다면 소용이 없을 것이다.

❷ 몇 명의 직원을 명예퇴직 시키자고 하자 모두가 .... 이/가 되었다.

3) 다음 가운데 관계가 있는 것을 모두 골라 쓰십시오.

기운차다	배꼽 빠지게 웃다	당당하다
자신 있다	큰 소리를 내다	깔깔대다

의기양양하다 ....

포복절도하다 ....

1. 글쓴이가 이 글을 쓴 이유는 무엇입니까? (   )

　❶ 국어사전의 필요성을 주장하기 위해서

　❷ 어린 시절의 실수한 경험을 소개하기 위해서

　❸ 사전을 찾으며 읽는 어려움을 호소하기 위해서

　❹ 사전 찾기의 중요성을 이야기하기 위해서

2. 다음은 이 글의 짜임을 정리한 것입니다. 빈칸에 알맞은 말을 넣으십시오.

처음	● 중학교 1학년 때

　　　산촌에서 자라 시내 중학교에 입학했을 때 키가 작았다.

　　　그러나 ＿＿＿＿＿＿＿＿＿＿＿＿＿＿＿＿＿＿＿＿＿＿＿

중간	● 국어시간에

　　　선생님이 ＿＿＿＿＿＿＿＿＿＿＿＿＿＿＿＿ 냐고 물으셨다.

　　　나는 ＿＿＿＿＿＿＿＿＿＿＿＿＿＿ 이라고 대답했다.

　　　선생님께서 웃으시며 ＿＿＿＿＿＿＿＿ 이라고 이야기하셨다.

　　　나는 ＿＿＿＿＿＿＿＿＿＿＿＿ 이라는 별명을 얻었다.

　　　그 후로 국어사전을 찾아보는 습관이 생겼다.

끝	● 나는 사전을 자주 이용한다.

　　　사전을 찾는 일은 ＿＿＿＿＿＿＿＿＿＿＿＿＿＿＿＿＿＿

　　　사전이 있어도 사전을 찾아보지 않으면 ＿＿＿＿＿＿＿＿

　　　책을 읽으며 사전을 찾아보는 일은 ＿＿＿＿＿＿＿＿＿＿

3. 다음을 읽고 맞으면 O표, 틀리면 X표 하십시오.

　　1) 글쓴이는 조용하고 소심한 아이였다.　　　　　　　　(　　　)

　　2) 글쓴이는 검정필이 사람 이름이라고 생각했다.　　　　(　　　)

　　3) 글쓴이는 소설가이기 때문에 사전을 자주 찾는다.　　　(　　　)

써 봅시다

1. 책 읽기에 관한 여러분의 경험을 글로 써 봅시다. 다음과 같이 글의 짜임새를 완성해 보십시오.

제목 : 예) 책을 읽는 즐거움

처음 ●초등학교 시절
　　　책 읽기를 좋아해서 동화책, 위인 전기, 세계 문학 등을 많이 읽었다.

중간 ●중, 고등학교 시절
　　　공부에 대한 압박으로 책을 읽을 시간이 부족했고 책을 읽을 때
　　　빠른 속도로 읽게 되이 그 때부터 건성으로 읽는 습관이 생겼다
　　　●대학교 입학 후 학회 가입
　　　학회에서의 책 읽기는 남에게 아는 척하기 위한 책 읽기였다.

끝 ●학회 탈퇴 후 현재
　　　책 읽기가 즐거워졌고 많은 잭을 자유롭고 깊이 있게 읽고 싶다.

제목 : ....

처음 ● ....
　　　.. .

중간 ● ....
　　　.. .
　　　● ....
　　　.. .

끝 ● ....
　　　.. .

2. 위의 짜임새를 바탕으로 자신의 경험을 써 보십시오.

1. 글쓴이는 속독에 대해 어떻게 생각합니까?

2. 글쓴이의 새해 계획은 무엇입니까?

속담 1

1. 개구리 올챙이 적 생각 못 한다
나중에 잘 된 후에 옛날에 잘 하지 못 했을 때나 어렵게 지내던 때의 일을 생각하지 않고 잘난척 할 때 쓰는 말.

- 김 과장, 개구리 올챙이 적 생각 못 한다고 자네도 신입 사원 시절에는 똑같은 실수를 했었잖나. 그러니 너무 나무라지 말게.

2. 개똥(쇠똥)도 약에 쓰려면 없다
아무리 하찮고 흔하던 물건도 정작 필요할 때 찾으면 없다는 말.

- 개똥도 약에 쓰려면 없다고 지갑 속에 늘 가득 차 있던 동전들이 오늘 따라 없네. 커피 좀 마시려고 했더니.

3. 과부 사정 홀아비가 안다
남의 곤란한 처지는 직접 그 일을 당해 보았거나 같은 처지에 놓여 있는 사람이 잘 안다는 뜻.

- 과부 사정은 홀아비가 안다고 소아 백혈병 환자를 둔 부모들의 모임에 나가 이야기를 나누면서 위로를 많이 받아요.

4. 꿩 대신 닭
꼭 적당한 것이 없을 때 그와 비슷한 것으로 대신하는 경우를 비유적으로 이르는 말.

- 멜론 값이 너무 비싸서 몇 번을 들었다 놨다 하다가 꿩 대신 닭이라고 결국 참외 몇 개를 사왔다.

5. 남의 떡이 커 보인다
남이 하는 일이나 남이 가진 물건이 자기 일이나 자기가 가진 물건보다 더 낫다고 생각함.

- 남의 떡이 커 보인다고 친구가 시킨 음식이 늘 더 맛있어 보인다.

6. 떡 본 김에 제사 지낸다
우연한 좋은 기회가 생겼을 때 생각하던 일을 해 버린다는 말.

- 약속 때문에 찻집에 갔는데, 찻집 옆에 카센터가 있길래 떡 본 김에 제사 지낸다고 2주 전부터 고친다 고친다 하면서 바빠서 못 고치고 있던 자동차 창문을 손봤다.

7. 똥 묻은 개가 겨 묻은 개 나무란다

큰 결함이나 잘못이 있는 사람이 오히려 대단치 않은 남의 잘못을 보고 나무란다는 말.

- 똥 묻은 개가 겨 묻은 개 나무란다고 너는 네 방 청소도 안 하면서 책상 좀 지저분한 걸 가지고 동생한테 잔소리를 하니?

8. 말이 씨가 된다

늘 말하던 것이 마침내 사실대로 되었을 때를 이르는 말.

- 말이 씨가 된다고 동생에게 이번 승진자 발표에서 떨어질 테니 다른 회사 알아보는 게 좋을 거라고 농담을 했는데 정말로 떨어져서 동생 보기가 미안했다.

9. 말 한 마디로 천 냥 빚을 갚는다

말만 잘하면 어려운 일이나 불가능해 보이는 일도 해결할 수 있다는 말.

- 말 한 마디로 천 냥 빚을 갚는다는 속담처럼 진심 어린 말 한 마디가 큰 힘을 발휘할 때가 있다.

10. 매도 먼저 맞는 게 낫다

이왕 겪어야 할 일이라면 아무리 어렵고 괴롭더라도 먼저 치르는 편이 낫다는 말.

- 매도 먼저 맞는 게 낫다고 내가 첫 번째로 예방주사를 맞겠다고 나섰다.

속담 연습 1

1. 시어머니 : 애야, 요즘 감기가 유행이라는데 우리 손자들은 건강하니 정말 다행이구나.

며 느 리 : 네, 어머니. 그런데 이러다가 한창 추울 때 걸리는 건 아니겠죠?

시어머니 : 쯧쯧쯧, ＿＿＿＿＿＿＿＿＿＿＿＿＿＿＿＿＿＿＿＿ 는다고/ㄴ다고/다고 그런 말은 하는 게 아니란다.

2. 아 들 : 엄마, 진수는 네 살인데 아직도 오줌을 못 가리네요.

엄 마 : ＿＿＿＿＿＿＿＿＿＿＿＿＿＿＿＿＿＿＿＿＿ 네. 넌 일곱 살까지 이불에 지도 그렸어.

3. 선생님 : 인터뷰조사 발표 순서를 정해야 하는데, 첫 번째로 누가 발표할 거예요?

리 에 : ＿＿＿＿＿＿＿＿＿＿＿＿＿＿＿＿＿＿ 는다고/ㄴ다고/다고 제가 먼저 할게요. 먼저 하고 나야 마음이 편하지요.

4. 아 들 : 엄마, 선생님이 내일 미술 시간에 쓸 빈 깡통 준비해 오라셔.

어머니 : 빈 깡통? 쓰레기통에서 찾아 봐. 많이 있을 거야.

아 들 : 엄마, 아무리 찾아봐도 없는데.

어머니 : ＿＿＿＿＿＿＿＿＿＿＿＿＿＿＿＿＿＿ 는다고/ㄴ다고/다고 그렇게 많던 깡통이 필요할 때는 하나도 없구나.

5. 김감독 : 박 감독님, 선수들이 정말 잘 치더군요. 타자들 폼도 좋고 타격도 좋고. 지난 번에 보니까 다들 훈련에 정말 열심이던데요. 탐나는 선수들이에요.

박감독 : ＿＿＿＿＿＿＿＿＿＿＿＿＿＿＿＿＿＿＿ 어/아/여 보이는 거예요. 내가 보기엔 김 감독 팀 선수들이야말로 최고던데요.

6. 희 정 : 다음 주에 있는 발표 준비 다 했어? 사진 자료도 많이 찾았잖아.

지 영 : 사진 편집을 아직 못 해서 내일 친구한테서 프로그램을 받기로 했어.

희 정 : 지금 이 프로그램도 사진 편집 프로그램인데.

지 영 : 그래? ＿＿＿＿＿＿＿＿＿＿＿＿＿＿＿＿＿＿＿＿ 는다고/ ㄴ다고/다고 이 컴퓨터 잠깐 써도 될까? 한 30분이면 될 것 같아.

7. 명　숙 : 경제가 어려운 가운데에서도 개인들의 기부가 늘었대.

은　희 : 글쎄 말이야. 요즘 경제가 너무 안 좋아서 모금액 목표를 낮춰 잡았다는데.

명　숙 : ....는다고/
ㄴ다고/다고 넉넉지 않은 사람들이 오히려 어려운 이웃에게 애정과 관심을 더 쏟기 때문일 거야.

은　희 : 그런 얘기를 들으니 마음이 훈훈해지네.
아직은 우리 사회가 건강하고 희망이 있다. 그렇지?

8. 제이슨 : 에리 씨는 왜 자주 지각해요? 신생님께서 교실에 늦게 들어오면 다른 학생들에게 방해가 되니까 일찍 오라고 하셨잖아요.

에　리 : ....는다고/
ㄴ다고/다고, 그러는 제이슨 씨는 왜 수업시간마다 몇 번 씩 전화기 들고 들락날락 해요?

9. 아　내 : 내일 아버님께서 올라오신다고 하니 1박 2일 설악산 등반 여행은 다음으로 미뤄야 겠네.

남　편 : 그래야겠지? 당신 섭섭하겠다. 우리 ....
이라고/라고 동네 앞 산이라도 오를까?

10. (경미한 추돌 사고 후에 두 운전자가 차에서 내렸다)

뒤차운전자 : 차도 사람도 문제 없어 보이는데요. 그냥 가시죠.

앞차운전자 : 아닌데요, 저도 병원에 가서 검사를 해 봐야겠고, 여기 범퍼가 조금 긁혀서 도색을 다시 해야겠는데요.

뒤차운전자 : 뭐라고요? 꼭 그렇게까지 해야 합니까?

앞차운전자 : ....는다는/
ㄴ다는/다는 말도 있는데, 먼저 미안하다는 사과부터 했어야죠.
견적 나오면 연락 드릴 테니, 연락처 주세요.

제2과 직업과 직장

2과 1항

어휘

1. 다음 [보기]에서 알맞은 단어를 골라 빈 칸에 쓰십시오.

> [보기] 통계청 적성 경쟁 뚫다 가치관 고려하다 소신 보람

❶ 이 직종은 인기가 많아서 (경쟁)이/가 치열하다.

❷ 인구 조사를 실시하는 일은 (   )에서 하고 있다.

❸ 그 영화배우는 치열한 경쟁을 (   )고 주연을 맡았다.

❹ 저는 내성적인 성격이라서 사람을 많이 만나는 영업직은 (   )에 안 맞아요.

❺ 열심히 일한 (   )도 없이 실패하고 말았다.

❻ 올바른 (   ) 형성을 위해서는 올바른 교육이 필요하다.

❼ 남의 눈치를 보지 말고 (   )껏 밀고 나가세요.

❽ 직업을 선택하는 것은 중요한 일이니 여러 가지 조건을 잘 (   ) 어서/아서/여서 결정 하세요.

2. 다음 [보기]에서 관계있는 단어를 골라 쓰십시오.

> [보기] 적성 : 언어 능력   수리 능력   공간 지각 능력   운동 조절 능력
>
> 가치관 유형 : 이론형   경제형   심미형   사회사업형   권력형   종교형

<적성>

❶ 말재주가 있고 글을 잘 쓴다.   (언어 능력)

❷ 운전을 잘 하고 3차원 영상 게임을 잘 한다.   (   )

❸ 계산을 잘 하고 수학 문제를 잘 푼다.   (   )

❹ 공을 잘 던지고 받으며 몸의 균형을 잘 잡는다.   (   )

<가치관 유형>

❶ 국회의원 (권력형)

❷ 고아원 원장 ( )

❸ 목사 ( )

❹ 화가 ( )

❺ 교수 ( )

❻ 펀드 매니저 ( )

[보기]	성격 유형 :	사고형	행동형	고독형	사교형	냉정형
		흥분형	순종형	지배형	안정형	독립형

<성격 유형>

❶ 사람들과 함께 있기보다는 혼자 있는 것을 좋아한다. (고독형)

❷ 내 주장을 내세우기보다는 다른 사람의 의견을 쫓아가는 성격이다.

( )

❸ 사람들과 잘 사귀고 사람들과 함께 있는 것을 좋아한다. ( )

❹ 깊이 생각하고 탐구하는 것을 좋아한다. ( )

❺ 작은 일에 쉽게 화가 나며 감정 변화가 심한 편이다. ( )

❻ 어느 조직에서나 지도자가 되려고 하며 다른 사람에게 큰 영향력을
행사하려고 한다. ( )

❼ 큰 일이 생겨도 감정의 변화가 별로 없으며 항상 합리적이고 차분하다.

( )

❽ 어떤 일을 생각하거나 계획하면 곧바로 실행에 옮기는 성격이다.

( )

❾ 거의 모든 일을 스스로 해결하려고 한다. ( )

❿ 새로운 일에 도전하는 것보다는 익숙한 일을 계속하는 것이 좋다.

( )

문법

-음에도 불구하고

3. 관계 있는 것을 연결하고 '–음에도 불구하고'를 사용해 한 문장으로 만드십시오.

❶ 의학이 눈부시게 발전했다 •

• 교통사고는 줄어들지 않고 있다.

❷ 교통사고를 방지하기 위해 과속 방지 감시 카메라를 곳곳에 설치했다. •

• 국내 석유값은 떨어지지 않고 있다.

❸ 대규모 군중이 시위에 참여했다 •

• 여전히 불치병으로 죽어가는 사람들이 있다.

❹ 그 노래가 인기가 많았다 •

• 그 화가는 생전에는 사람들로부터 인정을 받지 못했다.

❺ 국제 유가가 하락하고 있다 •

• 불법 복제로 인해 음반 제작사는 이익을 내지 못했다.

❻ 아름답고 훌륭한 작품을 많이 만들었다 •

• 시위는 큰 혼란 없이 끝났다.

❶ 의학이 눈부시게 발전했음에도 불구하고 여전히 불치병으로 죽어가는 사람들이 있다.

❷ _____ .

❸ _____ .

❹ _____ .

❺ _____ .

❻ _____ .

4. '–음에도 불구하고'를 사용해 다음 대화를 완성하십시오.

❶ 가 : 그 부부는 사이가 아주 나쁘다면서요? 그런데 왜 이혼을 하지 않지요?
   나 : 그 부부는 부부 사이에 심각한 문제가 있음에도 불구하고 아이들 때문에 이혼하지 않고 있어요.

❷ 가 : 그 선수가 부상을 당했다면서요? 그래서 경기를 포기했나요?
   나 : 아니에요. _____ .

❸ 가 : 이번에 강력한 태풍으로 인해 피해가 컸지요?
   나 : 아니에요. _____ .

❹ 가 : 김 과장님은 실력이 뛰어나니까 이번에 승진했겠지요?
　　나 : 아니에요. _____ .

❺ 가 : 요즘은 경기가 나쁘니까 고가의 제품은 잘 안 팔리겠지요?
　　나 : 아니에요. _____ .

❻ 가 : 그 소설가는 암에 걸렸다면서요? 이제 소설 쓰는 게 어렵겠어요.
　　나 : 아니에요. _____ .

-도 -거니와

5. 다음은 방송국 대담 프로그램의 내용입니다. 대화를 읽고 '-도 -거니와'를
　사용해 문장을 바꾸십시오.

사회자 : 오늘은 김 교수님과 함께 <현대 사회의 제 문제>라는 책을
　　　　중심으로 여러 가지 사회 문제들에 대해 이야기를 나누어 보도록
　　　　하셨습니다. 김 교수님, 먼저 이 책의 장점을 무엇이라고 보십니까?
　　　　풍부한 내용이 장점 아니겠습니까?
김교수 : 네, 그렇습니다. ❶ <u>이 책은 내용도 풍부하고 재미도 있습니다.</u>
　　　　게다가 ❷ <u>현대 사 회의 문제를 짚어내는 저자의 통찰력도</u>
　　　　<u>대단합니다.</u> 그리고 제시된 대안도 탁월 하다고 할 수 있지요.
사회자 : 이 책에서는 과학 기술이 가져오는 윤리 문제를 중요하게 다루고
　　　　있지요?
김교수 : 그렇습니다. ❸ <u>윤리 문제를 다룰 뿐만 아니라 노동과 복지, 환경</u>
　　　　<u>문제까지도 논 의하고 있지요.</u>
사회자 : 그럼, 먼저 고령화 사회가 가져올 문제에 대해서 이야기를 나누어
　　　　볼까요? 먼저 고령화 사회로 진입하면 복지 비용이 많이 들겠지요?
김교수 : 네, 그렇습니다. ❹ <u>복지 비용도 많이 들고 노동할 수 있는 인구가</u>
　　　　<u>줄어들어 사회 전체의 생산력이 떨어집니다.</u> 이로 인해 경제 성장이
　　　　어려워지지요.
사회자 : 네, 참 생각할수록 심각한 문제로군요. 사회의 고령화는 저출산
　　　　때문이지요?
김교수 : 네, 그렇습니다. ❺ <u>저출산도 그 한 요인이지만 의학과 과학 기술의</u>
　　　　<u>발전으로 인간 수명이 연장된 것도 한 요인이지요.</u>
사회자 : 그렇다면, 우리 사회에 저출산이라는 사회 현상이 나타나는
　　　　이유는 무엇일까요? 아무래도 양육비와 교육비 문제 때문이
　　　　아닐까요?
김교수 : 그렇습니다. ❻ <u>양육비와 교육비 문제도 그 원인이지만 여성들의 사회</u>
　　　　<u>진출, 가치관의 변화 등도 그 원인이 될 수 있겠지요.</u>

---

❶ 이 책은 내용도 풍부하거니와 재미도 있습니다.

❷ _____.

❸ _____.

❹ _____.

❺ _____.

❻ _____.

6. '-도 -거니와'를 사용해 다음 대화를 완성하십시오.

❶ 가 : 저는 사회사업을 하고 싶어요. 사회사업가가 되려면 사회를 위해 헌신하고자 하는 마음이 있어야겠지요?

　 나 : 사회사업가가 되려면 <u>헌신적인 마음</u> 도 <u>있어야 하</u> 거니와 <u>인간에 대한 따뜻한 마음</u>도 있어야 해요.

❷ 가 : 저는 정치 지도자는 리더십이 있어야 한다고 생각해요.

　 나 : 정치 지도자는 _____ 도 _____ 거니와 _____.

❸ 가 : 아이들에게 줄 음식을 만들었는데 영양에 신경을 쓰다 보니 맛이 없었어요.

　 나 : 아이들에게 줄 음식은 _____ 도 _____ 거니와 _____.

❹ 가 : 이번에 출시된 친환경 자동차의 장점은 아무래도 대기 오염을 줄일 수 있다는 점이겠지요?

　 나 : 네, 친환경 자동차는 _____ 도 _____ 거니와 _____.

❺ 가 : 이번에 새로 나온 약은 효과가 빠르다면서요?

　 나 : 네, _____.

❻ 가 : 지난번 출장은 날씨도 나쁘고 일정도 빡빡해 고생하셨다고 들었는데, 이번 출장은 어떠셨어요?

　 나 : _____.

어휘

1. 다음 [보기]에서 알맞은 단어를 골라 빈 칸에 쓰십시오.

[보기]	동향 분석	대형 할인점	전문매장	응하다	사은품
	증정하다	빈틈없다	일처리	단합대회	날을 잡다

우리 슈퍼마켓 바로 옆에 저렴한 가격으로 다양한 물건을 많이 판매하는 (대형 할인점) 이/가 문을 열었다. 그래서 우리는 가게 문을 닫고 다양한 종류의 와인을 전문적으로 취급하는 와인 (   )을/를 열기로 했다. 먼저 이 지역 주민들의 와인 취향과 와인 소비 성향을 조사하기 위해 소비자 (   )을/를 하기로 했다. 설문 조사를 실시하고, 설문 조사에 (   )는/은/ㄴ 고객에게는 정성의 표시로 작은 (   )을/를 줄 예정이다. 그리고 영업 첫날 첫 번째 손님에게는 상품권을 (   )기로 했다. 실수를 하지 않기 위해 (   )이 준비하느라 우리는 모두 매우 힘들었다. 그래서 쌓인 피로도 풀 겸 서로 간의 친목도 도모할 겸 (   )을/를 하기로 했다. 매장 문을 열기 일주일 전으로 (   )었다/았다/였다. 이 일은 (   )을/를 잘하는 김영수 씨가 맡았다.

2. 다음 [보기]에서 각 업무와 관련된 부서를 골라 쓰십시오.

[보기]	총무부	기획부	인사부	영업부	자재부	경리회계부	홍보부

❶ 제품을 판매한다.   (영업부)

❷ 생산 자재와 관련된 업무를 한다.   (   )

❸ 경영 전략을 짜고 기획을 한다.   (   )

❹ 비품을 관리하고 행사를 준비한다.   (   )

❺ 각종 비용을 처리한다.   (   )

❻ 인력을 양성하고 평가한다.   (   )

❼ 상품 광고와 관련된 일을 한다.   (   )

-에다가 -까지

3. '-에다가 -까지'를 사용해 다음 단어들을 연결하여 문장을 만드십시오.

❶ 더운 날씨/냉장고/에어컨/고장 나다/고생하다

→ 더운 날씨에 냉장고에다가 에어컨까지 고장이 나서 고생했어요.

❷ 이번 경기/선수들의 부상/심판의 편파판정/심하다/경기에 지다

→ ....

❸ 그 환자/고혈압/ 당뇨병/있다/조심하다

→ ....

❹ 지난 주말/신호위반/속도위반/하다/벌금이 많이 나오다

→ ....

❺ 그 사람/뛰어난 실력/겸손한 태도/갖추고 있다/위아래로 인정받다

→ ....

❻ 그 논술문/논리적 구성/문장력/갖추다/최고 점수를 받다

→ ....

4. 다음을 읽고 '-에다가 -까지'를 사용해 문장을 바꾸십시오.

김연세 감독이 출품한 영화가 부산 국제 영화제에서 대상을 받았다. ❶ **김 감독의 영화는 독창성뿐만 아니라 예술성을 갖춘 뛰어난 작품으로 평가를 받았다.** ❷ **이 영화는 독특한 이야기 전개와 화려한 영상으로 깊은 인상을 남겼다.** 또한 김 감독은 상당한 상금을 받게 되었고 수상작은 세계 각국의 영화 시장에 진출하게 되었다. 이에 따라 ❸ **김 감독은 국제적인 명성은 물론 적지 않은 부를 얻게 되었다.**

---

❶ 김 감독의 영화는 독창성에다가 예술성까지 갖춘 뛰어난 작품으로 평가를 받았다.

❷ ....

❸ ....

❹ 유가 상승과 달러 약세가 겹쳐서 경제 상황이 나빠지고 있다. 여기에 **❺** 작년부터 시작된 부동산 시장 침체와 신용 위기는 경제에 대한 불안감을 가중시키고 있다. 게다가 **❻** 지난달에 몰아닥친 폭설과 강풍은 농가에 큰 피해를 줘 물가 상승의 요인이 되고 있다.

❹ ....

❺ ....

❻ ....

-을 때 -어야 -지

5. '–을 때 –어야 –지'를 사용해 대화를 완성하십시오.

		해야 할 일	결 과
❶	철 지난 옷 보관	세탁하고 잘 말린 뒤 넣어 두다	옷을 오래 입다
❷	외국어 공부	그 나라 문화를 많이 접하다	자연스러운 표현을 배우다
❸	정부 정책 수립	각계각층의 의견을 듣다	문제가 덜 생기다
❹	중요한 결정	여러 번 생각하다	뒤탈이 없다
❺	인터넷 사용	보안에 신경 쓰다	개인 정보가 유출되지 않다
❻	직장 선택	적성을 고려하다	후회를 안 하다

❶ 가 : 몇 번 입지도 않았는데 드라이클리닝 맡기시려고요?

　　나 : 철 지난 옷을 보관할 때 세탁하고 잘 말린 뒤 넣어 둬야 옷을 오래 입지.

❷ 가 : 일본 드라마와 영화도 많이 보시고 일본 음악도 많이 들으시는군요.

　　나 : .... 을/ㄹ 때 .... 어야/아야/여야

　　　　.. 지.

❸ 가 : 정부가 이번 정책을 세우기 전에 공청회를 한다고 해요.

　　나 : .... 을/ㄹ 때 .... 어야/아야/여야

　　　　.. 지요.

❹ 가 : 아직도 결정 못 하셨어요? 정말 신중하시네요.

　　나 : ....

❺ 가 : 개인 정보가 유출됐나 봐요. 요즘 이상한 스팸메일이 많이 와요.

　　나 : ....

❻ 가 : 월급이 많아서 이 회사를 선택했는데, 일이 재미가 없어요.

　　나 : ....

6. 관계있는 것을 연결하고 '-을 때 -어야 -지'를 사용해 대화를 완성하십시오.

❶ 사업을 하다 • •준비를 철저히 하다 • •효율적이다

❷ 아픈 증상이 나타났다 • •약속을 잘 지키다 • •싸게 사다

❸ 농담을 하다 • •여러 사이트를 비교해 보다 • •신용을 얻다

❹ 여행을 가다 • •때와 장소를 가려서 하다 • •큰 병이 안 되다

❺ 인터넷 쇼핑을 하다 • •바로 병원에 가다 • •고생을 안 하다

❻ 공부하다 • •집중해서 하다 • •분위기가 어색해
지지 않다

❶ 가 : 거래처하고의 약속을 두어 번 어겼더니 주문이 안 들어와요.
　　나 : 사업을 할 때 약속을 잘 지켜야 신용을 얻지.

❷ 가 : 처음 감기에 걸렸을 때 대수롭지 않게 생각하고 병원에 안 갔다가 감기가
　　　심해져서 오랫동안 고생했어요.
　　나 : _____.

❸ 가 : 분위기를 띄우려고 농담을 했는데 분위기가 더 썰렁해졌어요.
　　나 : _____.

❹ 가 : 이사 가니? 여행을 가는데 무슨 짐이 한보따리야.
　　나 : _____.

❺ 가 : 인터넷 쇼핑몰에서 책을 샀는데, 비싸게 산 것 같아요.
　　나 : _____.

❻ 가 : 저는 하루에 8시간씩 공부하는데도 성적이 오르지 않아요.
　　나 : 오랫동안 공부하는 게 중요한 것이 아니에요. _____
　　　_____.

읽고 쓰기

※ 다음 글을 읽고 질문에 답하십시오.

사람을 뽑을 때 나는 정신적인 성취감을 물질적인 성취감보다 조금이라도 더 중요하게 여기는 사람을 선호한다. 이러한 차이는 매우 섬세한 문제이며, 대부분의 사람은 종이 한 장의 차이라 할지라도 물질적인 성취감이 위인 경우가 더 많다. 그러나 나는 개인적으로 비록 종이 한 장 차이라 할지라도 정신적인 성취감을 더 중시하는 사람을 선호한다. 그것이 전제되면 물질적인 성취감과의 조화도 자연스럽게 이룰 수 있다고 보기 때문이다.

물론 회사마다 인재상은 다르고, 절대적으로 올바른 기준은 없다. 우리 회사의 경우는 인재를 '끊임없이 노력하는 사람'이라고 정의한다. 아울러 그런 가운데 동료의 발전과 회사의 발전을 두루 생각하는 사람이 우리 회사가 요구하는 진짜 인재이다.

또 건강한 생각도 인재의 조건이다. 우리같이 바이러스 백신이나 보안을 다루는 회사 직원은 일종의 사명감이 있어야 하기 때문에 일을 대하는 직원들의 가치관이 대단히 중요하다. 환자가 많으면 좋겠다고 생각하는 의사는 도덕적으로 문제가 있듯이 바이러스가 많았으면 좋겠다고 생각해서는 절대 안 되는 것이다.

업무능력은 다음 문제다. 그래서 당장 자리가 비어 있다고 능력 있는 사람을 앉히는 것은 매우 경계하는데, 그가 동일한 철학을 가지고 있지 않으면 장기적으로는 회사에 큰 손실을 입힐 수 있다고 생각하기 때문이다. 사실 능력만으로 회사의 가치관과 생각이 크게 다른 사람을 뽑는다면 그것은 그 사람에게도 불행한 일이다. 그는 오랜 적응 기간을 거치는 가운데 내적 갈등과 시행착오를 겪을 것이기 때문이다.

그래서 우리 회사는 면접에서 가치관 외에도 말을 얼마나 조리 있게 잘 하느냐보다는 그 사람의 말하는 태도나 인상을 더 중요하게 본다. 즉 ....
(ㄱ)
.

그런데 말은 쉽지만 이것은 굉장히 힘든 작업이다. 면접관도 인간인 이상 면접을 통해 가치관과 인성을 검증하더라도 늘 판단착오의 가능성을 안고 있기 때문이다.

1. 이 회사가 사람을 뽑을 때 가장 중요하게 생각하는 것은 무엇입니까? (   )
❶ 업무 능력　　　❷ 가치관　　　❸ 성취감　　　❹ 적응력

2. <u>(ㄱ)</u> 에 들어갈 말로 적당한 것을 모두 고르십시오. (,   )

❶ 어느 정도 진정성이 있는가를 보는 것이다.

❷ 말만 번지르르하게 하는 것과 아닌 것을 구별하려고 한다.

❸ 토론에서 자신의 생각을 얼마나 잘 표현할 수 있는가를 본다.

❹ 말솜씨가 탁월하게 좋지 않으면 면접에서 좋은 점수를 얻을 수 없다.

3. 여러분은 물질적인 성취감과 정신적인 성취감 중 어느 것을 더 중요하게 여깁니까? 왜 그렇게 생각하는지 쓰십시오.

※ 다음은 라디오 칼럼입니다. 듣고 질문에 답하십시오.

1. 이 칼럼의 중심 내용은 무엇입니까? (   )

❶ 일을 즐겁게 해야 보람이 있다.
❷ 일과 삶이 조화를 이루어야 한다.
❸ 성공을 위해 열심히 일해야 한다.
❹ 의무감을 가지고 최선을 다해 일하지.

2. 이 사람은 삶을 무엇에 비유했습니까? 여러분이 생각하는 삶의 정의는 무엇입니까?

3. '일과 삶의 균형'이 글로벌 인재들에게 요구되는 이유는 무엇일까요? 이야기해 봅시다.

어휘 연습

1. 다음 단어의 의미를 골라 연결하십시오.

1) 따져보다 •   • 자세히 헤아려 보다

2) 들어맞다 •   • 다른 사람의 의견에 대하여 맞서 공격하다

3) 반박하다 •   • 미리 생각했던 그대로 되다

4) 증명하다 •   • 논리를 펴기 위하여 어떤 조건을 사실인 것
                         처럼 받아들이다

5) 가정하다 •   • 증거를 들어서 어떤 사건이나 내용이 참인지
                         거짓인지, 옳은지 그른지를 판단하다

2. 빈칸에 공통으로 들어갈 단어를 쓰십시오.

곰곰이	하필이면	어김없이	또렷하게	오죽하면

1) ㄱ. 해외 여행을 하려고 하는데 .... 이럴 때 환율이 오를 게 뭐야?

   ㄴ. 왜 .... 다른 약속이 있는 날 한턱내겠다고 하는 거야?

2) ㄱ. 늦더위가 기승을 부렸지만 올해도 .... 가을이 찾아왔다.

   ㄴ. 이번 추석 연휴에도 .... 고속도로는 귀성길 정체가 심했다.

3) ㄱ. .... 아이가 있는데도 이혼을 했을까?

   ㄴ. 그렇게 착한 사람이 .... 그런 심한 말을 다 하겠어요?

4) ㄱ. 부모님이 기뻐하시던 모습이 .... 기억나요.

   ㄴ. 실내가 좀 시끄러운 데다가 목소리가 작아서 .... 들리지 않아요.

5) ㄱ. .... 돌이켜 보니 그 일은 나에게도 책임이 있는 것 같아요.

   ㄴ. .... 생각해 봐도 그 사람이 왜 그런 말을 했는지 이해가 안 된다.

3. 다음 문제를 보고 답을 쓰십시오.

1) 보기와 같이 연결하고 알맞은 단어를 골라 빈칸에 쓰십시오.

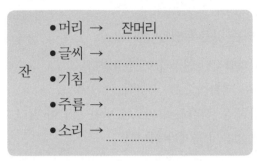

잔
- 머리 → 잔머리
- 글씨 → ....
- 기침 → ....
- 주름 → ....
- 소리 → ....

❶ 신문을 읽을 때 ( )이/가 안 보여 돋보기를 써야 한다.

❷ 약을 먹어도 ( )이/가 잘 낫지 않는다.

❸ 자식을 사랑하는 마음에서 어머니가 ( )을/를 하시는 걸 알지만 사꾸 듣다 보면 짜증이 난다.

2) 다음 동사와 함께 쓸 수 없는 단어를 고르십시오.

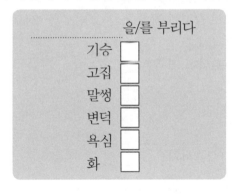

.... 을/를 부리다
- 기승 ☐
- 고집 ☐
- 말썽 ☐
- 변덕 ☐
- 욕심 ☐
- 화 ☐

.... 을/를 떨다
- 부산 ☐
- 수다 ☐
- 야단법석 ☐
- 엄살 ☐
- 잡담 ☐
- 재롱 ☐

3) 다음 표현의 의미를 골라 연결하고 문장을 완성하십시오.

변덕이 죽 끓 듯하다 •

• 남의 괴로움이나 남에게 꼭 필요한 것을 잘 알아서 시원스럽게 만족시켜 주다

가려운 곳을 긁어주다 •

• 말이나 행동을 몹시 이랬다저랬다 하다

❶ <소비자 고발>이라는 TV 프로그램은 소비자들의 ....
어서/아서/여서 시청률이 높다.

❷ .... 는/은/ㄴ 사람하고 같이 일하면 피곤하다.

1. 글쓴이가 이 글에서 말하고자 하는 것은 무엇입니까? (   )

    ❶ '머피의 법칙'을 증명하려면 과학적인 연구가 더 필요하다.

    ❷ 재수가 없는 일이 생길 확률은 과학적으로 더 낮다.

    ❸ 일이 안 될 때마다 '머피의 법칙'을 생각하며 위로를 받는 사람이 많다.

    ❹ '머피의 법칙'은 재수가 있고 없음의 문제가 아니다.

2. 다음은 이 글의 짜임을 정리한 것입니다. 빈칸에 알맞은 말을 넣으십시오.

> **처음** • '머피의 법칙'이란
>
>   ....
>
> **중간** • '머피의 법칙'은 '선택적 기억'에 의한 착각이다.
>
>   • '머피의 법칙'을 과학적으로 증명한 예
>
>   1) '버터 바른 토스트' 던지기
>
>   영국 TV 과학프로그램 실험 결과
>
>   ....
>
>   로버트 매튜스의 증명
>
>   ....
>
>   2) 슈퍼마켓 계산대에서의 줄서기
>
>   ....
>
> **끝** • '머피의 법칙'은 재수의 문제가 아니다.
>
>   .... 을/를 지적하는 법칙
> 이다.

3. 다음을 읽고 맞으면 O표, 틀리면 X표 하십시오.

     1) 과학자들은 '머피의 법칙'을 증명하기 위해 오래전부터 많은 노력을 했다. (   )

     2) 사람은 보통 재수 없는 일을 오래 기억한다. (   )

     3) 버터의 무게 때문에 토스트의 버터 바른 면이 바닥에 떨어질 때가 많다. (   )

이야기해 봅시다

1. 다음은 우리 주위에서 흔히 들을 수 있는 말입니다. 다음과 같은 말을 들은 적이 있습니까?

여러분은 이런 이야기가 과학적 근거가 있다고 생각합니까? 그렇게 생각하는 이유를 이야기해 보십시오.

- 모기가 좋아하는 체질이 따로 있다.

- 남자는 첫눈에 반하는 경우가 많고 여자는 첫눈에 반하는 경우가 별로 없다.

- 사랑에 유효 기간이 있다.

- 미인은 잠꾸러기이다.

- 비 오는 날 헤어스타일이 마음대로 잘 안 된다.

- 마른 사람이 '꼬르륵' 소리가 더 크게 들린다.

- 엄마 손은 약손이다.

- 장남은 순종적이며 책임감이 강하고 차남은 반항적이며 경쟁심이 강하다.

 더 읽어보기

1. 글쓴이는 어떤 사람을 천재라고 합니까?

2. 글쓴이가 누구나 천재처럼 될 수 있다고 생각하는 이유는 무엇입니까?

11. 사공이 많으면 배가 산으로 간다

중심이 되어 이끌어 주는 사람이 없이 여러 사람들이 각자 이러니 저러니 하면 일이
제대로 되지 않는다는 말.

- 사공이 많으면 배가 산으로 간다는 말처럼 '토요일 밤에'의 집단 MC 체제는 진행이
  산만하고 방송 집중력이 떨어지는 역효과를 낳았다.

12. 수박 겉 핥기

사물의 자세한 속 내용은 모르고 겉만 대충 건드림을 이르는 말.

- 이 박물관의 유물들을 수박 겉 핥기로 둘러보자면 두어 시간이면 되겠지만 제대로 다
  보자면 11시간 이상 걸린다.

13. 십 년이면 강산도 변한다

변화가 없어 보이는 것도 많은 세월이 흐르면 어쩔 수 없이 변한다는 말.

- 올해로 데뷔 10년째를 맞은 윤두현! 십 년이면 강산도 변한다는데 윤두현의 음악을
  사랑하는 팬들의 마음은 변함이 없는 것 같습니다.

14. 열 길 물속은 알아도 한 길 사람 속은 모른다

물 깊이는 잴 수 있으나 사람의 마음은 측량하기 어렵다는 말.

- 관상. 사실 과학적 근거는 없지만 호기심을 자극하기에는 충분한 소재다. 열 길 물속은
  알아도 한 길 사람 속은 모른다는데, 얼굴만 읽어 사람 속을 알 수 있다니 그 비결이
  궁금하다.

15. 오르지 못할 나무는 쳐다보지도 마라

자기의 능력 밖의 불가능한 일에 대해서는 처음부터 욕심을 내지 않는 것이 좋다는
말.

- 나희의 어머니는 상현을 찾아가 오르지 못할 나무는 쳐다보지도 말라며 한 번만 더 회사
  밖에서 사적으로 나희를 만났다가는 그땐 큰일 날 줄 알라는 반 협박까지 퍼부었다.

16. 우물을 파도 한 우물을 파라

여러 가지 일을 너무 벌여 놓거나 하던 일을 자주 바꾸면 아무 성과도 없으니 한 가지 일을 꾸준히 계속해야 성공할 수 있다는 말.

• 건설업으로 한 우물만 파 온 '연세건설'은 창립 후 지난 50년간 한 번도 적자를 내지 않았다.

17. 웃는 낯에 침 뱉으랴

좋게 대하는 사람에게는 나쁘게 대할 수 없다는 말.

• 웃는 낯에 침 못 뱉는다고 오바마의 거듭된 러브콜에 이란도 호의적 반응을 보이면서 두 나라 긴 30년 불화의 빙벽이 조금씩 녹아내릴 조심을 보이고 있다.

18. 쥐구멍에도 볕들 날 있다

몹시 고생만 하는 사람도 좋은 때를 만나 좋아질 날이 있다는 말.

• 쥐구멍에도 볕들 날 있다고 십여 년간 무명의 설움을 겪어온 가수 서운도의 새 앨범이 대박을 터뜨렸다.

19. 짚신도 짝이 있다

어떤 사람이건 모두 결혼할 상대가 있다는 말.

• 짚신도 짝이 있다더니 저렇게 성격 나쁜 사람도 결혼을 하네.

20. 친구 따라 강남 간다

1) 중요한 일이 있는 것은 아니나 친구를 따라서 하는 경우에 씀.

2) 자기가 하기 싫더라도 남이 권하므로 할 수 없이 따라하게 된다는 말.

• 미국프로골프(PGA) 챔피언십 대회에서 우승을 한 양용은은 우연히 친구와 함께 골프 연습장에 갔다가 골프를 알게 되었다고 한다. 친구 따라 강남에 간 것이 성공에 이르는 첫 출발이었던 셈이다.

11. 교 수 : 자네는 왜 영문과를 선택했나?

학 생 : 제일 친한 친구가 영문과를 지원해서 저도 영문과를 지원했습니다.

교 수 : _____ 더니 바로 자네 같은 경우를 보고 하는 말이군.

12. 김부장 : 이 과장, 박 대리는 아침 회의 때마다 늦던데, 한 마디 하지 그래?

이과장 : 저도 한 번 따끔하게 야단 좀 치려고 몇 번 기회를 봤는데요.

_____ 을/ㄹ 수가 없더라고요. 박 대리가 워낙

싹싹하고 밝잖아요.

13. 교 수 : 자네 에리히 프롬을 아나?

학 생 : 잘 모르겠는데요.

교 수 : 그럼 앨빈 토플러는 누구인지 아나?

학 생 : …

교 수 : 자네 전공이 사회학이라면서 그런 것도 모른단 말이야?

_____ 으로/로 공부한 모양이군.

14. 지 영 : 25년 만에 서울에 와 보니 너무 변해서 어디가 어딘지 하나도 모르겠어요.

명 숙 : _____ 는데/은데/ㄴ데 당연한 일이지요.

15. 영 준 : 철민이는 요즘 뭐 한대?

윤 수 : 건설 사업하다가 잘 안 돼서 무역업으로 바꿨잖아?

영 준 : 그래? _____ 으라고/라고 잘 안

되더라도 참고 끝까지 해 봐야 될 텐데.

16. 영　준 : 이번에 회사 기밀을 경쟁사에 팔아넘긴 사람이 김 부장이라면서?

　　　수　연 : 신망도 두텁고 인격적으로 훌륭한 분인 줄 알았는데.

　　　영　준 : 그러니까 _____ 는다고/ㄴ다고/다고 하잖아.

17. 부　인 : 여보, 우리는 언제쯤 저런 멋진 집에서 살아 볼까?

　　　남　편 : _____ 는다고/ㄴ다고/다고 언젠가 그렇게 될

　　　　　　　날이 있겠지.

18. 윤　수 : 할머니, 이제 저는 결혼 포기할까 봐요. 선을 그렇게 많이 보는데도

　　　　　　저 좋다는 사람이 없네요.

　　　할머니 : 너무 조급 하게 생각하지 말아라. 아직 확실한 직장을 못 잡아서

　　　　　　그럴 거야. _____ 는다는데/ㄴ다는데/다는데

　　　　　　기다리면 좋은 짝이 나타날 거야.

19. 영　수 : 나는 꼭 한국대에 갈 거야.

　　　미　선 : 네 실력으로 어떻게 거길 가니?

　　　　　　_____ 으라고/라고 했어. 꿈도 꾸지 마.

20. 아버지 : 이번 피서 여행은 어디로 갈까?

　　　어머니 : 제주도에 갔으면 좋겠어요.

　　　　딸　 : 아빠, 남해안으로 가요.

　　　아　들 : 안 돼. 아빠, 설악산으로 가요.

　　　아버지 : _____ 더니 안 되겠다.

　　　　　　아빠가 정하는 대로 따라 와.

제3과 일상생활과 여가 문화

3과 1항

어휘

1. 다음 [보기]에서 알맞은 단어를 골라 빈 칸에 쓰십시오.

[보기]	때우다	거르다	일쑤이다	챙기다	업체
	절약되다	통근	단축되다	시달리다	

저희 회사는 죽 전문 배달 (업체)입니다. 급히 집을 나오느라 아침식사를 자주 (   ) 시는 분, 아침을 빵과 우유로 대충 (   )시는 분, 아침에 밥을 먹으면 체하기 (   ) 는/은/ㄴ 분, 불규칙한 식사로 각종 위장병에 (   )는/은/ㄴ 분들이 이용하시면 아주 좋습니다. 바쁜 아침에 시간도 (   )고 영양도 얻을 수 있으니 일석이조일 것입니다. 아침을 간단히 (   )어/아/여 먹어 건강도 지키고 시간도 버는 것은 성공으로의 기간이 (   )는/은/ㄴ 지름길일 것입니다. 고객 여러분의 최대한의 편의를 위해 직장으로 가시는 (   ) 버스에도 배달해 드립니다. 많은 이용 부탁드립니다.

2. 다음 [보기]에서 알맞은 단어를 골라 쓰십시오.

[보기]	사 먹다	길러 먹다	시켜 먹다(배달해 먹다)	데워 먹다	해 먹다
	가공식	자연식	건강식		

❶ 전 작년에 은퇴한 50대 남성입니다. 건강에 관심이 많아 보약도 자주 먹고 제철 과일이나 채소도 챙겨 먹는 편입니다. 시중에 나오는 농산품에 농약이 많이 들어있다는 뉴스를 보고 얼마 전에는 주말 농장도 구입했답니다.

(길러 먹다)

❷ 전 드라마 작가입니다. 대본을 쓸 때는 집중해야 하기 때문에 다른 일은 전혀 하지 못 합니다. 부엌을 갖춘 큰 오피스텔에서 살고 있지만 요리한다든가 나가서 외식을 한다든가 하는 여유 있는 생활은 꿈도 못 꿔요. (   )

❸ 전 얼마 전에 부모님으로부터 독립했습니다. 원해서 독립은 했지만 막상 혼자 살아보니 생활비가 너무 많이 들어 어쩔 수 없이 짠돌이가 되어 가고 있는데요. 최대한 식비를 아끼기 위해 가능한 한 식사는 집에서 하려고 합니다.   (   )

❹ 전 업무 때문에 바이어들에게 식사 대접을 자주 하고 해외 출장도 잦은 편이어서 집에서는 거의 식사를 하지 못합니다.   (   )

❺ 우리 엄마는 장사하시느라 항상 늦게 들어오세요. 엄마는 시간에 쫓기시면서도 국이 없으면 밥을 못 먹는 저를 위해 일주일치 먹을 국을 만들어 냉동실에 넣어두시곤 해요. 엄마께 늘 고마우면서도 죄송스러운 마음이 들어요.
                                                          (   )

❻ 전 며칠 전 예쁜 아기를 낳은 산모입니다. 오랫동안 기다려 온 아기를 만난 것은 정말 행복한 일이지만 이기를 낳느라 체력소모가 심하여 부척 기운이 달립니다. 붓기도 잘 안 빠지고 치아와 뼈도 부실해졌어요. 머리카락도 한 움큼씩 빠져 고민입니다.   (   )

❼ 저희 집안에는 암으로 돌아가신 분들이 많아서 늘 건강에 신경을 쓰고 있는데요. 공장에서 나온 식품들에는 유해한 식품첨가물이 들어 있어 암을 유발한다는 뉴스를 듣고 부엌 찬장 속에 있는 통조림, 햄 등을 모두 버렸어요. 앞으로는 제철 과일이나 채소를 중심으로 식단을 짜야겠어요. (   )

❽ 이번 주말에 친구들과 야외 캠프를 가려고 준비 중이에요. 캠프장에서 취사해야 되니까 아무래도 빠르고 편리하게 요리할 수 있는 것들을 많이 가지고 가야 할 것 같아요.   (   )

-긴 -나 봐요

3. 다음 그림을 보고 '-긴 -나 봐요'를 사용해 문장을 완성하십시오.

❶ 이 집에서 저 음식이 제일 맛있긴 맛있나 <s>나/은가/ㄴ가</s> 봐요.
  사람들이 모두 다 저것만 먹고 있어요.

❷ _____ 긴 _____ 나/은가/ㄴ가 봐요.
  세일인데도 손님이 별로 없네요.

❸ _____ 긴 _____ 나/은가/ㄴ가 봐요.
  표가 다 매진됐대요.

❹ _____ 긴 _____ 나/은가/ㄴ가 봐요.
  아직 마흔도 안 되었는데 대통령으로 당선되었어요.

❺ _____ 긴 _____ 나/은가/ㄴ가 봐요.
  시험점수가 60점을 넘은 학생들이 없어요.

❻ _____ 긴 _____ 나/은가/ㄴ가 봐요.
  이번 월드컵에서 또 우승을 했습니다.

4. 다음 뉴스 헤드라인을 읽고 대화를 완성하십시오.

① 공무원도 여풍, 전체 45.2% 차지	가 : 이번 공무원 시험에서 여성 합격률이 거의 50% 가까이 되던데요. 나 : 요즘 여성들의 사회진출이 활발하긴 활발한가 ~~나/은가/~~ ~~ㄴ가~~ 봐요. 고시나 대기업 입사시험에서도 이와 비슷한 결과를 보이고 있어요.
② '꽃 같은 인생' 포기? 자살 기도 20-30대가 과반	가 : 요즘에 젊은 사람들이 _____ 긴 _____ 나/은가/ㄴ가 봐요. 자살하는 사람의 반 이상이 20-30대라네요. 나 : 맞아요. 그렇게 쉽게 인생을 포기하면 안 되는데 말이에요.
③ 가을축제, 전국은 지금 가는 곳마다 '페스티벌'	가 : _____ 긴 _____ 나/은가/ㄴ가 봐요. 전국 곳곳에서 축제가 열린다는군요. 나 : 저도 이번 주말에 서해안 새우축제에 가서 바람도 쐬고 새우도 실컷 먹고 오려고요.
④ 국제유가 사상 최대 폭등, 미 증시는 폭락	가 : _____ 긴 _____ 나/은가/ㄴ가 봐요. 유가는 폭등하고 주가는 폭락했대요. 나 : 앞으로 어떻게 살아야 할지 막막하네요.
⑤ 국민 59.7%, "인터넷으로 신문 읽는다."	가 : _____ 긴 _____ 나/은가/ㄴ가 봐요. 60%나 되는 사람들이 인터넷으로 신문을 본다는군요. 나 : 저도 신문구독을 끊은 지 오래 됐어요.
⑥ 추석인사도 휴대전화 메시지로 1인당 55건	가 : _____ 긴 _____ 나/은가/ㄴ가 봐. 추석 때 1인당 보낸 인사 메시지가 55건이래. 나 : 나도 직접 인사 안 가고 문자메시지로 많이 때웠어.

-길래

5. 다음 그림을 보고 '-길래'를 사용해 문장을 완성하십시오.

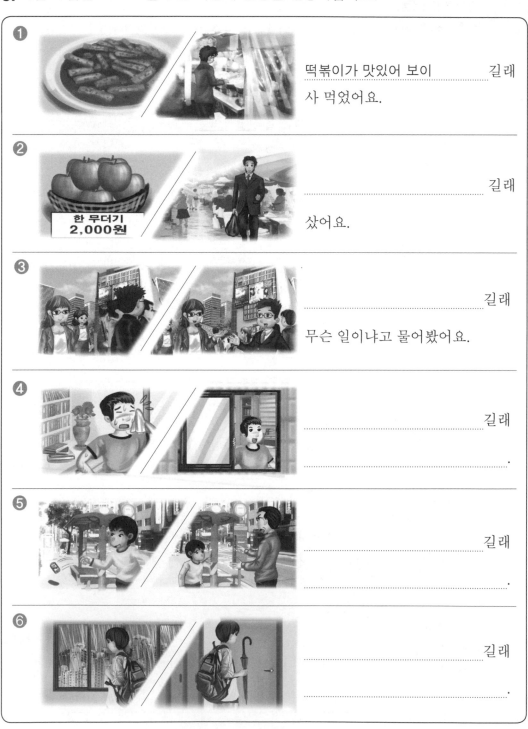

❶ 떡볶이가 맛있어 보이.............길래
사 먹었어요.

❷ ....길래
샀어요.

❸ ....길래
무슨 일이냐고 물어봤어요.

❹ ....길래
....

❺ ....길래
....

❻ ....길래
....

6. 관계있는 것을 연결하고 '–길래'를 사용해 한 문장으로 만드십시오.

❶ 도대체 사랑이 뭘까?　　　　　　　　　•　• 그렇게 시끄러워? 전화
　　　　　　　　　　　　　　　　　　　　　소리가 하나도 안 들려.

❷ 저 사람이 누굴까?　　　　　　　　　•　• 평생을 잊지 못하며 사는
　　　　　　　　　　　　　　　　　　　　　걸까요?

❸ 거기가 어디니?　　　　　　　　　　•　• 그렇게 비쌉니까?

❹ 도대체 유기농 한우는 어떻게 키울까? •　• 사람도 못 알아봐요?

❺ 언제 떠났니?　　　　　　　　　　　•　• 여태 안 와?

❻ 얼마나 마셨니?　　　　　　　　　　•　• 사람들이 사인해 달라고
　　　　　　　　　　　　　　　　　　　　　몰려들어요?

❶ 도대체 사랑이 뭐길래 평생을 잊지 못하며 사는 걸까요?

❷

❸

❹

❺

❻

어휘

1. 다음 [보기]에서 알맞은 단어를 골라 빈 칸에 쓰십시오.

> **[보기]** 주 5일 근무제   하긴   여가   활용하다   알차다

우리 회사에서 드디어 (주 5일 근무제)~~은~~/가 실시된다. 이제 주말에는 내 마음대로 시간을 보낼 수 있다니 정말 꿈만 같다. (   ) 다른 회사들도 다 시작했으니 우리 회사도 당연히 해야지. 근로자가 누려야 할 당연한 권리인데도 왜 이리 기쁜지…… 앞으로 얼마나 즐겁게 (   ) 시간을 보낼지 상상하는 것만으로도 너무 행복하다. 밀린 잠을 잘까? 친구들을 만날까? 아니지. 귀한 주말 시간을 잘 (   )어서/아서/여서 내 미래의 발전을 위해 노력하도록 해야겠다. 시간을 헛되이 쓰지 말고 (   )게 보내야 나중에 후회하지 않겠지?

2. 다음 [보기]에서 관계있는 단어를 골라 쓰십시오.

> **[보기]** 격주 휴무   징검다리 휴일   월차 휴가

❶ 다음 주 수요일에 어머니 수술이 잡혀 있어서 휴가를 내기로 했어요.   (월차 휴가)
❷ 올해 크리스마스는 화요일이에요.   (   )
❸ 우리 회사는 아직 주 5일 근무제를 시행하지 않고 둘째, 넷째 토요일에만 쉬고 있어요.

(   )

> **[보기]** 동호회   동호인   동아리   클럽
> 활력소   활기   재충전   원기

저희 가족의 여가 활동을 소개해볼까 합니다. 저희 할아버지, 할머니께서는 오랫동안 로타리 (클럽   )의 회원으로 활동하고 계십니다. 여기에서 지역사회 발전을 위해 봉사활동도 하시고 회원 간의 친목을 도모하는 다양한 사교모임도 갖고 계십니다. 저희 아버지, 어머니께서는 재작년부터 댄스스포츠 (   )에 가입하셔서 (   )으로/로 활동하고 계신데요. 춤이 삶의 (   )이/가 되어 특히 어머니는 주부 우울증도 없어지셨어요. 아버지는 늘 일에 지친 모습이셨는데 춤 때문에 보약을 먹지 않고도 (   )을/를 되찾았다고 자랑이 대단하십니다. (   )차게 중년을 보내게 됐다나요. 두 분이 사이좋게 춤추시는 모습을 보면 저도 좀 부럽긴 합니다. 저는 올해 대학에 들어온 이후로 요가를 배우고 명상을 하는 (   )에 가입했어요. 늘 공부다, 친구모임이다 해서 바쁜 생활 속에 나만의 시간을 마련하여 요가와 명상을 하고 나면 내적으로 (   ) 된 느낌을 갖게 되어 좋습니다.

문법

-기는커녕

3. 다음을 읽고 대화를 완성하십시오.

보고 싶은 은희에게.

은희야. 잘 지내고 있니? 한국은 아직도 많이 덥지?

난 이탈리아를 거쳐 스위스에 도착했단다. ❶ 여긴 덥지도 않고 아침 저녁으로는 선선해서 추울 정도야. ❷ 혼자 여행 다니면 외로울 줄 알았는데 오히려 친구 사귈 기회가 더 많아져서 참 좋구나.^^ ❸ 음식이 안 맞으면 어떡하나 걱정돼서 휴대용 고추장도 싸 왔는데 여기 음식을 너무 잘 먹어 살이 찔까봐 걱정이야. ^^; ❹ 좋은 공기에 맛있는 음식도 잘 먹고 다니까 피곤하지도 않고 오히려 기운이 넘친단다. 근데 사실 여기 온 이유는 알프스에서 스키도 타고 멋진 남자도 만나는 거였는데 막상 와보니 ❺ 이상기후 때문에 눈이 다 녹아버려서 스키도 못 타고 눈 구경도 못 했어. ❻ 멋진 남자는 만났냐고? 여긴 온통 아저씨, 할아버지 천지란다.-_-

그럼 이만 줄인다. 또 엽서 보낼게. 잘 지내.

지연이가.

❶ 희정: 지연이가 지금 스위스에 있다며? 거긴 덥지 않대?

　은희: <u>덥 기는커녕 아침 저녁으로는 선선해서 추울 정도래.</u>

❷ 희정: 혼자 여행 다니면 외롭지 않을까?

　은희: <u>　　　　　　　　기는커녕 오히려　　　　　　　</u>.

❸ 희정: 현지 음식이 입에 안 맞으면 고생스러울 텐데……

　은희: <u>　　　　　　　　기는커녕　　　　　　　　　　</u>

❹ 희정: 배낭여행이라 무척 피곤할 거야.

　은희: <u>　　　　　　　　기는커녕　　　　　　　　　　</u>.

❺ 희정: 알프스에서 스키 탈 거라고 노래를 부르더니 스키는 탔을까?

　은희: <u>　　　　　　　　기는커녕　　　　　　　　　　</u>.

❻ 희정: 멋진 남자도 만날 거라고 했는데……

　은희: <u>　　　　　　　　은커녕/는커녕　　　　　　　</u>.

4. '-기는커녕'을 사용해 대화를 완성하십시오.

❶ 가 : 어제 가게에 손님이 많이 왔어요?

나 : 손님이 많이 <u>오기는커녕 개미 한 마리 얼씬 안 하던데요.</u>

❷ 가 : 수영을 시작하고 살이 빠졌어요?

나 : _____ 기는커녕 _____ .

❸ 가 : 병원에서 치료받으면서 증세가 나아졌습니까?

나 : _____ 기는커녕 _____ .

❹ 가 : 마사지를 받고 피로가 좀 풀렸어요?

나 : _____ 기는커녕 _____ .

❺ 가 : 초등학교에서 영어교육을 실시한 이후로 영어학원에 가는 학생들이 줄어들었어요?

나 : _____ .

❻ 가 : 어제 그 친구와 만난다더니 오해는 풀었어?

나 : _____ .

-을뿐더러

5. '-을뿐더러'를 사용해 문장을 바꾸십시오.

❶ 그는 말도 없고 별로 웃지도 않는 학생이었습니다.

→ 그는 말도 없<u>을뿐더러 ~~을뿐더러/ㄹ뿐더러~~ 별로 웃지도 않는 학생이었습니다.</u>

❷ 벨리댄스는 운동량도 많고 누구나 재미있게 할 수 있기 때문에 좋다.

→ _____ 을뿐더러/ㄹ뿐더러 _____ .

❸ 김 선생님은 중국어로 강의도 할 수 있고 동시통역도 할 수 있습니다.

→ _____ 을뿐더러/ㄹ뿐더러 _____ .

❹ 그 사람은 사업 실패로 전 재산을 잃고 약혼자와도 헤어지게 되었다.

→ _____ 을뿐더러/ㄹ뿐더러 _____ .

❺ 각종 공해와 소음은 도시의 생활환경을 파괴하고 사람들의 생명까지도 위협한다.

→ _____ .

❻ 국산 생선은 수입산에 비해 가격이 워낙 비싸 팔리지도 않고 팔아도 이윤이 별로 남지 않는다고 합니다.

→ _____ .

6. 다음 표를 보고 '-을 뿐더러'를 사용해 문장을 만드십시오.

<연세대학교 동아리 소개>

동아리의 종류	활 동 1	활 동 2
❶ 화우회(그림동아리)	실내에서 정물화, 인물화를 그리다	야외로 나가 풍경화를 그리기도 하다
❷ 소나기(록 밴드)	함께 모여 록 음악을 연주하다	
❸ 아키라카(응원 동아리)	체력훈련을 하다	
❹ YCC(컴퓨터 동아리)		컴퓨터 프로그래밍을 배우기도 하다
❺ 녹색회(환경 동아리)		축제 때 친환경 장터를 열어 유기농 음식을 만들어 팔기도 하다
❻ 영화패(영화 동아리)		

❶ 화우회 : 우리 동아리에서는 실내에서 정물화, 인물화를 그릴뿐더러<del>을뿐더러/ㄹ뿐더러</del> 야외로 나가 풍경화를 그리기도 합니다.

❷ 소나기 : _____ 을뿐더러/ㄹ뿐더러 _____ .

❸ 아카라카 : _____ 을뿐더러/ㄹ뿐더러 _____ .

❹ YCC : _____ 을뿐더러/ㄹ뿐더러 _____ .

❺ 녹색회 : _____ .

❻ 영화패 : _____ .

읽고 말하기

※ 다음 글을 읽고 질문에 답하십시오.

2003년 10월 수십 명의 젊은이가 '붉은 악마' 차림으로 서울 강남 코엑스몰에 나타났다. 누군가의 호루라기 소리에 맞춰 나타난 그들은 축구공 대신 풍선을 터뜨리고 응원 구호를 외치면서 월드컵 열기를 그대로 재연했다. 그리고 나타났을 때처럼 누군가의 호루라기 소리에 맞춰 일제히 사라지고 말았다.

이른바 플래시 몹(flashmob)이 펼쳐진 것이다. 플래시 몹은 '플래시 크라우드(flash crowd)', 즉 갑자기 사용자가 증가하는 현상을 뜻하는 말과 '스마트 몹(smart mob)' 즉 의견이 일치하는 대중을 뜻하는 말의 합성어다.

플래시 몹은 얼굴도 모르는 불특정 다수의 대중이 인터넷과 이메일을 통해 시간과 장소를 정해 미리 약속한 행동을 하고 감쪽같이 사라지는 것을 말하는데, 이는 뉴욕에서 시작되어 이후 파리, 베를린으로 확산됐으며 2003년 후반에 서울의 명동, 강남역, 코엑스 등에서 펼쳐졌다.

플래시 몹은 인터넷과 휴대 전화에 의해 전혀 모르는 사람들이 대도시의 한 장소에 동시에 모여서 놀이로써 관계를 맺는 것이다. 인터넷 공간이 만들어놓은 개인주의적 행동과 사소한 것의 즐거움이 오프라인의 세상에서 펼쳐지며, 세상과 단절된 것처럼 보이지만 이들은 디지털 세대만의 방식으로 세상에 발언을 하기도 한다. 서태지의 신곡이 방송 불가 판정을 받았을 때 항의하는 방식으로 방송사 앞에서 잠시 동안 집단적으로 쓰러지는 퍼포먼스를 보이는 등 디지털 세대는 그들만이 가진 방식으로 사회에 말을 건다.

또한 익명의 공간이면서 동시에 일의 공간인 도시에서 '놀이'를 함으로써 도시의 규칙을 일시적으로 흔들어 놓는다. 그리고 어린 시절에나 허용되었던 '놀이'를 함으로써 어른의 공간, 일의 공간에서 벗어나 일탈의 즐거움을 맛본다. 이러한 일탈적 놀이는 새로운 삶의 방식의 한 예를 보여 준다.

1. '플래시 몹'이란 무엇입니까?

2. '플래시 몹'에 대한 설명으로 <u>맞지 않는</u> 것은 무엇입니까? (　　)

　❶ 전혀 모르는 사람들이 한 장소에 모여서 하는 놀이이다.

　❷ 디지털 세대의 새로운 놀이 방식의 하나이다.

　❸ 지금까지와는 다른 방식으로 사회 문제에 대해 의사 표현을 하기도 한다.

　❹ 정해진 시간에 온라인상에서 집단 놀이를 한다.

3. 디지털 시대에 새로운 놀이로는 어떤 것이 있을까요? 이야기해 봅시다.

듣고 쓰기　🔊 03

※ 다음을 듣고 질문에 답하십시오.

1. 제3의 공간이란 무엇입니까?

2. 들은 내용과 <u>다른</u> 것은 무엇입니까? (　　)

　❶ 제3의 공간은 인맥 형성을 위해 활용되기도 한다.

　❷ 현대에 들어 많은 공간들이 상업화되고 있다.

　❸ 제3의 공간은 현대에 처음 나타난 공간이다.

　❹ 제3의 공간을 갖춘 곳의 판매량이 더 늘었다.

3. 여러분의 제1, 제2, 제3의 공간과 각 공간에서의 생활에 대해서 쓰십시오.

_____

_____

_____

_____

_____

_____

3과 4항

 어휘 연습

1. 다음 단어의 의미를 골라 연결하십시오.

1) 인도하다 •   • 이치에 맞다

2) 풍족하다 •   • 매우 넉넉하여 모자람이 없다

3) 합리적이다 •   • 높이 우러러 공경하고 받들다

4) 주체적이다 •   • 자신만의 소신과 판단이 있다

5) 숭배하다 •   • 가르쳐 일깨우며 이끌다

2. 빈칸에 공통으로 들어갈 단어를 쓰십시오.

신통하다	부추기다	야기하다	긴박하다	다그치다

1) ㄱ. 지금 국내외의 여러 가지 일들이 아주 _____ 게 돌아가고 있습니다.
   ㄴ. 남북의 대치상황이 전쟁이 날 수도 있는 _____ 는/은/ㄴ 상황이었다.

2) ㄱ. 두 민족간의 종교적 갈등이 내전을 _____ 었다/았다/였다.
   ㄴ. 지도자의 성급한 판단과 결정이 경제적인 위기를 _____ 을/ㄹ 까봐
   걱정이다.

3) ㄱ. 응모작은 많으나 _____ 어 보이는/아 보이는/여 보이는 것은 없다.
   ㄴ. 아무리 생각해 봐도 _____ 는/은/ㄴ 생각이 떠오르지 않는다.

4) ㄱ. 일을 빨리 하라고 옆에서 _____ 으면/면 오히려 실수하기가 쉽다.
   ㄴ. 어머니는 내가 하는 말을 믿지 못하시고 사실을 말하라며 _____
   었다/았다/였다.

5) ㄱ. 물가 상승을 _____ 는/은/ㄴ 요인 중의 하나로 유가 상승을 들 수 있다.
   ㄴ. 판매 직원은 할인기간이니까 가방에다가 구두까지 사라고 _____
   었다/았다/였다.

3. 다음 문제를 보고 답을 쓰십시오.

1) 다음에 제시된 단어를 골라 알맞은 단어를 만드십시오.

상실	편재	문화	압박
합리	정치	열등	예술
책임	가능	중독	경제

상실감	가능성	예술계
_____감	_____성	_____세
_____감	_____성	_____계
_____감	_____성	_____계
_____	_____	_____

2) 다음 표현의 의미를 골라 연결하고 문장을 완성하십시오.

남녀노소	빈부귀천	동서고금	이해득실

1) 남녀노소　●　　　　　　　●이로움과 해로움, 얻음과 잃음

2) 빈부귀천　●　　　　　　　●남자와 여자, 나이 많은 사람과
　　　　　　　　　　　　　　젊은 사람, 모든 사람들

3) 동서고금　●　　　　　　　●가난함과 부유함, 귀함과 천함

4) 이해득실　●　　　　　　　●동양과 서양, 옛날과 지금

❶ _____ 을/를 막론하고 자식을 사랑하지 않는 부모는 없다.

❷ 그는 손해 보는 걸 싫어해서 무슨 일에나 _____ 을/를 따지는 편이다.

❸ 윷놀이는 _____ 누구나 즐길 수 있는 놀이다.

❹ 사람은 _____ 에 따라 차별 받아서는 안 된다.

1. 글쓴이가 이 글을 쓴 이유는 무엇입니까? ( )

❶ 현대인의 소비욕망에 대해서 이야기하려고

❷ 현대인의 무분별한 소비태도를 돌아보게 하려고

❸ 쇼핑과 스트레스의 상관관계를 밝히기 위해서

❹ 현대인의 다양한 구매행태를 설명하기 위해서

2. 다음은 이 글의 짜임을 정리한 것입니다. 빈칸에 알맞은 말을 넣으십시오.

서론 • 지름신이란

....

본론 • 지름신의 특성

 1) 술이나 담배처럼

 2) 정보기술의 발달로

....

 • 홈쇼핑과 인터넷 쇼핑몰은 사람들의 소비욕망을 부추기고 있다.

 • 쇼핑이 야기하는 정서적 반응

 1) ....

 2) ....

 • 기업 역시 이미지를 위한 소비, 소비를 위한 소비를 부추긴다.

결론 • 소비사회의 두 가지 노예

 1) ....

 2) ....

 • 소비사회의 노예가 되지 않기 위한 노력을 포기해선 안된다.

---

3. 다음을 읽고 맞으면 ○표, 틀리면 X표 하십시오.

1) 정보기술의 발달은 지름신이 살기에 좋은 환경을 제공한다. ( )

2) 스트레스를 받는 사람이 반복적으로 쇼핑에 빠져들기가 쉽다. ( )

3) 대부분의 소비자들은 꼭 필요하지 않아도 가격 할인이나 사은품 ( )
 때문에 물건을 산다.

이야기해 봅시다

○ 다음은 여러 가지 소비의 유형입니다. 최근 많이 볼 수 있는 소비유형은 무엇입니까? 이야기해 봅시다.

> 1) 과소비
> 자신의 소득을 초과하는 무분별, 무절제한 소비.
> '마이너스 통장이라도 좋다.' '일단 사고 본다.'
>
> 2) 과시 소비
> 남들에게 자신의 부를 과시하기 위한 소비, 보통 사람들은 꿈도 꾸지 못하는 값 비싼 명품들만 골라서 사는 경우다.
> '명품으로 나를 말한다.'
>
> 3) 모방 소비
> 자신에게 시급하거나 필요한 상품이 아님에도 불구하고 남들이 사니까 무작정 따라하는 소비.
> '네가 사니 나도 산다.'
>
> 4) 충동 소비
> 견물생심이라고 사전에 계획 없이 즉흥적으로 이루어지는 소비.
> '지름신이 내게로 왔다.'
>
> 5) 의존 소비
> 소비자 자신의 욕구에 의해서가 아니라 대중매체의 광고에 자극을 받아 이루어 지는 소비.
> '광고가 나를 유혹한다.'

 더 읽어보기

1. 탁아소에서 벌금제도를 도입한 후 결과는 어떻게 됐습니까?

2. 사람들의 행동에 영향을 미치는 비경제적 측면은 무엇입니까?

관용어 1

1. 가려운 곳을 긁어 주다

남에게 꼭 필요한 것을 잘 알아서 대신 해주다.

- '대통령과의 대화'에서 한 시민의 질문은 국민들의 가려운 곳을 긁어 주었다.

2. 간에 기별도 안 가다

먹은 양이 아주 적어서 먹은 것 같지 않다.

- 배가 부르기는커녕 간에 기별도 안 간다.

3. 간이 콩알만 해지다

겁이 나서 몹시 무서워하거나, 많이 놀랐음을 표현하는 말.

- 아무도 없는 숲길을 밤늦게 걷다보니까 마치 귀신이 나올 것 같아서 간이 콩알만 해졌다.

4. 개미 새끼 한 마리 얼씬하지 않다

아무 것도(아무도) 나타나지 않다.

- 부동산 시장이 얼어붙어서 부동산 중개소에 개미 새끼 한 마리 얼씬하지 않는다.

5. 검은 머리가 파뿌리가 되도록 살다

늙어서 머리가 하얗게 셀 때까지 오래 살다.

- 결혼식에서 신랑과 신부는 어떤 어려움이 있더라도 검은 머리가 파뿌리가 되도록 살겠다고 했

6. 겉 다르고 속 다르다

마음속으로는 좋지 않게 생각하면서도 겉으로는 좋은 것처럼 행동하는 사람에게 하는 말.

겉과 속이 다르다.

- 겉 다르고 속 다른 사람을 표리부동한 사람이라고 하는데, 그런 사람들은 믿을 수 없다.

7. 굶기를 밥 먹듯 하다

자주 굶다.

- 김영수 씨는 굶기를 밥 먹듯 하더니 결국 영양실조에 걸렸다.

8. 그 사람(놈)이 그 사람(놈)이다

둘 이상의 사람이나 사물을 비교할 때 서로 차이가 없음을 낮잡아 이르는 말.

• 이번 선거에서 유권자들은 입으로는 정치 발전을 위해 새 사람을 뽑아야 한다고 했지만, 선거 결과는 그 사람이 그 사람이었다.

9. 꿀 먹은 벙어리

속에 있는 생각을 나타내지 못하는 사람.

• 그 회의 분위기는 워낙 딱딱해서 발표자 이외에는 모든 사람이 꿀 먹은 벙어리처럼 앉아 있었다.

10. 다람쥐 쳇바퀴 돌듯 하다

계속해서 똑같은 일을 반복하고 끝이 없을 때 쓰는 말.

• 결론을 내기 위해 오랜 토의를 했지만 다람쥐 쳇바퀴 돌듯 같은 말을 반복하기만 했을 뿐 결론이 나지 않았다.

관용어 연습 1

1. 가 : 배고파 죽겠어요.

나 : 책상 위에 초코파이 있으니까 먹으렴.

가 : 아이고, 이것 갖고는 ＿＿＿＿＿＿＿＿＿＿＿＿＿ 어요/아요/여요.

2. 가 : 골프 연습장에서 만난 허 사장하고 동업할까 해. 인상도 좋고 사업 경험도 많은 것 같던데……

나 : 그래도 ＿＿＿＿＿＿＿＿＿＿＿＿ 는/은/ㄴ 사람이 많으니까 조심해야지…….

3. 가 : 차표 살 돈도 없다더니 어떻게 서울까지 왔어?

나 : 차표 검사 있을 때마다 화장실에 숨어 있었어. 검사원이 올 때마다 들킬까 봐 ＿＿＿＿＿＿＿＿＿＿＿＿＿＿ 더라.

4. 가 : 오늘도 가게에 ＿＿＿＿＿＿＿＿＿＿＿＿ 는군요/군요.

나 : 그래. 오늘도 손님이 한 사람도 오지 않는구나.

가 : 이렇게 경기가 나빠서야 어디 밥 먹고 살 수 있겠어요?

5. 가 : 지난번에 얘기한 그 일, 믿고 맡길 만한 사람을 골랐나?

나 : 글쎄, 우리 부서 사람들은 다 ＿＿＿＿＿＿＿＿＿＿ 이라고/라고 마땅한 사람이 없네.

6. 가 : 아까 외국인하고 같이 있던데, 그동안 쌓은 영어 실력 발휘 좀 했어?

　　나 : 아니, 막상 외국인을 만나니까 너무 긴장이 돼서 ....

　　　　 처럼 아무 말도 못했어.

7. 가 : 너 그 신문 만평 봤니?

　　나 : 이번에 나온 교육 정책의 문제점을 정확히 꼬집었더라. 정말

　　　　 .... 었어/았어/였어.

8. 가 : 전 세계에서 8억 5천만 명 정도가 기아에 시달리고 있대.

　　나 : 우리는 한 끼만 굶어도 힘든데 .... 는/은/ㄴ

　　　　 사람들은 얼마나 괴로울까.

9. 가 : 여보, ... 자더니 왜 이렇게 병원에 누워만

　　　　 있소? 어서 털고 일어나구려.

　　나 : 나 때문에 당신과 아이들이 고생이 많네요. 빨리 일어나야 할 텐데······

10. 가 : 오랜만이네, 자네 요즘 어떻게 지내나?

　　나 : 매일 매일이 .... 똑같지, 뭐.

　　　　 자넨 어떤가?

과학과 기술

4과 1항

어휘

1. 다음 [보기]에서 알맞은 단어를 골라 빈 칸에 쓰십시오.

> [보기]　　특이하다　　　　　친근하다　　　　　조합하다　　　　　홈피

❶ 친구는 미니 (　홈피　)을/를 예쁜 그림과 사진으로 꾸며 놓았다.
　 윤주 씨 (　홈피　)은/는 유용한 정보가 많아서 누리꾼들에게 인기가 있다.

❷ 그 카페 이름은 우리에게 (　　　　)는/은/ㄴ 노래 가사에서 따온 것이다.
　 그 여배우는 이웃집 누나 같은 (　　　　)는/은/ㄴ 외모와 뛰어난 연기력으로
　 인기를　 끌고 있다.

❸ 나는 (　　　　)는/은/ㄴ 체질이어서 약을 복용할 때 조심해야 한다.
　 드라마 '베토벤 바이러스'에 나오는 여주인공은 두루미라는 아주
　 (　　　　)는/은/ㄴ 이름을 가지고 있었다.

❹ 한글의 자음과 모음을 (　　　　)으면/면 모두 몇 글자가 나올까요?
　 결혼기념일과 청혼 받은 날짜를 (　　　　)어서/아서/여서 비밀번호를 만들었다.

2. 다음 [보기]에서 알맞은 단어를 골라 빈 칸에 쓰십시오.

> [보기]
>
> 인터넷을 사용하다
> 인터넷에 접속하다
> 인터넷이 연결되다
> 인터넷이 끊어지다
> 접속이 원활하다
> 접속이 제한되다
>
> 이메일/사이트 아이디
> 홈페이지용/블로그용 아이디
> 대화명
> 닉네임
>
> 홈페이지/블로그를
> 　만들다/꾸미다/방문하다
> 글을 남기다/달다/올리다
> 글(그림, 사진)을 퍼가다

❶ 직장 일에 바쁜 나는 쇼핑을 하러 갈 시간이 없어서 (인터넷을 사용해서)
~~어서/아서/여서~~ 물건을 구입하기로 했다. (   )은/ㄴ 후 쇼핑몰
사이트에 들어갔다. 그런데 물건을 사려면 회원가입을 해야 했다. 그래서
(   )을/를 만들어야 했다.

❷ 요즘 정치 문제로 사회가 떠들썩해서 정치 토론 사이트에 들어가 보았다.
많은 사람들이 인터넷상에서 토론을 벌이고 있었고, (   )고 있었다.
재미있고 특이한 (   )과/와 (   )을/를 가진 사람들도 있었다.
사람들의 토론을 보다가 어떤 사람의 의견을 보고 나도 내 의견을 써서
(   )었디/ 았다/였다. 몇몇 사람들이 내 글을 보고 자신들의
블로그로 (   )고 싶다고 해서 허락했다.

❸ 10년 전 처음 컴퓨터에 (   )을/ㄹ 때가 생각난다. 그때는
인터넷의 속도도 느렸고 자주 (   )어서/아서/여서 불편했다.
지금은 초고속 인터넷을 사용하기 때문에 속도도 빠르고
(   )어서/아서/여서 그때와 비교할 수 없을 정도로 편리 하다.
인터넷의 발달과 함께 유익한 사이트도 많이 생겼지만 청소년에게
(   ) 는/은/ㄴ 해로운 사이트도 적지 않다.

❹ 오랫동안 만나지 못한 친구의 근황이 궁금해서 친구의 (   )
었다/았다/었다. 친구는 홈페이지에 배경 음악을 깔고 가족사진과 여행 사진,
여행 감상문 등으로 아주 예쁘게 (   )어/아/여 놓았다. 친구의
글에 대한 내 감상을 써서 친구의 홈페이지에 (   )었다/았다/
였다. 친구의 홈페이지를 보고 나도 (   )기로 했다.

-데요

3. 다음을 읽고 '-데요'를 사용해 대화를 완성하십시오.

> 내가 지지하는 자유평등당 전당대회에 갔다. 대통령 후보를 뽑기 위해서였다. 전당대회는 열기로 가득 차 있었다. 여러 후보 중 두 후보의 연설이 아주 인상적이었다. 김힘찬 후보와 최신중 후보였다. 김힘찬 후보는 열정과 패기가 넘친 반면 최신중 후보는 차분하고 침착한 분위기였다. 사람들은 자신이 지지하는 후보를 열렬히 응원하고 있었다. 자신이 지지하는 후보의 이름을 부르면서 응원가도 부르고 있었다. 응원가들이 너무 경쾌해서 나도 모르게 따라 부르게 되었다.

❶ 직장 동료 : 어제 자유평등당 전당대회에 갔다면서요? 분위기가 어땠어요?

　나 : 열기로 가득 차 있데요.

❷ 직장 동료: 여러 명의 후보들이 있는데, 어느 후보가 마음에 들었어요?

　나 : _____ 데요.

❸ 직장 동료: 김힘찬 후보의 인상은 어떻던가요?

　나 : _____ 데요.

❹ 직장 동료: 그러면 최신중 후보는 어땠어요?

　나 : _____ 데요.

❺ 직장 동료: 전당 대회에 온 사람들은 무엇을 하고 있었어요?

　나 : _____ .

❻ 직장 동료: 어떻게 응원을 하던가요?

　나 : 지지하는 후보의 이름을 부르면서 응원가를 부르고 있었어요.

　_____ .

4. 다음을 읽고 '-데요'를 사용해 대화를 완성하십시오.

청계천을 걷다가 '청혼의 벽'에서 벌어진 청혼 장면을 보게 되었다. 나는 결혼에 관심이 없지만 워터스크린 위에 중계되는 장면이 신기해서 계속 보게 되었다. 청혼을 하는 남자는 마이크로 사랑하는 여자에게 사랑을 고백하며, 반지와 꽃을 선물하고 있었다. 목소리는 떨리고 표정은 진지했다. 청혼을 받은 여자가 승낙을 하자 축하메시지가 영상 위에 떴다. 다음날 나는 어떻게 청혼을 해야 할지 고민하는 친구를 만났다.

친구 : 어떻게 청혼을 해야 할지 고민이야.

나　 : 어제 '청혼의 벽'을 지나다 보니 어떤 남자가 그곳에서
　　　❶ 청혼을 하데＿＿＿＿.

친구 : 너는 결혼에 관심이 없잖아. 어쩌다가 그걸 보게 됐어?

나　 : 결혼에 관심은 없는데 ❷ ＿＿＿＿＿＿＿＿＿＿＿＿데.

친구 : 그래? 어떻게 청혼을 하던?

나　 : 남자가 ❸ ＿＿＿＿＿＿＿＿＿＿＿＿＿데.
　　　❹ ＿＿＿＿＿＿＿＿＿＿＿＿＿데.

친구 : 그 여자가 승낙을 했어?

나　 : 응, ❺ ＿＿＿＿＿＿＿＿＿＿＿＿＿＿.

친구 : 그 장면을 보니 결혼하고 싶은 생각이 안 들디?

나　 : ❻ ＿＿＿＿＿＿＿＿＿＿＿＿＿＿＿.

-더라고요

5. 다음 명숙 씨의 일기를 읽고 '-더라고요'를 사용해 대화를 완성하십시오.

> 2009. 12. 22.
> 오늘은 영화감독이자 영화 평론가인 김연세 감독의 책을 사러 광화문에 있는 서점에 갔다. 서점에서 나와 크리스마스 분위기가 물씬 나는 거리를 걸어 청계천까지 갔다. 청계천에는 루체비스타가 아름답게 빛나고 있었다. 많은 사람들이 사진을 찍고 산책을 하며 추억을 만들고 있었다. 그곳을 걷다 보니 작년에 갔던 핀란드의 산타 마을이 생각났다. 산타 우체국과 산타 오피스, 사람들에 둘러싸여 재미있게 얘기하던 산타클로스. 그곳을 방문하는 사람들의 80%가 어른이라고 해서 놀랐던 기억이 난다. 바로 그때 영화의 한 장면 같은 일이 일어났다. 바로 내 앞에 김연세 감독이 서 있는 것이었다! 그는 책표지 사진의 세련된 이미지와 다르게 세상의 시름이 적당히 스며들었으면서도 40대 답지 않은 풋풋한 인상을 가지고 있었다. 책에 사인을 받고 집에 돌아 왔는데 너무 기쁜 나머지 잠을 이루지 못했다. 잠이 많던 평소의 나답지 않게.

명숙은 다음날 영화 아카데미에서 같이 공부하는 희정을 만났다.

희정 : 명숙 씨, 무슨 좋은 일이 있나 봐요? 기분이 좋아 보여요.

명숙 : 네, 어제 청계천에 갔다가 아주 기쁜 일이 있었거든요.

희정 : 요즘 청계천은 크리스마스를 맞아 아름답게 단장했다고 들었는데, 어땠어요?

명숙 : ❶ <u>루체비스타가 아름답게 빛나고 있더라고요.</u>

희정 : 사람들이 많지요?

명숙 : 네, ❷ 사람들이 _____ 더라고요.
        ❸ 청계천을 걷다 보니 작년에 갔던 _____ 더라고요.

희정 : 거기를 방문하는 사람들은 주로 아이들이겠죠?

명숙 : 아니었어요. ❹ _____ 더라고요.
        그런데 어제 청계천에서 김연세 감독과 마주쳤어요.

희정 : 실제로 보니까 어때요? 사진처럼 세련된 인상이던가요?

명숙 : 사진과 느낌이 달랐어요. ❺ _____ .
        사인을 받고 집에 돌아 왔는데 어찌나 기쁜지 ❻ _____ .

6. 대화를 완성하십시오.

친구 : 새로 자동차를 샀다면서? 그 차는 승차감이 좋다고 하던데, 정말 그래?

나　　: 응, ❶ ＿＿＿＿정말 승차감이 좋＿＿＿＿더라. 그리고 평소에도
　　　　운전을 조심해서 하는 편인데, 새 자동차를 운전하니까 더
　　　　❷ ＿＿＿＿＿＿＿＿＿＿＿＿＿더라. 운전을 하는 김에 시내 이곳저곳을
　　　　돌아 다녔어. 그러다 노천카페가 눈에 띄길래 거기서 커피를 마셨지.

친구 : 노천카페? 나도 한 번 가 본 적이 있어. 전에는 노천카페가 아주
　　　　드물었는데, 요즘은 ❸ ＿＿＿＿＿＿＿＿＿＿＿더라. 거기서
　　　　커피를 마시니까 커피 맛이 한결 더 그윽하던데.

나　　: 맞아, 시원한 바람과 따뜻한 햇빛 속에서 커피를 마시니까 네 말처럼
　　　　커피가 너 ❹ ＿＿＿＿＿＿＿＿＿＿＿더라. 참, 너는 지난주에
　　　　설악산에 갔다 왔다면서? 어땠어? 단풍이 다 들었어?

친구 : 응, 보통 때와 다르게 벌써 ❺ ＿＿＿＿＿＿＿＿＿＿＿더라고.

나　　: 여행을 갔다 오니까 어때?

친구 : 여행을 가기 전에는 스트레스가 쌓여서 의욕이 없었는데,
　　　　갔다 오니까 ❻ ＿＿＿＿＿＿＿＿＿＿＿더라고.

어휘

1. 다음 [보기]에서 알맞은 단어를 골라 빈 칸에 쓰십시오.

[보기]	생명공학	유전인자	복제	사례	부작용
	장기이식	불치병	이치	혜택	

이 세상에는 (불치병)에 걸려 고생하는 사람들이 있다. 사람이 태어나고 죽는 것은 자연의 (   )지만 무병장수는 인간의 영원한 꿈이라고 할 수 있다. 현재 과학과 의학의 발전은 간, 심장, 신장 등의 (   )을/를 가능하게 했다. 그리고 체세포로부터 똑같은 개체를 만들어 내는 (   ) 기술이 발전해 벌써, 양, 소, 쥐 등이 만들어졌다. 생명을 연구해 인간에게 유용한 것을 생산해 내기 위한 학문인 (   )은/는 인간에게 많은 (   )을/를 주기도 할 것이다. 하지만 이로 인한 (   )도 적지 않다. (   )에 변형을 가해 만들어낸 GMO 식품이 그 예이다. 이러한 문제점에 대한 다양한 (   ) 연구가 필요하다.

2. 다음 [보기]에서 알맞은 단어를 골라 빈 칸에 쓰십시오.

[보기]	유전공학	염색체	유전자	조작
	수명 연장	동물 실험	신약 개발	

❶ 잃어버렸던 자식을 20년 만에 찾게 되었을 때 친자 확인을 위해 (유전자) 검사를 했다.

❷ 요즘에는 유전자를 (   )해서 새로운 품종의 과일과 채소를 만든다.

❸ 새로 나온 약이 안전한지 시험하기 위해서 인간이 복용하기 전에 (   ) 을/를 합니다.

❹ 암을 치료하기 위해 (   )에 박차를 가하고 있다.

❺ (   )은/는 유전이나 성 결정에 중요한 역할을 하지요. 예를 들면 여성은 XX (   ) 을/를 가지고 있어요.

❻ 오래전부터 인간의 (   )을/를 위해 과학과 의학이 끊임없이 발전해 왔다.

❼ (   )은/는 생물의 유전자를 인공적으로 가공하여, 인간에게 필요한 물질을 대량으로 값싸게 얻는 기술에 관한 학문이다.

- 되

3. 다음 표를 보고 '−되'를 사용해 대화를 완성하십시오.

'가'	신경 쓸 점
❶ 인터넷 중독자	시간을 정해 놓고 하다
❷ 투자를 고민하는 사람	분산 투자를 해서 위험을 피하다
❸ 파티에 가고 싶은 사람	일을 끝내고 가다
❹ 미니 홈피를 만들고 싶은 사람	너무 많은 개인 정보를 올리지 않다
❺ 오지에 봉사 활동을 가고 싶은 사람	철저히 준비하다
❻ 도시관에서 컴퓨터를 사용하고 싶은 신입생	사용 시간이 2시간을 넘지 않다

❶ 가 : 저는 인터넷을 시작하면 밤을 새우기 일쑤예요. 일상생활에 지장을 줄
　　　정도예요. 이제는 좀 벗어나고 싶습니다. 인터넷을 아예 하지 말아야
　　　할까요?

　　의사 : 인터넷을 하되 시간을 정해 놓고 하세요.

❷ 가 : 몇 년 동안 저축을 해서 돈을 조금 모았습니다. 이 돈을 어딘가에
　　　투자해서 돈을 벌고 싶은데요. 무엇을 주의해야 하나요?

　　투자 상담자 : _____ 되 _____ .

❸ 가 : 내일까지 회사에 낼 보고서를 아직 못 끝냈어. 오늘 꼭 가고 싶은
　　　파티가 있는데, 어떻게 하지?

　　친구 : _____ 되 _____ .

❹ 가 : 미니 홈피를 만들고 싶지만 사생활이 노출될 것 같아 꺼림칙해.

　　친구 : _____ .

❺ 가 : 저도 오지에 가서 봉사 활동을 하고 싶은데요.

　　선배 : _____ .

❻ 신입생 : 도서관에서 컴퓨터를 개인적으로 사용해도 되나요?

　　선배 : _____ .

4. 관계있는 것을 연결하고 맞는 상황을 찾아 '-되'를 사용해 대화를 완성하십시오.

❶ 여행을 가다 • • 너무 꼬치꼬치 캐묻지 말다

❷ 필요한 만큼 예산을 집행하다 • • 헤드폰을 착용하다

❸ 개인적인 질문을 하다 • • 남을 비방하는 글을 달지 말다

❹ 지하철에서 음악을 듣다 • • 가까운 곳으로 가다

❺ 게시판에 글을 올리다 • • 자신의 소신을 굽히지 말다

❻ 다른 사람의 의견을 참조하다 • • 반드시 영수증을 첨부하다

❶ 가 : 이번 연휴는 짧아서 여행가기 힘들겠어요. 여행을 가지 말까요?

　나 : 여행을 가되 가까운 곳으로 갑시다.

❷ 가 : 악성 댓글 때문에 고통 받는 사람이 많더라고요.

　나 : 맞아요. ＿＿＿＿＿＿＿＿＿＿＿＿＿＿＿ 되 ＿＿＿＿＿＿＿＿＿＿＿＿＿＿＿＿＿＿＿.

❸ 가 : 오늘 클럽 파티에 처음 가 보는데 사람들과 어떻게 대화해야 할지 잘 모르겠어요. 개인적인 질문을 해도 될까요?

　나 : 되 ＿＿＿＿＿＿＿＿＿＿＿＿＿＿＿＿＿＿＿＿＿＿＿＿＿＿＿＿＿＿＿＿.

❹ 가 : 이번에 우리 부서에서 새 프로젝트를 시작하려면 예산이 많이 들 것 같은데 필요한 만큼 써도 될까요?

　나 : ＿＿＿＿＿＿＿＿＿＿＿＿＿＿＿＿＿＿＿＿＿＿＿＿＿＿＿＿＿＿＿＿＿＿＿.

❺ 가 : 지하철에서 핸드폰으로 음악을 듣고 싶은데 괜찮을까요?

　나 : ＿＿＿＿＿＿＿＿＿＿＿＿＿＿＿＿＿＿＿＿＿＿＿＿＿＿＿＿＿＿＿＿＿＿＿.

❻ 가 : 사람들은 저에게 소신이 너무 강하다고들 합니다. 제 소신을 굽히고 주위 사람의 의 견대로 해야 할까요?

　나 : ＿＿＿＿＿＿＿＿＿＿＿＿＿＿＿＿＿＿＿＿＿＿＿＿＿＿＿＿＿＿＿＿＿＿＿.

5. 두 사람의 토론을 읽고 '–는 한'을 사용해 문장을 바꾸십시오.

<인터넷 실명제>

가 : 저는 인터넷 실명제에 찬성입니다. ❶ <u>인터넷 실명제를 하지 않는다면 악성 댓글은 절대로 사라지지 않을 겁니다.</u>

나 : 저는 반대입니다. 인터넷 실명제는 언론의 자유를 억압하는 것입니다. ❷ <u>인터넷에서 익명성이 보장되지 않는다면 언론의 자유가 보장된다고 할 수 없어요.</u>

❶ 인터넷 실명제를 하지 않는 한 악성 댓글은 절대로 사라지지 않을 겁니다.

❷ ....

<유전자 조작 식품>

가 : ❸ <u>유전자 조작으로 품종개량을 하지 않는다면 식량 증산의 한계로 인해 식량 위기가 올 것입니다.</u>

나 : 유전자 조작 식품은 안전성이 의심되고 있습니다. ❹ <u>유전자 조작 식품이 과연 식용으로 안전한지 충분히 검증되지 않는다면 안심하고 먹기 어려울 것입니다.</u>

❸ ....

❹ ....

<낙태>

가 : 저는 낙태에 반대합니다. 낙태는 인간의 생명을 없애는 것입니다. ❺ <u>태아를 인간이라고 인정한다면 절대로 낙태를 해서는 안 되죠.</u>

나 : 하지만 ❻ <u>낙태를 허용하지 않는다면 여성의 권리는 보장된다고 할 수 없지요.</u>

❺ ....

❻ ....

6. '-는 한'을 사용해 대화를 완성하십시오.

❶ 가 : 저는 소극적인 성격이에요. 좋아하는 사람이 생겨도 말을 못하고 친구에게
　　　 불만이 있어도 혼자서 참기만 합니다.

　　나 : 자신의 생각을 표현하세요. <u>자신의 생각을 표현하지 않는 한</u> 다른 사람들은
　　　 미선 씨 마음을 알 수 없습니다.

❷ 가 : 명절이 되면 주부들은 마음이 무거워집니다. 여자들만 일을 많이 해야 하는
　　　 지금과 같은 명절 문화는 가족 구성원 사이에 갈등만 만들어낼 뿐입니다.
　　　 지금의 명절 문화를 바꾸어야만 갈등이 생기지 않는다고 생각합니다.

　　나 : 맞아요. _____ 는 한 _____ .

❸ 가 : 연일 시위가 계속되고 있군요. 이 정치적 위기 상황에서 벗어나려면 정말
　　　 특단의 대책이 필요하다고 생각됩니다.

　　나 : 맞아요. _____ 는 한 _____ .

❹ 가 : 이번에 나온 김 작가님 책을 읽었어요. 연세가 많으신 분이 쓴 책인데 마치
　　　 열정적인 젊은이가 쓴 것 같아요. 그런 글을 쓴 분이라면 나이가 많아도
　　　 노인이라고 할 수 없지요.

　　나 : 그래요. _____ 는 한 _____ .
　　　 반대로 열정과 꿈이 없다면 젊어도 젊다고 할 수 없지요.

❺ 가 : 이번에 김 대리의 충고에 따라 일을 했다가 일을 망쳤어요. 저는 정말 김
　　　 대리가 원망스럽습니다.

　　나 : 김 대리의 충고를 따르기로 한 것도 미선 씨 결정이지요. 자기 자신의
　　　 문제점에 대해 먼저 생각해 보세요. 미선 씨가 발전을 하고 싶다면 남의
　　　 탓을 하지 마세요. _____ .

❻ 가 : 우리 아이는 자기 일을 스스로 못해요. 그러니까 하나에서 열까지 제가 다
　　　 챙겨 주게 됩니다. 어떻게 하면 독립성을 키워 줄 수 있을까요?

　　나 : 너무 지나치게 간섭하고 챙겨주지 마세요. _____ .

읽고 말하기

※ 다음 글을 읽고 질문에 답하십시오.

2000년 2월 23일 '모든 시민은 기자다'라는 구호 아래 인터넷신문 <오마이뉴스>가 창간됐다. <오마이뉴스>에 '뉴스 게릴라'란 이름의 시민기자들이 다양한 방식으로 현장에 접근해 뉴스를 쏟아냈다. 이에 따라 뉴스 수용자들도 예전처럼 뉴스를 소비하고 끝나는 것이 아니라 댓글을 통해 적극적으로 참여하며 생산자로 나섰다.

그러나 이제는 일반 시민이 기자가 돼 인터넷언론에 기사를 올리는 데에서 머물지 않고 각 개인이 미디어를 운영하며 언론 활동도 하는 데까지 이르렀다. 이러한 1인 미디어를 가능하게 한 것은 바로 인터넷이며, 디지털카메라와 캠코더, 카메라폰과 영상 휴대전화 같은 정보 통신 기술 역시 큰 역할을 했다. 무엇보다도 1인 미디어 탄생에 빼놓을 수 없는 중요한 역할을 한 것은 블로그다.

1인 미디어가 지닌 장점은 신속성과 광범위한 네트워킹이라고 할 수 있다. 2007년 1월 강릉 인근에서 지진이 발생했을 때 기존 언론은 물론 기상청 통보마서 제치고 네티즌들이 가장 먼저 지진 사실을 인터넷에 쏟아낸 것은 1인 미디어가 가진 신속성을 잘 보여준다고 할 수 있다.

1인 미디어가 정보의 독점을 통한 지배와 피지배의 관계를 수평적 관계로, 일방적 정보 전달 관계를 쌍방향 관계로 만들자, 기존의 저널리즘도 수용자 중심의 뉴스 생산과 유통구조를 만들기 시작했다. 이에 따라 현대 사회의 저널리즘에는 긍정적인 큰 변화가 왔다고 할 수 있다.

그러나 문제점 역시 많아졌다. 먼저 사실로 확인되지 않거나 사실과 다른 정보와 뉴스가 대량으로 유통됨에 따른 혼란이 있다. 두 번째로 명예 훼손과 사생활 노출 등 인권 침해 문제가 나타났다. 세 번째로는 폭력물 등 선정적이고 자극적인 콘텐츠가 확산되고 있으며, 1인 미디어를 가장한 상업적 목적의 정보가 유통되고 있다는 점이다. 또한 오프라인 공간에서 개인은 점점 더 개인화되는 반면 온라인 공간에서는 집단주의 양상을 띠는 것 같은 부작용도 나타났다.

1. 위 글에서 <u>언급되지 않은 것</u>은 무엇입니까? (   )

❶ 1인 미디어의 역사   ❷ 1인 미디어의 장점

❸ 1인 미디어가 가져온 긍정적 영향   ❹ 1인 미디어의 문제점

2. 위 글의 내용과 <u>다른</u> 것은 무엇입니까? (   )

  ❶ 1인 미디어 활동을 하는 사람을 '뉴스 게릴라'라고 부른다.

  ❷ 1인 미디어의 장점은 빠른 보도 능력과 폭넓은 네트워크이다.

  ❸ 1인 미디어의 출현으로 인해 현대 사회의 저널리즘에 큰 변화가 생겼다.

  ❹ 1인 미디어를 이용해 영리를 목적으로 하는 정보가 퍼졌다.

3. 1인 미디어와 관련된 자신의 경험을 이야기해 봅시다.

듣고 쓰기   ◀)) 04

※ 다음은 TV 다큐멘터리 프로그램의 일부입니다. 듣고 질문에 답하십시오.

1. 무엇에 대한 이야기입니까? (   )

  ❶ 미술품의 보안 유지를 위한 방법　　　❷ 홍채 등을 이용한 생체 인식 기술

  ❸ 영화 속에 나타난 발달된 과학 기술　　　❹ 개인의 고유한 신체적 특징이나 습관

2. 들은 내용과 <u>다른</u> 것은 무엇입니까? (   )

  ❶ 도넛처럼 생긴 홍채는 3살 무렵 그 형태가 결정된다.

  ❷ 생체 인식에 있어 현재 가장 널리 사용되고 있는 것은 홍채이다.

  ❸ 카메라에 인식된 홍채의 모양을 등록 정보와 비교하는 데 시간이 많이 걸린다.

  ❹ 실험에 따르면 실제의 홍채와 정교한 사진 속의 홍채는 동일한 것으로 인식되었다.

3. 생체 인식 기술이 이용될 수 있는 구체적인 경우를 생각해 보고 제안서를 쓰십시오.

제 안 서

* 이용 기술 : .... 을/를 이용한 생체 인식 기술

* 사용 목적 :

....

....

....

* 기대 효과 :

....

....

....

....

....

* 소요 예산 :

....

....

....

읽기 활용연습

 어휘 연습

1. 다음 단어의 의미를 골라 연결하십시오.

1) 천문학 •
2) 측량술 •
3) 상형문자 •
4) 고고학자 •
5) 발상지 •

• 사물의 모양을 본떠서 만든 글자

• 유물과 유적을 가지고 옛사람들의 생활을 연구하는 사람

• 역사적으로 큰 뜻이 있는 일이 처음으로 생겨난 곳

• 우주에 관한 온갖 사항을 연구하는 학문

• 사물의 높이, 넓이, 길이 등을 기구를 써서 재는 기술

2. 빈칸에 공통으로 들어갈 단어를 골라 쓰십시오.

| 번성하다 | 고립되다 | 숙연하다 | 소요되다 | 염원하다 |

1) ㄱ. 폭설이 내려 산간 지역은 _____ 는/은/ㄴ 곳이 많다.
   ㄴ. 한 국가가 세계에서 _____ 지 않으려면 개방적인 외교 정책을 펴야 한다.

2) ㄱ. 이 산의 정상까지 오르는 데는 세 시간이 _____ 는다/ㄴ다.
   ㄴ. 이 일은 _____ 는/은/ㄴ 자금이 막대해서 추진하기가 어렵다.

3) ㄱ. 온 국민이 평화 통일을 _____ 고 있다.
   ㄴ. 수험생 부모들은 자식들이 수능 시험에서 좋은 성적을 거두기를 _____ _____ 으면서/면서 간절히 기도한다.

4) ㄱ. 고구려는 5세기 광개토대왕 시대에 크게 ＿＿＿＿＿＿＿＿＿ 었다/았다/였다.

ㄴ. ＿＿＿＿＿＿＿ 었다가/았다가/였다가 멸망한 국가들을 역사에서 찾아볼 수 있다.

5) ㄱ. 고인을 기리는 추도사를 듣는 자리는 ＿＿＿＿＿＿＿＿ 는/은/ㄴ 분위기였다.

ㄴ. 어머니의 희생을 그린 연극을 보면서 관객들은 ＿＿＿＿＿＿＿＿ 어졌다/아졌다/여졌다.

3. 다음 문제를 보고 답을 쓰십시오.

1) 서로 어울리는 것을 연결하고 문장을 만드십시오.

멍둥서리 ●   ● 따끔거리다

눈   ●   ● 곱슬거리다

가슴   ●   ● 북적거리다

머리카락 ●   ● 두근거리다

❶ 명동 거리는 항상 젊은이들로 북적거린다.

❷ ＿＿＿＿＿＿＿＿＿＿＿＿＿＿＿＿＿＿＿＿＿＿＿

❸ ＿＿＿＿＿＿＿＿＿＿＿＿＿＿＿＿＿＿＿＿＿＿＿

❹ ＿＿＿＿＿＿＿＿＿＿＿＿＿＿＿＿＿＿＿＿＿＿＿

2) 다음 중에서 관계가 다른 것을 고르십시오. (　　　)

❶ 일출 : 일몰　　　❷ 요람 : 무덤　　　❸ 창안 : 모사　　　❹ 속세 : 이승

3) 다음 표현의 의미를 골라 연결하고 문장을 완성하십시오.

열정을 불태우다　　●　　　　　　●감탄하거나 어이가 없어 무슨
　　　　　　　　　　　　　　　　 말을 해야 할지 모르다

할 말을 잃다　　　●　　　　　　●실감이 나다

피부로 느껴지다　●　　　　　　●열렬한 애정을 가지고 열중하다

❶ 장을 볼 때면 요즘 물가가 얼마나 많이 올랐는지가 ....
　 는/ㄴ다.

❷ 그 배우는 이 작품이 마지막 작품이라고 생각하고 연기에 대한 ....
　 ....고 있다.

❸ 자신의 잘못임이 분명한데도 다른 사람의 탓으로 돌리는 박 대리를 보고
　 ....었다/았다/였다.

내용 이해

1. 글쓴이가 이 글에서 이야기하고자 하는 것은 무엇입니까? (　　)

　❶ 고대 문명과 고고학의 역할

　❷ 시간의 흐름에 따른 역사의 진보

　❸ 이집트 문명과 이슬람 문화의 이질성

　❹ 고대 문명의 신비로움과 인간의 지혜

2. 다음은 이 글의 짜임을 정리한 것입니다. 빈칸에 알맞은 말을 넣으십시오.

> **처음**　• 고대 이집트 문명
> 　　피라미드와 스핑크스로 대표됨.
> 　　_____ 을/를 창안함.
> 　　파피루스에 상형문자를 만들어 씀.
>
> **중간**　• 겨울 이른 새벽에 도착한 카이로
> 　　카이로는 고대 문명의 요람이며
> 　　'문화'라는 인류 최고의 산물을 일구어 낸 실험장이었음.
> 　• 기자의 스핑크스와 피라미드
> 　　스핑크스 – _____
> 　　피라미드 – 고대 이집트의 절대 군주 파라오의 무덤
> 　　_____
> 　　_____
>
> **끝**　• 오늘날의 카이로
> 　　전통적인 아랍 분위기가 지배적임.
> 　　이집트 문명의 요람이며 _____

3. 다음을 읽고 맞으면 O표, 틀리면 X표 하십시오.

　1) 이집트 문명은 지형적인 이유로 독자적 문명을 보존할 수 있었다. (　　)

　2) 카이로는 나일 강이 시작되는 곳으로 비옥한 땅이다. 　　(　　)

　3) 스핑크스는 피라미드를 지켜주는 신이다. 　　(　　)

　4) 지금도 이집트에 태양신을 믿는 사람들이 많다. 　　(　　)

써 봅시다

1. 역사적으로 의미 있는 곳을 여행한 경험을 <보기>와 같이 표에 써 보십시오.

여행 일정 : 경주, 지난 봄 주말, 친구와 1박2일	
보고 들은 것	느낀 것
첨성대 – 국보31호로 선덕여왕 때 세워진 것으로 전해짐. 　동양에서 가장 오래된 천문대라고 함. **천마총** – 1973년에 발굴된 고분으로 1만 1500여 점의 유물이 출 　토되었는데 그 중 금관과 천마도가 유명함 **경주박물관** – 국보29호로 771년에 완성된 성덕대왕신종(에밀레종)이 　가장 인상적임. 에밀레종의 설화가 떠오름. **석굴암** – 불상과 조각들이 아름다운 세계문화유산임. **불국사** – 석가탑(세계최초의 목판 인쇄물이 발견됨)과 다보탑 　이 유명한 세계문화유산임.	● 신라시대의 높은 과학 수 　준을 알 수 있음. ● 누구의 능인지 궁금해짐. 　천마도를 보고 싶어짐. ● 종소리를 들을 수 없어 아 　쉬움. 종의 제작 기술이 신 　기함. ● 통일신라 불교의 찬란함과 　종교의 숭고함을 느낌. ● 건축미에 감탄함.

전체적인 감상 : 도시 전체가 하나의 박물관 같은 경주에서 천년 신라의 숨결을 느끼고 문화 유산의 소중함에 대해 생각함.

여행 일정 :	
보고 들은 것	느낀 것

전체적인 감상 :

2. 위의 표를 바탕으로 기행문을 써 보십시오.

....

....

....

....

....

....

....

 더 읽어보기

1. 글쓴이가 온달 장군과 평강 공주의 이야기를 믿는 이유는 무엇입니까?

2. 글쓴이가 생각하는 지혜와 현명함의 바탕은 무엇입니까?

11. 두 다리 쭉 뻗고 자다

아무 근심 없이 마음 놓고 편히 자다.

- 이제 시험도 다 끝났으니 두 다리 쭉 뻗고 자야겠다.

12. 둘이 먹다가 하나가 죽어도 모르다

매우 맛있다.

- 이 음식은 둘이 먹다가 하나가 죽어도 모를 만큼 맛있다.

13. 도마 위에 오르다

어떤 사물이 비판의 대상이 되다.

- 그 대선 후보의 비리가 여론의 도마 위에 오르면서 지지율이 하락했다.

14. 마음은 굴뚝같다

마음속으로는 너무나 하고 싶은 생각이 많다.

- 같이 여행을 가고 싶은 마음은 굴뚝같지만 다음 주에 중요한 시험이 있어서 어려울 것 같아.

15. 모기 소리만 하다

소리가 매우 작고 약하다.

- 얼마나 겁을 먹었는지 대답하는 목소리가 모기 소리만 했다.

16. 물 쓰듯 하다

돈을 쓸데없이 많이 쓰다.

- 그렇게 돈을 물 쓰듯 하다가는 금방 거지가 될 것이다.

17. 물거품이 되다

수포로 돌아가다. 노력이 헛되다.

- 30일 동안 연속으로 연세 홈쇼핑 사이트에 출석을 하면 무조건 1000포인트를 주는 이벤트에 참여했다. 그런데 마지막 날 너무 바빠 깜빡 잊고 출석을 안 해서 결국 그 동안의 수고가 물거품이 되고 말았다.

18. 바닥이 나다

돈이나 물건이 다 없어지다

· 그 사람의 많은 재산은 그의 낭비벽 때문에 바닥이 나 버렸다.

19. 손때가 묻다

그릇, 가구 따위를 오래 써서 길이 들거나 정이 들다.

· 어머니는 할머니의 손때가 묻은 바느질 상자를 소중하게 여기신다.

20. 양다리를 걸치다

양쪽에서 이익을 보려고 두 편에 다 관계를 가지다.

· 알고 보니 남자친구가 이제까지 나와 내 친구 사이에서 양다리를 걸치고 있었다.

YONSEI KOREAN WORKBOOK 5

11. 가 : 요즘 모델 활동에 전념하고 계신데, 영화에 출연하실 생각은 없으신가요?

나 : _____지만 너무 바빠서요.

12. 가 : 너, 엄마 말 또 안 들을 거야? 앞으로 말 잘 들을 거지.

나 : 네, 잘 들을게요.

가 : _____게 말하지 말고 좀 크게 말해.

13. 가 : 요즘 회사 분위기가 말이 아니야 ……

나 : 지난 번 회의에서도 해고할 사람에 대해 얘기했대.

다 : 누구누구에 대해 이야기했대? 설마 우리가 _____는/은/ㄴ 것은 아니겠지?

14. 가 : 어, 오늘은 얼굴이 아주 밝은데 …… 뭐 좋은 일이라도 있어?

나 : 응. 두 달 동안 준비해 온 기획안 프레젠테이션이 어제 잘 끝나서 오랜만에 _____었어/았어/였어.

15. 가 : 아니, 계산서가 잘못 된 거 아니야? 여보.

나 : 아니. 맞아…… 그건 지난달에 백화점 세일 때……

가 : 이렇게 돈을 _____으면/면 어떻게 해.

16. 가 : 그 선수가 갑자기 부상을 당해서 이번 올림픽 대회에 참가를 못하게 됐다면서요?

나 : 지난 4년 동안 그렇게 열심히 연습을 했다는데, 모두 _____ 었군요/았군요/였군요.

17. 가 : 이번 여행 같이 가는 거지?

　　나 : 아니, 나는 못 갈 것 같아. 이번 달 용돈이 벌써 ＿＿＿＿＿＿＿＿＿

　　　　어서/아서/여서 지금 한 푼도 없거든.

18. 가 : 유명세 감독이 다른 팀으로 갔다면서?

　　나 : 재계약을 앞두고 ＿＿＿＿＿＿＿＿＿고 협상을 하다가 유리한 조건을

　　　　제시한 다른 팀으로 갔대.

19. 가 : 방이 이렇게 좁은데 오래된 물건들을 버리지 않고 쌓아 놓고 사는구나.

　　나 : 어머니의 ＿＿＿＿＿＿＿＿＿＿＿＿＿는/은/ㄴ 것들이라 도저히 버릴

　　　　수가 없어서……

20. 가 : 어제 간 식당 음식은 어땠어?

　　나 : 너무 맛있어서 ＿＿＿＿＿＿＿＿＿＿＿＿＿＿＿＿＿겠더라.

생활과 경제

5과 1항

어휘

1. 다음 [보기]에서 알맞은 단어를 골라 빈 칸에 쓰십시오.

> [보기]　늘어나다　　줄어들다　확연히　　표가 안 나다　보상하다
>
> 　　　　소비자 보호원　고발하다　피해를 입다　손해배상

얼마 전 화장품 방문 판매원의 권유로 주름살에 특효가 있다는 영양크림을 샀다. 그런데 주름 살이 (　줄어들　)기는커녕 피부에 이상한 뾰루지도 생기고 잔주름은 더 (　　　　)었다/았다/였다. 너무 화가 난 나는 판매원에게 (　　　　)어/아/여 달라고 말했지만 판매원은 "뾰루지 난 것은 (　　　　)네요 뭐. 한 달쯤 후엔 피부가 (　　　　) 달라질 거니까 조금만 더 기다려 봐요."라고 말하는 것이었다. 난 참을 수가 없어서 (　　　　)에 전화를 걸어 상담을 받았다. 상담원은 요즘엔 소비자 보호법 덕분에 이렇게 (　　　　)는/은/ㄴ 경우에 (　　　　)을/를 받을 수 있다고 친절하게 설명해 줬다. 또한 이런 경우는 과대광고 죄로 경찰에 (　　　　)을/ㄹ 수도 있다고 조언해 줬다.

2. 다음 [보기]에서 알맞은 단어를 골라 빈 칸에 쓰십시오.

> [보기]　판매자/판매처　　하자　　　　　　접수
> 　　　　소비자　　　　　교환 반품 환불　신고
> 　　　　고객 상담실　　　무상수리　　　　청구
> 　　　　　　　　　　　　　　　　　　　보상

❶ 새로 입주한 아파트에 (　하자　)어/가 있을 때는 우선 건설사의 (　　　　)에 전화를 걸어 불만사항을 (　　　)하여야 한다. 1년까지는 (　　　　)을/를 받을 수 있다.

❷ 홈쇼핑에서 구입한 제품이 마음에 안 들 경우 바로 (　　　　)에/에게 보내 (　　　) 할 수 있다. 이 때 다른 제품으로 (　　　)할 수도 있고 마음에 드는 것이 없다면 지불한 돈을 (　　　) 받을 수도 있다.

❸ 제조사의 부당한 행위에 대해 (　　　)은/는 손해배상을 (　　　)할 수 있다. 제조사가 이에 합당한 조처를 취하지 않는다면 소비자보호원에 (　　　)할 수 있다. 이 기관은 적절한 피해 (　　　)을/를 받을 수 있도록 도와준다.

문법

-어서 -을래야 -을 수가 없다

3. 적군에게 포위된 군인들의 대화입니다. 다음 표를 보고 대화를 완성하십시오.

상　　황	불가능한 일
 ❶ 바로 앞에 적들이 있다	나아가다
 ❷ 적들에게 둘러싸여 있다	후퇴하다
 ❸ 통신이 끊기다	연락하다

❹ 총알도 다 떨어지다	공격하다
❺ 건빵에 곰팡이가 피다	먹다
❻ 다리를 심하게 다치다	뛰다

소위 : 진격! 진격! 앞으로 전진!

병장 : 소위님, ❶ 바로 앞에 적들이 있어서 ~~어서/아서/여서~~ 나아갈래야 ~~을래야/ㄹ래야~~ 나아갈   을/ㄹ 수가 없습니다. 위험합니다.

소위 : 그런가? 할 수 없지. 그럼, 뒤로 후퇴하자.

병장 : ❷ ＿＿＿＿＿＿＿＿＿＿＿ 어서/아서/여서 ＿＿＿＿＿＿＿＿＿ 을래야/ㄹ래야 ＿＿＿＿＿＿＿＿＿＿＿＿＿ 을/ㄹ 수도 없습니다. 적들에게 포위되었습니다.

소위 : 음, 최악의 상황이군! 그럼, 빨리 연락해 지원군을 보내달라고 해! 어서!

병장 : ❸ ＿＿＿＿＿＿＿＿＿＿＿ 어서/아서/여서 ＿＿＿＿＿＿＿＿＿ 을래야/ㄹ래야 ＿＿＿＿＿＿＿＿＿＿＿＿＿ 을/ㄹ 수가 없습니다.

소위 : 완전 독안의 든 쥐가 되었군. 할 수 없지. 그럼 여기에서 죽을 각오로 싸워보자. 공격 할 총알은 남았겠지?

병장 : ❹ _____ 어서/아서/여서 _____ 을래야/ㄹ래야 _____ 을/ㄹ 수가 없습니다.

소위 : 그럼, 며칠 견딜 식량은 남아 있나?

병장 : 건빵이 조금 남아 있기는 한데 ❺ _____ 어서/아서/여서 _____ 을래야/ㄹ래야 을/ㄹ 수가 없습니다.

소위 : 이거 낭패로군. 여기에서 이렇게 죽을 수밖에 없단 말인가! 이렇게 죽기를 기다리느니 차라리 수류탄을 가지고 적진으로 뛰어들자!

병장 : 소위님, 죄송합니다. 전 _____ 어서/아서/여서 _____ 을래야/ㄹ래야 _____ 을/ㄹ 수가 없습니다.

4. '–어서 –을래야 –을 수가 없다'를 사용해 대화를 완성하십시오.

❶ 가 : 어른하고 식사할 때 먼저 먹으면 어떡해요?
　 나 : 너무 배가 고파서 ~~어서/아서/여서~~ 참 ~~을래야~~ ~~을래라/ㄹ래야~~ 참을 을/ㄹ 수가 없었어요.

❷ 가 : 음악은 가리지 않고 다 좋아하신다더니 헤비메탈 음악은 안 들으시나 봐요.
　 나 : _____ 어서/아서/여서 _____ 을래야/ㄹ래야 _____ 을/ㄹ 수가 없어요.

❸ 가 : 매실 장아찌가 맛있는데 안 드세요?
　 나 : _____ 어서/아서/여서 _____ 을래야/ㄹ래야 _____ 을/ㄹ 수가 없어요.

❹ 가 : 이제 1km만 가면 산 정상이야. 조금만 더 힘을 내.
　 나 : _____ 어서/아서/여서 _____ 을래야/ㄹ래야 _____ 을/ㄹ 수가 없어.

❺ 가 : 이번에 네가 좋아하는 브랜드에서 신상품이 나왔던데.
　 나 : _____ 어서/아서/여서 _____ 을래야/ㄹ래야 _____ 을/ㄹ 수가 없어.

❻ 가 : 이제 힘들었던 모든 과거의 기억들은 잊어버리도록 하세요.
　 나 : _____ 어서/아서/여서 _____ 을래야/ㄹ래야 _____ 을/ㄹ 수가 없어요.

(-어서) -을까 말까 생각 중이다

5. 다음 [보기]에서 알맞은 표현을 골라 문장을 완성하십시오.

> [보기]   경찰에 고발하다   다른 제품으로 교환하다   판매처에 반품하다
>
> 소비자 보호원에 신고하다   입사 지원서를 접수하다   손해 배상을 청구하다

❶ 요즘 '삼선'에서 신입사원 공채모집을 합니다. 그런데 전 지난달에 이미 '현도'에 취직이 되었어요. '삼선'은 꼭 들어가고 싶었던 회사인데요.   이미 취직이 된 상황이라서 입사지원서를 접수할까   ~~을까/ㄹ까~~ 말까 생각 중이에요.

❷ 과자에서 벌레처럼 보이는 이물질이 나왔는데요. 과자를 만든 회사에서는 봉지를 뜯은 후에 나중에 들어갔을 거라고 발뺌을 합니다. ＿＿＿＿＿＿＿＿＿＿＿＿을까/ㄹ까 말까 생각 중이에요.

❸ 저희 집 앞 골목에 장기 불법 주차되어 있는 차량 때문에 지나다니기도 힘들고 아이들이 뛰어놀 곳도 없습니다. ＿＿＿＿＿＿＿＿＿＿＿＿을까/ㄹ까 말까 생각 중이에요.

❹ 새로 디지털 TV를 샀는데요. 영상이 아주 선명하게 잘 나와서 만족스러워요. 근데 청소 하다가 TV 측면에 작은 흠집이 있는 걸 발견했어요. ＿＿＿＿＿＿＿ ＿＿＿＿＿＿을까/ㄹ까 말까 생각 중이에요.

❺ 인터넷 쇼핑몰을 통해 속옷을 샀는데요. 색상, 디자인은 마음에 드는데 막상 입어보니 조금 끼었어요. 한 치수 더 큰 것으로 바꿀까 하고 문의해 보니 이미 품절이 되었더라고요.
＿＿＿＿＿＿＿＿＿을까/ㄹ까 말까 생각 중이에요.

❻ 늘 콤플렉스였던 코 성형수술을 받고 자신감 있게 생활하게 되었어요. 그런데 얼마 전부터 코막힘 증상이 나타나기 시작했습니다. 의사로부터 이러한 성형 부작용에 대한 설명을 듣지 못했었는데요. ＿＿＿＿＿＿＿＿＿＿＿
을까/ㄹ까 말까 생각 중이에요.

6. '-을까 말까 생각 중이다'를 사용해 대화를 완성하십시오.

❶ 가 : 그 시험에서 뽑힌 사람은 장학금을 받을 수 있다고 하던데요.

나 : 네, 근데 경쟁이 너무 치열할 것 같아서 ~~어서/아서/여서~~ 시험 준비를 할까 ~~을까/ㄹ까~~ 말까 생각 중이에요.

❷ 가 : 새로 나온 노트북이 디자인도 예쁘고 성능도 아주 좋던데요.

나 : _____ 어서/아서/여서 _____ 을까/ㄹ까 말까 고민 중이에요.

❸ 가 : 이번 휴가에 해외여행 간다고 하지 않았어요?

나 : _____ 어서/아서/여서 _____ 을까/ㄹ까 말까 생각 중이에요.

❹ 가 : 전화 벨 소리가 요란하게도 울리네. 전화 안 받아?

나 : _____ 어서/아서/여서 _____ 을까/ㄹ까 말까 생각 중이야.

❺ 가 : 요즘 몸이 안 좋다면서?

나 : 응, _____ 어서/아서/어서 _____ 을까/ㄹ까 말까 생각 중이야.

❻ 가 : 3월인데도 아직 춥군요. 오늘 황사도 심할 거래요.

나 : _____ 을까/ㄹ까 말까 고민 중이에요.

YONSEI KOREAN WORKBOOK 5

5과 2항

어휘

1. 다음 [보기]에서 알맞은 단어를 골라 빈 칸에 쓰십시오.

> [보기]   무작정   한탕하다   투기   투자   욕심을 부리다   안목

(투자)은/는 정상적인 방법으로 돈을 늘리는 경우를 뜻하는 반면 (   )은/는 비정상적이며 비윤리적인 방법으로 돈을 늘리는 경우를 뜻합니다. 투기지향적인 사람들은 뺑튀기처럼 한 순간에 (   )어서/아서/여서 큰돈을 벌려는 생각으로 '무엇이 돈이 된다'는 소리를 들으면 너도 나도 몰려듭니다. 그러나 짧은 시간에 큰 부를 얻으려 지나치게 (   )다가는 부자가 되는 것이 아니라 오히려 가지고 있는 것마저 몽땅 잃어버리기 쉽습니다. 부자가 되기 위해서는 다른 사람들을 쫓아 (   ) 투자할 것이 아니라 독수리의 눈처럼 전체를 볼 수 있는 (   )을/를 길러야 합니다.

2. 다음 [보기]에서 알맞은 단어를 골라 쓰십시오.

> [보기] 재테크 방법 : 저축(예금, 적금)   분산투자   직접투자   간접투자
>   투자 대상 :   주식   부동산   펀드   미술품   금

<재테크 방법>
❶ 월급에서 매달 얼마씩 떼어 저금하고 싶어요.   (적금)
❷ 지난달에 적금을 탔는데 안전하게 원금을 보존하고 싶어요.   (   )
❸ 아직 젊으니까 공격적으로 투자하여 많은 이익을 내고 싶어요.   (   )
❹ 주식을 하고 싶지만 주식에 대해 잘 몰라서 투자하기가 겁나요.   (   )
❺ 한 곳에 모든 자산을 투자하면 안전하지 않을 것 같아요.   (   )

<투자 대상>
❶ 은행 이자는 낮아서 만족스럽지 못한데 직접투자는 좀 위험할 것 같아요. (펀드)
❷ 직접투자에 따른 위험은 있지만 성장 가능성이 큰 회사예요.   (   )
❸ 그림을 좋아하고 그림에 대한 안목이 있어요.   (   )
❹ 경제 불황기에는 돈보다는 실물에 투자하는 것이 더 안전한 것 같아요. (   )
❺ 어떤 땅을 보면 어떻게 개발될지 빠르게 감이 와요.   (   )

[보기]	주가	부동산 가격	분양가	매매가	
	전세가	이자	금리	환율	수익률

❶ 자동차 수출이 호조를 보이고 있다는 뉴스로 인해 자동차 회사들의
(주가)은/가 급등 했다. 자동차 주식을 다량 보유하고 있는 국내
주식형 펀드는 평균 20%의 높은 (   ) 을/를 기록했다.

❷ 미국발 금융위기로 (   )이/가 폭등하여 수입업자들이 큰 고통을
받고 있다. 또한 시중(   )이/가 상승하여 은행대출자들의
(   ) 부담이 커지고 있다.

❸ 이 지역에서 신규 분양되는 연세 아파트의 (   )은/는 3.3m²당
950만 - 1,000만 원 대로 입주 시기는 2011년이다. 기존 아파트의 109m²
(   )은/는 3억 5천만 원 수준 이고 (   )은/는 2억 원에
형성되어 있다. 매매가 대비 전세가 비율은 57%이다. 한편 정부의 새로운
부동산 정책 발표가 (   )에 어떤 영향을 미칠지 사람들의 관심이
고조되고 있다.

문법

-는다고

3. 다음 표를 보고 '–는다고'를 사용해 문장을 만드십시오.

이 유	행 동	나쁜 결과
❶ 피곤하다	누워서 책을 보다	눈이 나빠지다
❷ 좀 알다	잘난 체하다	사람들이 싫어하다
❸ 취업을 준비하다	실용적인 것만 공부하다	전공을 깊이 있게 공부하지 못하다
❹ 너무 덥다	찬 것만 먹다	배탈이 나기 쉽다
❺ 물가가 오르다	사재기를 하다	품귀현상으로 가격이 더 오르다
❻ 사회분위기를 어지럽히다	집회의 자유를 제한하다	국민의 기본권을 침해하게 되다

❶ 피곤하다고는 ~~는다고/ㄴ다고/다고~~ 누워서 책을 본다면 눈이 나빠질 거예요.
❷ _____ 는다고/ㄴ다고/다고 _____ .
❸ _____ 는다고/ㄴ다고/다고 _____
❹ _____ 는다고/ㄴ다고/다고 _____
❺ _____ .
❻ _____ .

4. '–는다고'를 사용해 대화를 완성하십시오.

❶ 가 : 고등학생들이 벤처기업을 창업했다는군요. 잘할 수 있을까요?

　나 : 어리다고는~~다고/ㄴ다고/다고~~ 얕보지 말아요. (얕보면 안 되지요./얕봐서야 되겠어요?)

❷ 가 : 공부하기가 너무 힘들어서 대학 진학을 포기하고 싶어요.

　나 : ＿＿＿＿＿＿는다고/ㄴ다고/다고＿＿＿＿＿＿＿＿＿＿＿.

❸ 가 : 집에 밤늦게 들어오는 날이면 배가 고파서 늘 허겁지겁 먹게 돼요.

　나 : ＿＿＿＿＿＿는다고/ㄴ다고/다고＿＿＿＿＿＿＿＿＿＿＿.

❹ 가 : 여긴 속도위반 단속 카메라가 없는 길이니까 한번 신나게 달려볼까?

　나 : ＿＿＿＿＿＿는다고/ㄴ다고/다고＿＿＿＿＿＿＿＿＿＿＿.

❺ 가 : 엄마 잔소리가 듣기 싫어 죽겠어. 어떨 때는 가출하고 싶은 충동도 일어나곤 해.

　나 : ＿＿＿＿＿＿＿＿＿＿＿＿＿＿＿＿＿＿＿＿＿.

❻ 가 : 이번 대선에서 다수의 사람들이 지지하는 후보를 찍으려고요.

　나 : ＿＿＿＿＿＿＿＿＿＿＿＿＿＿＿＿＿＿＿＿＿.

-더라도

5. 다음 표를 보고 대화를 완성하십시오.

예상 되는 문제 상황	해야 할 일
❶ 수익률이 낮다	자산을 안전하게 운용해야 하다
❷ 조금 위험하다	보다 적극적으로 투자하는 자세가 필요하다
❸ 주가가 올라가는 것처럼 보이다	언제 곤두박질칠지 모르므로 조심해야 하다
❹ 상황이 어렵다	조금만 견디면 다시 투자의 기회가 찾아올 것이다
❺ 피하고 싶다	위기 극복을 위해서는 현실을 직시해야 하다
❻ 삶이 그대를 속이다	슬퍼하거나 노여워하지 말라

사회자 : 다음은 경제 전문가 두 분을 모시고 요즘 같은 경제 불황 시기에 어떻게 재테크를 해야 하는지 의견을 나눠보도록 하겠습니다.

김 비관 : 요즘의 주식 폭락 사태를 보셔서도 아시겠지만 가장 안전한 재테크 방법은 자신의 일정 수입을 차곡차곡 은행에 넣어두는 것입니다.
❶ 수익률이 낮더라도 자산을 안전하게 운용 해야 합니다.

이 낙관 : 돈을 은행에만 넣어두는 것은 너무 수익률이 낮은 재테크 방법이라
별로 권유하고 싶지 않네요. ❷ _____ 더라도
_____. '위기는 기회의 어머니다.'라는
말도 있지 않습니까?

김 비판 : 그것은 경제 호황기에 해당되는 논리입니다. 지금의 상황은 세계경제가
계속 발전되던 시기와는 아주 다른 상황입니다. ❸ _____
_____ 더라도
_____.

이 낙관 : 그러나 우리 국민은 1997년 외환위기도 불과 2-3년 만에 극복하고
다시 경제성장을 이루지 않았습니까? ❹ _____ 더라도 _____
_____.

김 비판 : 1920년대 후반에 발생하여 10년 이상 지속된 세계대공황 시기를
잊으셨습니까? 지금의 경제위기는 그때와 같이, 아니 그 이상으로
아주 심각한 상황입니다. ❺ _____ 더라도
_____.

사회자 : 네, 두 분의 경제 상황에 대한 인식이 완전히 상반되어 이에 따른
재테크 방법도 첨예 하게 달라지는군요. 끝으로 요즘 경제 위기로 인해
자살하는 사람들이 무척 늘었다고 하는데, 국민들에게 희망의 말씀
한마디 해 주시죠.

이 낙관 : '❻ _____ 더라도 _____. 슬픔의 날을
참고 견디면 기쁨의 날은 꼭 오리니.'라는 유명한 시 구절처럼 언젠가
희망의 날이 올 거라는 믿음을 버리지 말고 용기 내도록 합시다.

6. '-더라도'를 사용해 대화를 완성하십시오.

❶ 가 : 장군님, 이대로 눈을 감으시면 안 됩니다. 장군님!!

　　나 : <u>내가 죽더라도 이 사실을 아군에게 알리지 마시오.</u>

❷ 가 : 저는 일을 제대로 처리하지 못하는 부하 직원을 보면 소리부터 지르고

　　　　보는데요.

　　나 : _____ 더라도 _____.

　　　　부하 직원한테서 존경 받는 상사가 되지 못할 겁니다.

❸ 가 : 제가 원하는 목표를 이루는 것이 너무 먼 일로 느껴져서 포기하고만 싶습니다.

　　나 : _____ 더라도 _____.

❹ 가 : 내가 이 세상을 떠나면 당신은 나 같은 건 금방 잊어버리겠지?

　　나 : 아니에요(흑흑), _____ 더라도 _____.

❺ 가 : 유기농 채소는 너무 비싸서 살 엄두가 안 나는데요.

　　나 : _____.

❻ 가 : 이번 맞선에서 또 차이면 어떡하죠? 벌써 100번째 맞선이에요.

　　나 : _____.

읽고 말하기

※ 다음 글을 읽고 질문에 답하십시오.

일반적으로 소비자가 슈퍼마켓의 선반에 놓인 상품에 관심을 기울이는 시간은 25분의 1초라고 한다. 그야말로 눈 깜짝할 사이이다. 따라서 상품을 팔기 위해서는 무엇보다 소비자의 눈길을 끄는 것이 중요하다. 그런데 디자인 요소 가운데 소비자의 시선을 가장 강렬하게 자극하는 것이 바로 색깔이다.

상품 개발에서 색깔의 중요성이 날로 커지면서 기업들은 색깔에 관심을 갖기 시작했다. 산업 혁명 이후 누적되어 온 기술의 진보가 제품 기능의 평준화를 가져와, ㉠ **단순히 기능만으로는 더 이상 승부를 걸 수 없게 되었기** 때문이다. 같은 기능을 가진 상품이라도 색깔이나 형태에 따라 승패가 갈린다. '색깔 혁명의 시대', 이제 기업은 이 화두에 매달리기 시작했다.

색깔 혁명은 시대의 흐름을 반영한다. 다채로운 색깔이 홍수를 이루는 가운데서도 시장을 주도하는 유행색은 있게 마련이다. 80년대에는 검은 색이 어느 제품에서나 가장 인기 있는 색깔이었다. 검은 색은 첨단이라는 이미지를 띠면서 자동차에서 가전제품, 가구, 식료품 포장에 이르기까지 애용되었다. 그러나 90년대에는 환경 문제가 대두되면서 녹색 바람이 불기 시작했다. 에메랄드 그린이나 워시 그린, 크리스탈 그린이니 하는 색깔이 이 시대를 풍미했다. 그러나 최근에는 또 다시 새로운 바람이 불고 있다. 환경 문제의 심각성은 자연 그대로의 방식으로 개발하는 것이 가장 자연스럽다는 관념을 낳았고, 이에 따라 '무색 제품'이 선보이기 시작한 것이다. 투명성을 강조하는 이들 제품은 포장에서도 색깔을 자제한다. 색깔 혁명이 색깔을 부정하는 데까지 발전한 것이다.

색깔 혁명은 보통 '색깔 파괴'로 시작된다. 만년필은 검어야 하고, 냉장고는 흰색이어야 하고, 자동차는 희거나 검어야 한다는 생각은 이미 깨진 지 오래이다. 빨갛고 파란 냉장고, 그리고 분홍색, 노란색 자동차들이 등장하고 있다. 꽃밭을 방불케 하는 다양한 색깔의 상품들이 상점의 진열대를 차지하고 있다.

색채 연구소 관계자는 "선진국에선 이미 색깔이 미래의 산업 경쟁력을 좌우한다고 보고 엄청난 투자를 하고 있다."며 "우리나라에선 개별 기업 수준에서 투자하고 있는 영세한 실정이므로 국가 차원의 투자를 통해 색채 연구와 색채에 대한 체계적인 교육이 이루어져 그 성과를 모두가 공유할 수 있도록 해야 한다."고 강조한다. 색깔 혁명의 시대가 오기 훨씬 전 우리 조상들은 이런 말을 남겼다. '＿＿＿＿＿＿ ㉡ ＿＿＿＿＿＿'. 새로운 21세기를 맞아 우리 정부와 기업들은 지금 이 속담이 충고하는 바를 발 빠르게 실천해야 할 것이다.

1. 위 글의 중심 내용을 담고 있는 속담 ⓛ으로 적당한 것을 모두 고르십시오. (　,　)

❶ 빛 좋은 개살구　　　　　　　　❷ 뚝배기보다 장맛이다

❸ 같은 값이면 다홍치마　　　　　❹ 보기 좋은 떡이 먹기도 좋다

2. ㉠의 의미와 <u>관계없는</u> 것은 무엇입니까? (　　　)

❶ 기업은 상품의 하드웨어 측면 그 이상을 고심하고 있다.

❷ 소비자의 감성에 부합하는 소프트웨어 측면이 중요하다.

❸ 상품이 얼마나 편리하고 효율적이냐가 가장 중요하다.

❹ 상품이 소비자를 어떻게 즐겁게 해 줄 수 있느냐가 중요해졌다.

3. 현재 각 분야별로 시장을 주도하고 있는 유행색은 무엇이라고 생각합니까? 그리고 그 이유는 무엇이라고 생각합니까? 이야기해 봅시다.

※ 다음을 듣고 질문에 답하십시오.

1. 들은 내용의 제목으로 적당한 것은 무엇입니까? (　　　)

　❶ 생활 속의 경제학　　　　　　　　❷ 결혼의 경제학

　❸ 결혼 생활과 스트레스　　　　　　❹ 결혼의 장점

2. 들은 내용과 <u>다른</u> 것은 무엇입니까? (　　　)

　❶ 남성은 나이 들어 결혼할수록 결혼 비용이 더 든다.

　❷ 기혼 남성은 나이가 많아질수록 소득도 늘어난다.

　❸ 여성은 남성에 비해 결혼할 때 비용이 더 많이 든다.

　❹ 배우자가 없는 여성이 배우자가 있는 여성보다 수명이 길다.

3. 이 이야기에서 학자들은 '결혼이 남녀 모두에게 남는 장사'라고 말했습니다. 여러분의 생각은 어떻습니까? 다음 문장에 이어 글을 완성하십시오.

학자들은 결혼이 남녀 모두에게 남는 장사라고 말한다.

....

....

....

....

....

....

....

....

읽기 활용연습

 어휘 연습

1. 다음 단어의 의미를 골라 연결하십시오.

1) 접근하다   •   • 자기와 직접적인 관계가 없는 일에 끼어들다

2) 간섭하다   •   • 서로 느끼는 정이나 사랑이 아주 강하다

3) 끈끈하다   •   • 남의 일에 이래라 저래라 참견하다

4) 개입하다   •   • 어떤 것에 가까이 다가가다

5) 감시하다   •   • 통제하기 위해서 주의하여 지켜 보다

2. 빈칸에 공통으로 들어갈 단어를 쓰십시오.

바짝	굳이	되도록	얼떨결에	노골적으로

1) ㄱ. 하도 급하게 다그치는 바람에 그는 _____ 승낙하고 말았다.
   ㄴ. 분위기에 휩쓸려서 무대에 올라가 _____ 노래를 불렀다.

2) ㄱ. 모임에 나오기 싫으면 _____ 안 와도 돼.
   ㄴ. 환불을 해줬는데 _____ 소비자보호원에 신고까지 할 필요가
      있겠어요?

3) ㄱ. _____ 빨리 일을 시작합시다.
   ㄴ. 건강하게 살려면 _____ 스트레스가 많은 일은 피하세요.

4) ㄱ. 그녀는 _____ 다가서더니 귓속말로 소곤거렸다.
   ㄴ. 중요한 일이니까 실수하지 않도록 정신 _____ 차려라.

5) ㄱ. 그 사람이 _____ 나를 무시하는 투로 말해서 기분이 나빴다.
   ㄴ. 속마음을 너무 _____ 드러내면 상대방이 당황해하는 수가 있다.

3. 다음 문제를 보고 답을 쓰십시오.

1) 다음 표현의 의미를 골라 연결하고 문장을 완성하십시오.

발을 빼다   •   • 힘을 모아 함께 일을 하다

머리를 맞대다   •   • 뜻을 같이 하던 사람과 관계를 끊다

손을 잡다   •   • 어떤 일을 더 이상 하지 않다

등을 돌리다   •   • 여럿이 함께 의논하다

❶ 세 사람은 ....고 계속 심각한 표정으로 무언가를 얘기하고 있었다.

❷ 이제까지 같이 해왔던 일인데 갑자기 ....으면/면 어떻게 해?

❸ 나에게 어려운 일이 있을 때 ....는/은/ㄴ 사람은 진정한 친구가 아니다.

❹ 남과 북이 함께 ....고 올림픽에 나간다면 훨씬 좋은 성적을 올릴 수 있다.

2) 다음 동사와 함께 쓸 수 없는 단어를 고르십시오.

.... 이/가 벌어지다.		.... 을/를 드러내다.	
상황	☐	반감	☐
싸움	☐	이	☐
잔치	☐	배	☐
모임	☐	감정	☐
술판	☐	결과	☐

1. 글쓴이가 이 글을 쓴 이유는 무엇입니까? (   )

　❶ 서구에서 개인주의가 발달한 이유를 이야기하려고

　❷ 타인에 대한 불필요한 인격적 간섭을 비판하려고

　❸ 문화마다 쾌적하게 느끼는 거리가 다름을 보여주려고

　❹ 한국인의 공동체 정서를 설명하려고

2. 다음은 이 글의 짜임을 정리한 것입니다. 빈칸에 알맞은 말을 넣으십시오.

> **처음**　•사람과 사람 사이의 거리는 문화마다 다르다.
>
> **중간**　•문화의 차이가 거리의 차이로 표현되는 예
> 　　　　1) 손을 잡고 다니는 한국 여성
> 　　　　2) 낯선 아이가 귀엽다고 다가서는 _____
> 　　　　3) 아파트의 이웃이 소음을 낼 때
> 　　　　　한국인 : _____
> 　　　　　독일인 : _____
> 　　　　4) 낯선 아이에게 뽀뽀하고 지나가는 _____
> 　　　　5) 아이를 춥게 한다고 글쓴이를 야단 치는 _____
>
> **끝**　　•벤다이어그램 교집합의 의미
> 　　　나의 결정에 주위 사람들이 개입할 수 있는 권리
> 　　　_____
> 　　　_____

3. 다음을 읽고 맞으면 ○표, 틀리면 ×표 하십시오.

　1) 한국 여자들끼리 손 잡고 다니는 행동이 유럽 사람들에게는 자연스러워　　(　　)
　　보이지 않는다.

　2) 개인주의 발달로 서구인은 타인과 어느 정도 거리가 필요하다고 생각한다.　(　　)

　3) 서구인들은 이웃과 문제가 생겼을 때 직접 나서서 해결하려고 한다.　　　(　　)

　4) 공동체 정서가 강할수록 타인에 대한 직접적인 감정 표현이 덜하다.　　　(　　)

이야기해 봅시다

o 다음 <가>와 <나>는 어떻게 다릅니까? 여러분은 어느 쪽입니까?

<가>	<나>
내가 좋아하니까 그 사람도 마음에 들어하겠지.	사람들이 마음에 들어하니까 나도 좋아.
내가 배고프니까 디른 사람들도 배고플거야.	상대방이 고기를 좋아하니까 나도 고기를 먹어야지.
나한테 어려운 일이니까 저 사람한테도 어려울 거야.	저 사람이 인정해 줬어. 잘한 거야.
나는 성실하고 친절한 성격이고 요리가 취미이고 교육분야에서 일하고 있습니다.	저는 1남 1녀 중 장녀이고 광고회사에 다니고 있습니다. 서울에 살고 있고 나이는 30세입니다.
개인적으로 목표한 일을 성취했을 때 행복하다.	대학에 합격해서 부모님을 기쁘게 해드려 행복하다.

더 읽어보기

1. 한국 사람들의 관계 맺기에 영향을 가장 많이 끼치는 것은 무엇이라고 했습니까?

2. 위 글에서 '우리'라는 느낌을 강화시키는 한국 사람들의 집단적인 행위에는 어떤 것이 있습니까?

복습문제 (1과-5과)

어휘

I. 다음 [보기]에서 알맞은 단어를 골라 빈 칸에 쓰십시오. (한 번만 사용하십시오.)

[보기]	가치관	부작용	당장	불치병	혜택	여가
	이치	안목	보람	소신	단축	

1. 계속되는 무더위로 인하여 초등학교는 (   ) 수업을 하기로 했다.

2. 최근 자신의 (   ) 생활과 관심 분야에 많은 시간과 돈을 투자하는 사람들이 늘어나고 있다.

3. 밤 12시가 지났는데, 너 어디 있니? 지금 (   ) 들어와라.

4. 검사비는 물론이고 수술비, 입원비, 약값, 식대까지도 보험 (   )을/를 받을 수 있는 새로 운 통합보험이 나왔다.

5. 돈과 권력 앞에서도 (   )을/를 굽히지 않으셨던 분이시기에 아직도 많은 국민의 존경을 받고 있다.

6. 부모는 자식이 성공한 모습을 보며 (   )을/를 느끼신다.

7. 갑자기 과격한 운동을 하면 오히려 (   )이나/나 신체적 위험이 따르기 마련이다.

8. 우리 회사는 미래를 보는 새로운 (   )으로/로 남들보다 먼저 한발 앞서 나갈 수 있는 인재 를 원합니다.

9. 신체가 건강해지면 스트레스에 대한 저항력도 커지고 면역 기능도 강화되며, 불안정한   호르몬도 정상적으로 돌아오는 것은 당연한 (   )이다.

10. 아토피성 피부염은 완치가 어려운 것이 사실이지만, (   )은/는 아니다. 꾸준히 관리하고 적당하게 치료해 주면 증상이 크게 호전될 수 있다.

11. 부모 자녀간의 많은 대화는 자녀가 올바른 (   )을/를 정립하는 데 도움을 줄 수 있다.

II. 다음 [보기]에서 알맞은 단어를 골라 빈 칸에 쓰십시오. (한 번만 사용하십시오.)

[보기]	거르다	고려하다	때우다	뚫다	시달리다
	알차다	접하다	조합하다	챙기다	처리하다
	친근하다	한탕하다	활용하다	일쑤이다	

1. 아파트 뒤에 있던 공터를 주차공간으로 (   )기로 했다.

2. 20대 1의 경쟁률을 (   )고 입사한 회사인데 좀 힘들더라도 다녀야지.

3. 어제는 탈도 만들고 탈춤도 배우고 박물관도 구경하고 (   )게 보냈다.

4. 직장 상사들은 꼼꼼하게 일을 (   )는/은/ㄴ 영수 씨한테 일을 맡기고 싶어한다.

5. 비밀번호는 알파벳과 숫자를 (   )어서/아서/여서 6자 이상으로 만드십시오.

6. 외국에 살고 있는 동생이 해마다 카드와 선물을 보내며 내 생일을 (   )는다/ㄴ다/다.

7. 끼니를 (   )는/은/ㄴ 것보다는 김밥으로라도 (   )는/은/ㄴ 게 낫다.

8. 처음 보는 경우라도 왠지 (   )는/은/ㄴ 느낌이 드는 사람이 있다.

9. 한국에 와서 직접 한국 문화와 한국 사람들을 (   )고 나서 예전에 가졌던 선입견들 이 사라졌다.

10. 그는 마지막으로 크게 (   )고 손을 떼자고 제안했다.

11. 매일 밤 악몽에 (   )느라 제대로 잠을 못 잤더니 체중이 줄었어요.

12. 집을 살 때는 집값, 위치, 교통 등 (   )어야/아야/여야 할 것이 한두 가지가 아니다.

13. 울퉁불퉁한 비포장도로라서 차에 탄 사람들은 끊임없이 흔들리는 차체 때문에 멀미를 하기 (   )습니다/ㅂ니다.

III-1. 연결이 맞지 않는 것을 고르십시오.

1. (   )
- ❶ 말하기 : 토론 – 발표
- ❷ 듣기 : 뉴스 – 설교
- ❸ 읽기 : 사설 – 논문
- ❹ 쓰기 : 개요 – 면접

2. (   )
- ❶ 가치관 유형 : 경제형 – 심미형
- ❷ 가치관 유형 : 사회사업형 – 사교형
- ❸ 성격 유형 : 사고형 – 행동형
- ❹ 성격 유형 : 순종형 – 지배형

3. (   )
- ❶ 먹는 방법 : 길러 먹다 – 데워 먹다
- ❷ 회사 부서 : 경리회계부 – 자재부
- ❸ 저축 방법 : 예금 – 금리
- ❹ 휴일 : 징검다리 휴일 – 월차 휴가

4. (   )
- ❶ 기획부 : 경영 전략
- ❷ 홍보부 : 회사 광고 및 상품 광고
- ❸ 총무부 : 제품 판매 영업
- ❹ 인사부 : 인력 양성 및 인력 평가

5. (   )
- ❶ 이익 : 수익률 – 환율
- ❷ 음식 : 자연식 – 건강식
- ❸ 투자 대상 : 미술품 – 금
- ❹ 적성 : 언어능력 – 수리능력

III-2. 성격이 다른 것을 고르십시오.

1. (   )
- ❶ 분산 투자
- ❷ 직접 투자
- ❸ 부동산 투자
- ❹ 간접 투자

2. (   )
- ❶ 교환
- ❷ 신고
- ❸ 환불
- ❹ 반품

3. (   )
- ❶ 활동
- ❷ 원기
- ❸ 활력소
- ❹ 활기

4. (   )
- ❶ 동호회
- ❷ 동호인
- ❸ 동아리
- ❹ 클럽

5. (   )
- ❶ 대화명
- ❷ 닉네임
- ❸ 블로그
- ❹ 아이디

IV. 밑줄 친 단어의 쓰임이 <u>맞지 않는</u> 것을 고르십시오.

1. (　　)

① 한국어에 **능통하고** 교육 수준이 높은 외국인 강사를 뽑습니다.

② 신임 법원장은 재판 실무는 물론 법원 행정에도 **능통하다는** 평을 듣고 있다.

③ 아무리 **능통한** 성형외과의사라도 수술에 실패할 수 있다.

④ 송이영은 조선시대 천문 관측에 **능통했던** 대표적인 천문학자다.

2. (　　)

① 이번 소설은 인간의 욕심과 잔인함을 **고발하는** 소설입니다.

② 이번 '**소비자고발**' 프로그램에서는 '가짜 제주산 흑돼지'를 방영할 예정이다.

③ 어젯밤 한 주택에서 시신이 발견됐다는 **고발을** 받고 경찰이 출동하였습니다.

④ 최근 감정만 앞세운 고소 **고발이** 증가하고 있다고 한다.

3. (　　)

① 자취를 하다 보니 아침밥을 챙겨먹기가 **번거로워서** 자꾸 건너뛰게 돼요.

② 요즘 피로가 쌓여서 그런지 몸도 무겁고 매사가 다 **번거롭다**.

③ 은행 창구를 이용하는 것이 **번거로우면** 인터넷뱅킹을 이용하세요.

④ 이 휴대용 스피커는 작고 가볍지만 오디오플레이어와 선으로 연결해야 해서 사용하기가 **번거롭다**.

4. (　　)

① 1970년대는 일자리를 찾아 **무작정** 상경하는 청소년들이 많았다.

② 언제 끝날지도 모르는데 이렇게 **무작정** 기다리는 방법밖에 없나?

③ 봉사활동은 계획을 세우는 것도 좋겠지만 **무작정** 참여해 보는 것도 좋은 경험이 된다.

④ 오늘 자정까지 구매 고객 모두에게 1만원 상당의 귀걸이를 **무작정** 사은품으로 증정한다.

5. (　)

❶ 휴교에 따른 학습 시간 부족을 **보상하기** 위해 사이버 가정학습이나 EBS 방송 등을 활용하는 방안이 나왔다.

❷ 부모님들은 가난했던 유년 시절에 대한 **보상심리**로 자녀들은 풍족한 생활을 누렸으면 하는 경우가 많다.

❸ 구매 후 1년간은 도난 파손에 의한 손실 비용까지 **보상해** 줍니다.

❹ 보험사가 교통사고로 숨진 노점상에게 교통사고 사망 **보상금을** 지급했다.

6. (　)

❶ **부동산 투자**는 적어도 5년 후의 미래 가치를 반드시 봐야 한다.

❷ 정부는 **투자 억제**를 위해 새로운 부동산 안정 대책을 발표했다.

❸ 이제부터는 너무 가족 생각만 하지 말고, 네 자신을 위해 돈과 시간을 **투자해** 봐.

❹ 코스피 지수는 미국 증시의 하락에 따른 **투자 심리** 위축으로 하락 반전했다.

7. (　)

❶ 올해 입시의 특징은 학과별 **지원**이 늘어나 작년과는 다른 경쟁 양상이 벌어질 것으로 예상 된다.

❷ 학교나 학원에서는 고3 수험생들에게 대체로 안정 위주의 **하향 지원**을 하라는 경우가 많다.

❸ 인기 개그우먼 김잼나는 모 프로그램에서 3년 전 **모델 지원생**이었던 남자친구와 헤어졌다고 밝혔다.

❹ 한국기업은 지난 6월 신입사원 500명 모집에 1088명이 **지원했다고** 발표했다.

8. (　)

❶ 김 과장님은 일처리가 **빈틈없이** 완벽해서 좋긴 한데 인간미가 없어 보여.

❷ 이번 행사는 **빈틈없는** 계획과 준비로 아무 사고 없이 잘 끝났다.

❸ **빈틈없이** 빡빡한 일정 때문에 이동하는 차 속에서 끼니를 해결하고 있어요.

❹ 지금 네 나이가 몇 살인데 아직도 그런 걸 **빈틈없이** 다 말해 줘야만 아니?

9. (   )

❶ 역사 소설가는 수년간 주인공의 흔적을 찾아 역사 현장을 답사하고 자료를 <u>모집해서</u> 글을 쓴다.

❷ 2010년 대학입학 수시 <u>모집 정원</u>이 대폭 확대되었다.

❸ 한국어학당에서 펴내는 '외국어로서의 한국어교육'에 게재할 원고를 <u>모집한다</u>.

❹ 연세문화재단에서는 음악회에서 연주를 해줄 대학생 공연 봉사단을 <u>모집하고</u> 있다.

10. (   )

❶ <u>특이한</u> 모양과 냄새 때문에 번데기를 싫어하는 외국인이 많다.

❷ 경찰은 보험 사기 등 금융 범죄에 대한 <u>특이 단속</u>을 벌일 예정이다.

❸ 보통의 손잡이는 나무나 금속인데 이것은 <u>특이하게</u> 가죽으로 되어있다.

❹ 요즘은 남보다 세련되고 <u>특이한</u> 제품을 갖고자 하는 사람들이 많다.

Ⅴ. 다음 중 3개 이상의 단어를 사용하여 문장이나 짧은 이야기를 만드십시오.

1.

[보기] 주5일근무제   활기차나   활봉하다   재충전을 하다   동호회

....

....

....

2.

[보기]   생명공학   조작   복제   장기 이식   수명 연장

....

....

....

3.

[보기]   대형할인점   전문매장   증정하다   사은품   -에 응하다

....

....

....

4.

| [보기] | 모집하다 | 파견 | 경쟁 | 인터뷰 | 지사 |

....

....

....

5.

| [보기] | 떨어지다 | 주가 | 부동산 | 금리 | 투자 |

....

....

....

문법

Ⅰ. 대화를 완성하십시오.

1. 가 : 예매율이 1위인 걸 보니까 영화가 재미있나 봐.
나 : .... 도 .... 거니와 ....

2. 가 : 철인 3종 경기가 그렇게 힘든가요?
나 : .... 에다가 .... 까지 ....

3. 가 : 아까 많이 당황스러웠지? 갑자기 일어난 일이라 많이 놀랐겠다.
나 : 응, ... 을/ㄹ 거라고는 생각조차 못 했어.

4. 가 : 신약 개발을 위한 임상실험 결과는 어떤가요? 이번이 3차 임상실험이지요?
나 : .... 을수록/ㄹ수록 .... 어지고는/아지고는/여지고는
있지만 ....

5. 가 : 인터뷰 발표는 다음 달인데 벌써 설문지를 만들어요?
나 : .... 을/ㄹ 때 .... 어야/아야/여야
지요.

6. 가 : 요즘 _____ 긴 _____ 나/은가/ㄴ가 봐.

　　나 : 그러게 말이야. 문을 닫는 회사가 많은 걸 보면.

7. 가 : 새로 열었다는 해산물 뷔페 식당에 가보셨어요?

　　나 : 어제 가 봤는데 _____ 더라고요.

8. 가 : 쥐구멍에도 볕들 날 있다는 속담처럼 나도 언젠간 성공할 수 있을까?

　　나 : _____ 는 한 _____ .

9. 가 : (지하철에서) 할아버지, 여기 앉으세요.

　　나 : _____ 구려.

10. 가 : 이수홍 선생님이 내년이면 팔순이신데, 뭘 해 드리면 좋을까?

　　나 : _____ 나/은가/ㄴ가?

　　가 : 거긴 너무 번잡스럽지 않은가?

　　나 : _____ 네.

　　가 : _____ 세.

　　나 : _____ 게.

Ⅱ. 밑줄 친 문법의 쓰임이 <u>맞지 않는</u> 것을 고르십시오.

1. (　　)

❶ 지난 번 일에 대해 **고마워하기는커녕** 아는 체도 안 하던데요.

❷ 잘못을 지적받고도 **반성하기는커녕** 잘못을 정당화하려고 하다니!

❸ 원·달러 환율이 떨어졌는데도 가격이 **떨어지기는커녕** 오히려 가격을 올렸다.

❹ 일부 정치가들이 사회에 모범을 **보이기는커녕** 부도덕한 모습을 보여 실망스럽다.

2. (　　)

❶ 아까 보니까 졸업식 답사 내용이 아주 **감동적이데.**

❷ 아들 수학 교과서를 봤는데 무슨 말인지 하나도 **모르겠데.**

❸ 어제 고등학교 때 선생님을 찾아뵈었는데 하나도 안 **변하셨데.**

❹ 한국의 건강보험제도는 의료의 접근성과 비용효과 측면에서 세계가 **부러워한데요.**

3. (　　)

❶ 닭다리로 만든 순살이기 때문에 아이들 간식으로 **좋을뿐더러** 간단한 술안주로도 좋다.

❷ 이번 박람회에는 다양한 전시와 체험이 준비돼 **있을뿐더러** 수출상담회도 마련돼 있다.

❸ 윈도우폰은 휴대폰으로서의 **기능뿐더러** PC와 웹 기능도 가지고 있다.

❹ 우리 직원들은 각자 자기 분야의 전문성을 **갖췄을뿐더러** 친절하고 따뜻한 태도로 고객들에게 최고의 서비스를 제공한다.

4. (　　)

❶ 좀 더 빨리 **말하되** 정확한 발음으로 말해야 합니다.

❷ 오늘은 지금 **가도 되되** 내일은 평소보다 일찍 와야 한다.

❸ 할머니께 가서 **여쭤 보되** 다른 식구들한테는 비밀이라고 말씀드려야 한다.

❹ 한글맞춤법의 기본은 표준어를 소리대로 **적되** 어법에 맞추어 적는 것입니다.

5. (　　)

❶ 김 선생님이 자리에 **없길래** 메모를 남기고 그 책을 가져 왔어요.

❷ 책 전시회에서 할인행사를 **하길래** 조카에게 줄 동화책을 많이 샀어요.

❸ 연예인 친구가 홍콩으로 휴가를 **간다 길래** 파파라치를 조심하라고 했어요.

❹ 덴마크 다이어트가 **좋다 길래** 온 가족이 같이 한 번 해 보자.

Ⅲ. 다음 문법 중 하나를 사용하여 밑줄 친 부분을 다시 쓰십시오.

[보기]	–어서	–을래야 –을 수가 없다		–을까 말까 생각 중이다
	–는다고		–더라도	–음에도 불구하고

1.

초대를 받으면 우선 그 주인과 거기에 나타날 손님을 미루어 보아 그 좌석에서 전개될 이야기를 상상한다. **좋은 이야기가 나올 법한 곳이면 아무리 바쁜 경우에도 가고, 그렇지 않을 것 같으면 비록 성찬이 기다리고 있는 경우에도 안 가기로 한다.**

....

....

2. 앞서 가는 아이가 폴짝 폴짝 뛰어간다. 오랜만에 나온 나들이라 더욱 신이 난 모양 이다. 뛰어 가는 아이 앞에 작은 과자 상자 하나가 떨어져 있다. 아이가 멈칫 한다. <u>뛰어넘을 수 있을지가 가늠이 안 되어서 망설이는 것 같았다.</u>

---

3. 골프 초보자들이 저에게 자주 묻습니다. 그립을 깃털처럼 가볍게 잡아야 한다고들 하는데 그게 잘 안 된다고요. 그런 분들께 제 말이 위로가 될지는 모르겠지만 <u>초보자 들은 그립을 가볍게 잡으려고 해도 잡을 수가 없습니다. 왜냐하면 손의 악력이 발달 되지 않았기 때문입니다.</u>

---

4. 민영의료보험은 생명보험과 달리 실제 병원에서 치료 받은 병원비를 지급받는 보험 입니다. <u>그러므로 한 사람이 2-3개에 가입했어도 병원비를 2~3배 받는 것은 아닙니다.</u> 반드시 보험 증권을 살펴서 중복보상인지를 확인해 보세요.

---

5. MBC는 드라마 '탐나는도다'의 조기종영을 결정했다. 이에 대해 시청자들이 분노하고 있다. 한 네티즌은 "<u>지난주에 공식 홈페이지를 통해 조기종영이 없음을 공고했으 면서도, 불과 일주일 만에 일방적인 약속 파기로 시청자를 우롱했다</u>"고 비난했다.

6과 1항

어휘

1. 다음 [보기]에서 알맞은 단어를 골라 빈 칸에 쓰십시오.

[보기]	자리 잡다	눈길을 끌다	흥미롭다	넘나들다	색다르다
	다루다	생명력	지니다	장르	기획

가 : 언제봐도 김연세 감독은 참 대단해. 이제는 코미디, 판타지만이 아니라
　　공포물까지 다양한 (　장르　)의 영화를 만들어 성공시키고 있잖아.
　　대단한 능력을 (　　　　)고 있어.

나 : 맞아, 이제 김연세 감독은 충무로에서 중견감독으로(　　　　　)었다고/
　　았다고/였다고 할 수 있지.

가 : 이 영화의 (　　　　　) 의도는 뭘까? 입양 문제를 (　　　　)고 있으니만큼
　　우리 사회의 입양 문제를 생각해 보자는 게 아닐까?

나 : 그런 심각한 문제를 지금까지와는 다른 (　　　　　)는/은/ㄴ 방식으로 접근한
　　감독의 능력이 정말 돋보여. 나는 주인공이 자신의 출생의 비밀을 풀어가는
　　과정이 아주 (　　　　)던데. 너는 어떤 장면이 기억에 남아?

가 : 나는 노을이 지는 바닷가를 배경으로 한 포스터가 (　　　　)어서/아서/여서
　　보게 됐는데, 여자 주인공이 교통사고를 당한 후 생사를 (　　　　　)던
　　장면이 인상적이었어. 그리고 (　　　　　　) 넘치는 주인공의 모습도
　　인상적이었고.

2. 다음 [보기]에서 알맞은 단어를 골라 빈 칸에 쓰십시오.

[보기]	각색	제작	방송	연출	시청자	관객	청중
	공연	상연	감독		방청객	독자	

❶ 지금 인기리에 (　상연　)되고 있는 그 연극은 유명한 소설을 (　　　　)한
　것이다. 소설로 나왔을 때 (　　　　)들로부터 좋은 반응을 얻었는데, 연극
　역시 (　　　　)들로부터 호평을 받았다.

❷ 요즘 (   )되고 있는 오락 프로그램은 방송국 홈페이지를 통해
(   )들의 아이디어를 공모하고 있다. 뿐만 아니라 방송국에 직접 보러 온
(   )들을 프로그램 (   ) 과정에 참여시키고 있다.

❸ 지금까지 해 오던 해석과 다르게 현대적으로 (   )된 그 오페라는
비평가들로부터 혹평을 받았다. 반면 (   )들의 반응은 매우 좋아서
(   )은/는 연일 매진됐다.

❹ 그 영화 (   )은/는 힝싱 사회싱이 짙은 작품을 만들어 왔다.

문법

-는다고도 할 수 있다

3. 다음 [보기]에서 알맞은 표현을 골라 '-는다고도 할 수 있다'를 사용해 문장
을 완성하십시오.

> [보기] 사회 개혁에 대한 열망을 보여주다   안정형이다
>   사회에 대한 풍자 때문이다   냉정형이다
>   탄탄한 이야기 전개 때문이다   지난 정권에 대한 국민들의
>   불신을 보여주다

- 야당 후보가 대통령으로 당선된 것은 ❶ 지난 정권에 대한 국민들의 불신을
  보여준다고도 ~~는다고도/ㄴ다고도/다고도~~ 할 수 있고, ❷ _____
  는다고도/ㄴ다고도/다고도 할 수 있다.

- 신중하고 침착하며 감정에 흔들리지 않는 사람의 성격 유형은 ❸ _____
  는다고/ㄴ다고도/다고도 할 수 있고, ❹ _____
  는다고/ㄴ다고도/다고도 할 수 있다.

- 판소리를 개작한 그 뮤지컬이 인기를 끄는 이유는 ❺ _____
  는다고/ㄴ다고도/다고도 할 수 있고, ❻ _____
  는다고/ㄴ다고도/다고도 할 수 있다.

4. 관계있는 것을 연결하고 '–는다고도 할 수 있다'를 사용해 문장을 완성하십시오.

그 최고 경영자 •···•카리스마가 넘치다

　　　　　　　　　　　　　　　　•생활이 편리해졌다

인터넷 뱅킹　　•　　　　　　　•시기를 놓친 잘못된 경제 정책에서 비롯됐다

　　　　　　　　　　　　　　　　•독재적인 성향이 강하다

현재의 경제 위기 •　　　　　　•국제 금융 환경의 악화 때문이다

　　　　　　　　　　　　　　　　•해킹으로 인한 피해가 우려되다

• 그 최고 경영자는 ❶ 카리스마가 넘친다고도 할 수 있고　　　　　　　　　　,

　　　　　　　❷ 　　　　　　　　　　　　　　　　　　　　　　　.

• 인터넷 뱅킹으로 인해 ❸ 　　　　　　　　　　　　　　　　지만

　　　　　　　❹ 　　　　　　　　　　　　　　　　　　　　　　.

• 현재의 경제 위기는 ❺ 　　　　　　　　　　　　　　　　　고,

　　　　　　　❻ 　　　　　　　　　　　　　　　　　　　　　　.

-는 듯싶다

5. 다음 [보기]에서 알맞은 표현을 골라 '–는 듯싶다'를 사용해 대화를 완성하십시오.

[보기]	요즘 작가들은 독자에게 다가서기 위해 많이 노력하다	온난화의 영향이다
	개그맨을 해도 되다	골프가 대중화되다
	이제 세계 선수권 대회에서도 충분히 입상할 수 있다	상태가 안 좋다

❶ 가 : 요즘은 가을에도 날씨가 참 더워요.

　　나 : 아무래도 온난화의 영향인 을/ㄹ/는/은/ㄴ 듯싶어요.

❷ 가 : 그 선수가 경기하는 모습 보셨어요? 이젠 정말 잘 하지요?

　　나 : 　　　　　　　　　　　　　　　　　을/ㄹ/는/은/ㄴ 듯싶어요.

❸ 가 : 그 사람은 유머 감각이 정말 뛰어나요.

　　나 : 제 생각에는 　　　　　　　　　　　　　　　을/ㄹ/는/은/ㄴ 듯싶어요.

❹ 가 : 병원에 갔다 왔다면서? 김 교수님은 좀 어떠셔?

나 : 중환자실에 계셔서 뵙지도 못했어. ....

.... 을/ㄹ/는/은/ㄴ 듯싶어.

❺ 가 : 요즘엔 정말 골프 치는 사람이 많아졌어요.

나 : ....

❻ 가 : 얼마 전에 유명한 작가들이 독자들 앞에서 소설과 시를 낭독하는 모임을 가졌다고 해요.

나 : ....

6. '-는 듯싶다'를 사용해 문장을 완성하십시오.

❶ 그 사람은 이혼하고 나서 심한 우울증에 걸렸다고 해요. <u>이혼의 충격이 큰</u> ~~을/ㄹ/는/은/ㄴ~~ 듯싶어요.

❷ 그 대통령 후보가 지지율이 높대요. 아무래도 그 후보가 ....
을/ㄹ/는/은/ㄴ 듯싶어요.

❸ 요 며칠 김 대리 얼굴이 안 보이네요. .... 을/ㄹ/는/은/ㄴ 듯싶어요.

❹ 그 사람이 나를 바라보는 눈길이 예사롭지 않아요. ....
을/ㄹ/는/은/ㄴ 듯싶어요.

❺ 두 사람이 서로 양보를 하지 않더니 결국 말다툼을 하고 말았어요. 두 사람 모두 .... 을/ㄹ/는/은/ㄴ 듯싶어요.

❻ 국민 참여 재판 제도가 실시되고 있는데, 배심원으로 뽑힌 사람들이 재판 참석을 꺼린다고 해요. ....
을/ㄹ/는/은/ㄴ 듯싶어요.

어휘

1. 다음 [보기]에서 알맞은 단어를 골라 빈 칸에 쓰십시오.

| [보기] | 태평무 | 곡선미 | 어우러지다 | 여백 | 들썩거리다 | 신명나다 |
| | 역동적이다 | 개량 | 다가서다 | 대중화 | 보존하다 | |

❶ (태평무   )은/는 그 해의 풍년을 축복하고 나라의 태평성대를 기원할 때 춘 춤으로 기교와 절도, 격식이 있는 춤이다.

❷ 말들이 달리는 모습을 그린 그 그림은 매우 (   )어요/아요/여요.

❸ 그 그림은 여러 가지 색채가 잘 (   )어서/아서/여서 독특한 아름다움을 만들어 냈다.

❹ 사물놀이 공연을 보다 보니 어깨가 저절로 (   )었다/았다/였다.

❺ 조상들로부터 물려받은 유산을 잘 (   )어서/아서/여서 물려 줘야 한다.

❻ 대통령이 국민에게 (   )기 위해 '국민과의 대화'라는 TV프로그램에 출연했다.

❼ 농산물 생산량을 늘리기 위해 품종 (   )을/를 한다.

❽ 한때는 부유층만이 즐기던 스키도 이제는 (   )돼서 많은 사람들이 즐긴다.

❾ 화폭을 물감으로 빈틈없이 채우기보다 (   )으로/로 그냥 남겨두는 그림이 좋아요.

❿ 마당놀이극을 봤는데, (   )는/은/ㄴ 음악과 날카로운 현실 풍자가 한데 어울려 아주 흥겨웠다.

⓫ 고려청자는 아름다운 색깔과 (   )으로/로 유명하다.

2. 다음 [보기]에서 알맞은 단어를 골라 쓰십시오.

| [보기] | 풍물 | 판소리 | 거문고 | 가야금 | 사물놀이 | 청자 | 서예 |
| | 산수화 | 풍속화 | 탈춤 | 승무 | 살풀이춤 | 화관무 | |

❶ 한국 고유의 현악기의 하나로 여섯 개의 줄이 있고 술대로 뜯어서 연주합니다.
(거문고)

❷ 오색 구슬로 화려하게 장식한 화관을 쓰고 추는 춤입니다.   (   )

❸ 농악기인 꽹과리·징·장구·북으로 연주하는 음악입니다. 농악을 무대에서 공연하기 위해 개발 하였고, 1978년에 한 연주 단체에 의하여 본격적으로 시작되었습니다.   (   )

❹ 도자기의 하나로 맑고 푸른색을 띱니다.   (   )

❺ 한국 고유의 현악기의 하나로 열두 줄의 명주 줄을 손가락으로 뜯어
소리를 냅니다. ( )

❻ 붓으로 조형미를 살려서 글씨를 쓰는 예술의 한 분야입니다. ( )

❼ 흰 치마저고리에 가볍고 부드러운 흰 수건을 들고 추는 민속 무용의
하나입니다. '살'을 푼다는 의미를 가지고 있습니다. ( )

❽ 자연의 풍경을 소재로 하여 그린 동양화로서 넓은 뜻으로는 풍경화라고
할 수 있습니다. ( )

❾ 탈을 쓰고 추는 춤입니다. 가면무라고도 하지요. 현실 비판을 풍자와
웃음으로 보여줍니다. ( )

❿ 이야기를 노래로 부르는 전통적인 한국의 민속악입니다. 대표적인
작품으로는 <춘향전>, <심청가>, <흥부가> 등이 있습니다. ( )

⓫ 그 시대의 각계각층의 생활 모습과 풍속 등을 주제로 하여 그린
그림입니다. 한국에서는 김홍도, 신윤복 등이 유명합니다. ( )

⓬ 불교적 색채를 가진 춤으로서 혼자 추는 춤입니다. 남색 치마에 흰
저고리와 장삼을 걸치고 머리에는 흰 고깔을, 어깨에는 붉은 가사를
입습니다. ( )

⓭ 농악에 쓰이는 꽹과리·소고·태평소·북·징·장구 등의 악기를 통틀어 이르는
말이기도 하고 농악을 가리키는 말이기도 합니다. ( )

| [보기] | 흥겹다 | 익살스럽다 | 동적이다 | 정적이다 |
| | 해학적이다 | 우아하다 | 수수하다 | 투박하다 |

❶ 사회 비판과 풍자로 웃음을 자아낸 그 마당놀이 공연은 매우
(해학적이있다)었나/았다/였다.

❷ 섬세하지 못한데다 너무 많이 덧칠을 한 그 그림은 ( )는/은/ㄴ
느낌을 줬다.

❸ 대통령 영부인은 고상하고 기품이 있는 한복을 입고 나와 그 모습이 매우
( ) 었다/았다/였다.

❹ 학교 축제에서 풍물패가 공연하자 사람들이 어우러져 ( )게
춤을 췄다.

❺ ( )는/은/ㄴ 분위기가 그리워서 새벽 이른 시간에 산사에 올랐다.

❻ 그 춤은 뛰거나 팔을 올리는 등 움직임이 많아서 매우 ( )
는다/ㄴ다/다.

❼ 찰리 채플린을 흉내 낸 그 배우의 표정이 매우 ( )었다/았다/였다.

❽ 재벌 회장 부인답지 않게 ( )는/은/ㄴ 옷차림과 소박한 말투로
좌중의 눈길을 끌었다.

-으니 어쩌니 해도/-이니 뭐니 해도

3. 관계 있는 것을 연결하고 누가 하는 말인지 찾아서 '-으니 어쩌니 해도'를 사용해 문장을 만드십시오.

① 정신적인 가치를 추구해야 하다 ·   · 사랑이 제일 중요하다
② 타인을 배려해야 하다 ·   · 환경을 보호해야 인류의 미래가 있다

③ 돈을 차곡차곡 모으는 게 의미가 있다 ·   · 나만 편하게 살면 그만이다
④ 국가와 사회에 대한 책임감이 있어야 ·   · 돈이 최고다
   하다.
⑤ 결혼 상대자를 고를 때 조건이 중요하다 ·   · 개인의 가치가 최우선적으로 존중 되어야 하다
⑥ 경제 성장을 위한 개발이다 ·   · 인생은 한방이다

① 물질만능주의자 : 정신적인 가치를 추구해야 하니 어쩌니 해도 돈이 최고야.

② 사랑 지상주의자 : ....

③ 환경보호 운동가 : ....

④ 개인주의자 : ....

⑤ 한탕주의자 : ....

⑥ 이기주의자 : ....

4. 다음 [보기]에서 알맞은 표현을 골라 대화를 완성하십시오.

[보기]	유치하다	출산 장려 정책을 펴다	군대 생활이 힘들다
	편리하다	미신이다	기름값이 비싸다

① 가 : 어떤 TV 프로그램을 즐겨 보세요?
   나 : 유치하니 어쩌니 해도/~~이니 뭐니 해도~~ 저는 코미디 프로그램을 즐겨 봐요.

② 가 : 대학 입학시험을 보는 수험생에게 엿을 선물한다면서요?
   나 : .... 으니 어쩌니 해도/이니 뭐니 해도 ....

❸ 가 : 이번에 제대하셨다면서요? 군대 생활이 어떠셨어요?

나 : _____ 으니 어쩌니 해도/이니 뭐니 해도 _____.

❹ 가 : 인터넷 쇼핑몰을 이용하지 않고 백화점에 직접 가서 사시네요.

나 : _____.

❺ 가 : 요즘 저출산이 심각한 사회 문제지요?

나 : _____.

❻ 가 : 고유가에도 불구하고 '나홀로 차량'이 많아요.

나 : _____.

-은들 -겠어요?

5. '-은들 -겠어요?'를 사용해 문장을 완성하십시오.

❶ 그 영화는 캐스팅이 아주 호화롭다. 하지만 영화 내용이 너무 엉망이다.
그러니 **유명한 배우가 나와도 흥행에 성공할 수 없을 것이다.**

→ 내용이 엉망인데 <u>유명한 배우가 나온들</u> <del>은들/ㄴ들</del> 흥행에 성공하겠어?

❷ 경제를 살리기 위해서 정부가 대규모 공적 자금을 투여한다고 한다. 하지만
소비 심리가 꽁꽁 얼어붙어서 **대규모 공적 자금을 투여해도 경기가
살아나지 않을 것이다.**

→ 소비 심리가 꽁꽁 얼어붙었는데 _____ 은들/ㄴ들
_____ 겠어?

❸ 지난번에 세탁을 맡겼다가 옷이 줄어들어서 보상을 받았다. 하지만
아끼던 옷을 망쳐서 **보상을 받아도 마음이 풀리지 않는다.**

→ 아끼는 옷을 망쳤는데 _____ 은들/ㄴ들
_____ 겠어?

❹ 어제 핸드볼 시합이 있었다. 우리팀 실력이 월등했지만 심판 판정이 너무
불공정했다. 그러니 **실력이 월등해도 이길 수 없었다.**

→ 심판판정이 불공정한데 _____?

❺ 어제 종교인들이 시위에 나섰다. 탄압을 받으니 **종교인이라도 가만히 있을 수 없을 것이다.**

→ .... ?

❻ 과학과 의학이 날로 발전하고 있으니 인간은 앞으로 더 행복해 질 거라고 생각하는 사람들이 많다. 하지만 과학과 의학의 발전에 따른 부작용 역시 많다. 그러니 **과학과 의학이 발전해도 인간이 더 행복해지지 않을 것이다.**

→ .... ?

6. '-은들 -겠어요?'를 사용해 대화를 완성하십시오.

❶ 가 : 여보, 우리 늦었지만 아이들을 생각해서 다시 합칩시다.
　　나 : ......~~지금 다시 합친들~~......**은들/ㄴ들**...... 예전처럼 잘 살 수 있겠어요?

❷ 가 : 그 사람은 폐암에 걸리고 나서 담배를 끊었대요.
　　나 : ....**은들/ㄴ들**........................... 겠어요?

❸ 가 : 지난번에 심하게 말실수를 했는데 사과하면 사이가 다시 좋아질까요?
　　나 : ....**은들/ㄴ들**........................... 겠어요?

❹ 가 : 오늘 주가가 급락했어. 어제 주식을 팔걸 그랬어.
　　나 : .... ?

❺ 가 : 요즘 경기가 너무 나빠서 건설 회사들이 분양가를 인하한대.
　　나 : .... ?

❻ 가 : 저라도 가서 부탁해 볼까요?
　　나 : .... ?

읽고 말하기

※ 다음 글을 읽고 질문에 답하십시오.

최근 대중문화에서 어린이가 되고 싶어하는 어른들의 환상을 담은 문화 상품과 양식들이 유행하고 있다. 아이(Kid)와 어른(Adult)이 합성된 '키덜트(Kidult)'라는 신조어는 이삼십 대의 성인들이 어린 시절의 갖가지 경험을 여전히 잊지 못하고 그 경험들을 다시 소비하고자 하는 현상을 반영하는 것으로서 이미 영화, 소설, 패션, 애니메이션, 광고 등 전 소비문화 영역에서 키덜트 문화가 확산되고 있다.

키덜트 문화가 유행하는 이유는 무엇일까? 첫째, '좋았던 과거에의 향수'와 복고 문화의 유행이 한편에 자리 잡고 있다. '옛 것'이라고 하면 거의 전부 추억의 감동을 주며 아름답게 느껴진다. 또한 현대 사회에서 벌어지는 치열한 생존 경쟁은 어린 시절의 순수한 세계를 동경하게 만들며, 키덜트들은 이러한 문화를 즐기는 과정에서 일시적으로 동심으로 돌아감으로써 스트레스를 해소하게 되고 정신적 힘을 얻게 된다.

둘째, 키덜트 문화는 거꾸로 어린이들의 조기 성인화에 따른 현상이기도 하다. 특히 대중문화는 어린이들의 조기 성인화를 부추기는 장본인이다. 요즘 아이들은 컴퓨터를 포함한 다양한 대중 매체를 통해 과거 성인들이 어린 시절에 경험할 수 없었던 문화적 경험을 한다. 초등학교 고학년만 되면 자신의 홈페이지를 만들고 각종 게임을 즐기며 대중음악의 열광적인 팬이 되고 핸드폰과 팬시 상품을 통해 자신만의 문화적 성을 만든다. 말하자면 오늘날 아동은 소비대중문화의 중요한 소비자로 등장하기 시작했으며, 그들의 소비 욕구는 이제 어른들의 소비 욕구와 크게 다르지 않게 되었다.

키덜트 문화는 단지 다시 어린이가 되고 싶어하는 성인문화의 특정한 현상만을 가리키는 것은 아니다. 그것은 어른과 어린이 문화의 경계를 허물어버리고 어른과 어린이가 함께 즐길 수 있는 소비상품을 생산하는 기획된 문화를 말하기도 한다. 동화적 상상력을 상품화하는 새로운 시장이 개척된 것이다.

1. 키덜트 문화가 유행하는 이유가 <u>아닌</u> 것은 무엇입니까? (   )

❶ 과거에 대한 향수 　　　　　　　❷ 복고 문화의 유행

❸ 어린이들의 조기 성인화 　　　　❹ 기획 문화의 확산

2. 키덜트 문화에 대한 설명으로 <u>맞지 않는</u> 것은 무엇입니까? (　　　)

　❶ 전 소비문화 영역에서 확산되고 있다.

　❷ 스트레스를 해소하고 정신적 힘을 얻게 해 준다.

　❸ 아동과 성인의 소비욕구의 차이에서 비롯된다.

　❹ 어른과 어린이가 함께 즐길 수 있는 소비상품을 생산한다.

3. 영화, 소설, 패션, 애니메이션, 광고 등에서 볼 수 있는 키덜트 문화에 대해 이야기해 봅시다.

듣고 쓰기　◀) 06

※ 다음은 라디오 대담 프로그램의 일부입니다. 듣고 질문에 답하십시오.

1. 두 사람은 무엇에 대해 이야기하고 있습니까? (　　　)

　❶ 전통의 현대화　　❷ 전통의 고수　　❸ 전통의 단절　　❹ 전통의 파괴

2. 들은 내용과 <u>다른</u> 것은 무엇입니까? (　　　)

　❶ 국립국악원은 실험적 음악에 대해 부정적이다.

　❷ 퓨전 국악도 전통 음악이 될 수 있다.

　❸ 국악을 잘 모르는 사람도 퓨전 국악을 통해 전통 국악에 대한 이해를 높일 수 있다.

　❹ 퓨전 국악과 전통 국악은 서로 도움을 주고받는 관계이다.

3. 여러분 나라에서 전통 예술을 현대화한 사례에 대해서 쓰십시오.

6과 4항

 어휘 연습

1. 다음 단어의 의미를 골라 연결하십시오.

1) 가로채다 •

• 어떤 일을 주장하는 사람이 되어 이끌거나 지도하다

2) 주도하다 •

• 남의 말에 의견을 같이 하여 부추기거나 찬성하는 말을 하다

3) 맞장구치다 •

• 남이 말하는 중간에 끼어들어 말을 계속하지 못하게 하다

4) 장단을 맞추다 •

• 앞서 한 말에 몇 마디의 말을 더 보태다

5) 덧붙이다 •

• 상대방의 행동이나 생각에 맞추어 행동이나 말을 하다

2. 빈칸에 공통으로 들어갈 단어를 쓰십시오.

뒷바라지하다 추구하다 발뺌을 하다 모호하다 현저하다

1) ㄱ. 인간은 누구나 행복을 ＿＿＿＿＿＿＿＿＿＿＿＿＿＿ 는/ㄴ다.

　　ㄴ. 기업은 이윤을 ＿＿＿＿＿＿＿＿＿＿＿＿＿ 는/은/ㄴ 것을 목표로 한다.

2) ㄱ. 그 여자는 남편을 ＿＿＿＿＿＿＿＿＿＿＿ 느라 자신의 꿈은 포기했다.

　　ㄴ. 평생 자식을 위해 ＿＿＿＿＿＿＿＿＿＿ 어 주신/아 주신/여 주신 부모님께 감사드린다.

3) ㄱ. 그 사람은 찬성하는지 반대하는지 분명히 밝히지 않고 ＿＿＿＿＿＿＿＿ 는/은/ㄴ 태도를 보였다.

　　ㄴ. 그 문장이 ＿＿＿＿＿＿＿＿＿＿＿＿ 어서/아서/여서 작가의 의도를 정확하게 파악하 기 어렵다.

4) ㄱ. 이번 세일 기간 중 백화점의 매출이 _____ 게 감소했다.

ㄴ. 새로운 수술법의 개발로 부작용이 _____ 게 줄어들었다.

5) ㄱ. 잘못을 인정하지 않고 _____ 으려고/려고 해서 더 화가 났다.

ㄴ. 그 직원은 자신은 몰랐던 사실이라며 _____ 었다/았다/였다.

3. 다음 문제를 보고 답을 쓰십시오.

1) 보기와 같이 연결하고 알맞은 단어를 골라 빈칸에 쓰십시오.

	• 장구치다 → 맞장구치다	
맞	• 선보다 →	
	• 벌이하다 →	
	• 고소하다 →	

	• 붙이다 → 덧붙이다	
덧	• 칠하다 →	
	• 셈 →	
	• 이 →	

❶ 요즘은 ( )는/은/ㄴ 부부가 많아 육아 문제가 심각하다.

❷ 그림을 그릴 때 자꾸 ( )면 오히려 망칠 수 있다.

❸ 초등학교 산수 시간에 ( )과/와 뺄셈을 배운다.

2) 다음의 감탄사를 넣어서 맞는 대답을 만드십시오.

'그러게 말야'   '저런, 쯧쯧'   '어머나!, 정말?'

❶ 가 : 기획부의 박민수씨가 다리에 깁스를 했던데요.

나: _____.

❷ 가 : 한류스타 배우 배승헌이 인기가수하고 사귄대.

나: _____.

❸ 가 : 내년에는 경제가 좋아져야할 텐데...

나: _____.

3) 다음 가운데 알맞는 감탄사를 골라 빈칸에 쓰십시오.

| 어머머 | 어쩜 | 아이참 | 흥 |

❶ 가 : 두고 봐. 이번엔 꼭 너보다 좋은 성적을 받을 테니까.

　나 : ＿＿＿＿＿＿＿＿ 네가 아무리 열심히 해도 나를 이기기는 어려울 걸.

❷ 가 : 옆집 아들은 맞벌이하는 엄마 대신 언제나 동생을 챙기지 뭐예요.

　나 : ＿＿＿＿＿＿＿＿ 그렇게 초등학생이 어른스러울까요?

❸ 가 : 지금 이것 좀 도와주면 안돼요?

　나 : ＿＿＿＿＿＿＿＿ 나도 지금 정신없이 바쁜데...

내용 이해

1. 글쓴이가 이 글에서 설명하고자 하는 것은 무엇입니까? (　　)

❶ 남성언어의 유용성　　　　　　❷ 남성언어와 여성언어의 차이점

❸ 여성언어의 우수성　　　　　　❹ 남성언어와 여성언어의 유사점

2. <여성 발화어>를 요약한 방식으로 <남녀간의 대화>를 요약해 보십시오.

> **<여성 발화어>**
> 1. **음운적 특징**
>   남성보다 경음을 더 많이 사용함. / 'ㄹ첨가' 현상이 많이 나타남.
> 2. **억양의 특징**
>   평소문에서 다소 길고 완만하고 부드러운 억양이 나타남.
> 3. **문법·담화적 특징**
>   친근 대화 상황에서 다변적임. / 상호 협동적인 대화를 추구함.
>   망설이거나 자신 없는 듯한 말투를 구사함.
>   찬사를 많이 함. / 공손한 표현을 사용함.
> 4. **어휘에서의 특징**
>   축약된 형태의 어휘를 많이 사용함.
>   지시사를 사용할 때 작고 귀여운 어감의 어휘를 선택함.
>   감탄사나 감탄문, 감성을 나타내는 부사를 많이 사용함.

<남녀간의 대화>

1. 주제

2. 말을 가로채는 횟수

3. 말과 말 사이의 공백 시간

4. 질문을 하는 횟수

5. 한 화제가 끝까지 지속되는 건수

3. 다음을 읽고 맞으면 O표, 틀리면 X표 하십시오.

1) 의문사가 있는 의문문의 경우 보통 끝에서 억양이 내려간다.　　　　　(　　)

2) 사람들은 보통 아는 사람하고 이야기할 때 남의 말을 더 많이 가로챈다.　(　　)

3) 여성은 대화의 주도권을 잡기 위해 질문을 많이 한다.　　　　　　　　(　　)

 이야기해 봅시다

○ 다음 대화는 의사소통이 잘 이루어지지 않는 경우입니다.
네 개의 대화 중 하나를 골라 무엇이 문제인지 생각해 보고 원활한 의사소통을 위해 어떻게 하면 좋을지 이야기해 봅시다.

1) 가: 저도 생각이 있고, 제 인생에 대해서 고민하고 있어요.
　　나: 너 같은 놈이 무슨 생각이 있어? 생각한다고 해도 썩어빠진 생각이나 하고 있겠지.
　　가: 그래요. 전 썩어빠진 놈이에요. 그러니까 저한테 어떤 것도 강요하지 마세요.

2) 가: 니가 왜 영화배운지 뭔지 하는 여자애 차를 고쳐주고 돈을 내? 너는 차도 없으면서.

　　나: 엄마, 그게 다 투자야.

　　가: 시끄러! 너 집에서 밥이나 먹고 돌아다니지 말고 집에 처박혀 있어.

　　나: 투자라니까, 엄마.

　　가: 투자같은 소리, 투자는 무슨 투자!

3) (차를 타고 가는 중에)

　　아내: 커피 한잔 할래요?

　　남편: 아니, 지금은 생각 없어.

　　(잠시 후 아내의 기분이 좋지 않음을 눈치 채고)

　　남편: 무슨 일이야? 뭐 잘못된 거 있어?

　　아내: 아무 일도 없어요!

　　남편: 그럼, 뭐가 문제야?

　　아내: 당신이 차를 세우려 하지 않았잖아요!

4) 아내: 무슨 골치 아픈 일이 생겼죠? 그게 뭐예요?

　　남편: 아무 것도 아니오.

　　아내: 아무 것도 아니긴 뭐가 아니에요. 분명히 무슨 문제가 있는 것 같은데.
　　　　당신 기분이 왜 그래요?

　　남편: 난 아무렇지도 않나니까. 자, 이제 나를 좀 혼자 있게 내 버려둬요!

　　아내: 당신, 어떻게 나한테 이럴 수가 있어요? 말도 하고 싶지 않다 이거예요?
　　　　당신이 말을 안 하는데, 당신 기분이 어떤지 내가 어떻게 알아요?
　　　　당신 이러려면 결혼은 왜 했어요? 당신 혼자 살지.

　　남편: 으악! 제발 나 좀 내버려둬!

(출처 : 의사소통의 기법, 구현정 전영옥)

 ## 더 읽어보기

1. 가장 좋은 질문은 어떤 질문입니까?

2. 좋은 질문과 응답의 장점을 정리해 보십시오.

한자성어 1

1. 견물생심(見物生心)
실물을 보면 가지고 싶은 욕심이 생김.
  • 견물생심이라고 무심코 서랍을 열었는데 안에 있는 돈을 보고 자기도 모르게 손이
   갔대.

2. 과대망상(誇大妄想)
사실보다 과장하여 터무니없는 헛된 생각을 하는 증상.
  • 어렸을 때 아무래도 내가 천재인 것 같다는 과대망상에 빠지곤 했어.

3. 금시초문(今時初聞)
바로 지금 처음으로 들음.
  • 이 지역에 신도시가 조성된다니, 저는 금시초문입니다.

4. 동분서주(東奔西走)
사방으로 이리저리 몹시 바쁘게 돌아다님을 나타냄.
  • 요즘 결혼과 유학을 앞두고 결혼식장 알아보랴 서류 보내랴 동분서주하고 있어요.

5. 무용지물(無用之物)
쓸모없는 물건이나 사람.
  • 무인 주차 관리기가 잦은 고장과 이용률 저하로 무용지물이 되고 있다.

6. 무위도식(無爲徒食)
아무 하는 일 없이 헛되게 놀고먹음.
  • 옆집 아저씨는 아내가 벌어다 주는 돈으로 무위도식하고 있다.

7. 반신반의(半信半疑)
얼마쯤 믿으면서도 한편으로는 의심함.
  • 미선이는 그 영업사원의 말을 반신반의 하면서도 결국 물건을 사고 말았다.

8. 속수무책(束手無策)
손을 묶은 것처럼 어찌할 방책이 없어 꼼짝 못함.
  • 가방을 빼앗아 오토바이를 타고 도망가는 남자를 속수무책으로 쳐다볼 수밖에 없었다.

9. 시기상조(時機尙早)
아직 때가 덜 되었다는 말.
  • 우리나라의 형편 상 전면적인 농산물 시장 개방은 아직 시기상조다.

10. 심사숙고(深思熟考)
깊이 잘 생각함.
  • 중요한 문제이니만큼 며칠만 여유를 주시면 심사숙고해서 결정을 내리겠습니다.

1. 지 연 : 이번 독감이 꽤 무서운가 봐. 사망자도 있다던데.

희 정 : 빨리 예방주사를 맞아야 할 텐데. 예전에 전 세계를 휩쓸었다는 독감 애기 알지? 그런 일이 또 일어나지는 않겠지?

지 연 : 그때는 발병의 원인이 정확히 파악이 안 된 상태여서 .... 이었지만/였지만 이번엔 다르잖아. 백신도 있고 치료제도 있다잖아.

2. 은 희 : 다른 나라에서는 요즘 동성애를 법적으로 인정하려는 움직임이 일어나고 있대요.

명 숙 : 우리나라도 곧 그렇게 되지 않을까요?

은 희 : 그렇지만 우리의 현실로는 아직 .... 인/ㄴ 것 같은데.

3. 진 수 : 전 벌써 대학 졸업 후 3년 째 집에서 놀고 있어요.

민 호 : 그래요? 저하고 비슷하군요.

진 수 : 그럼, 그쪽도 .... 한 지 3년째라는 얘긴가요?

민 호 : 아니오, 전 아직 2년밖에 안 됐어요. 제가 좀 낫죠?

4. 박대리 : 김 대리가 입사동기들 중에 자기만한 실력을 가진 사람도 없고, 윗분들에게 신임을 얻었으니 다음 번 승진 1순위는 자기라고 하더라.

이대리 : 나 참, 완전히 .... 에 빠져 있구나. 정신 차리라고 그래라.

5. 언　니 : 오늘 심심한데 백화점에나 갈까?

　　 동　생 : 지난달에 돈을 많이 써서 아무것도 못 사.

　　 언　니 : 그럼, 가서 안 사고 구경만 하면 되지. 구경도 즐겁잖아.

　　 동　생 : ＿＿＿＿＿＿＿＿＿＿＿ 이라고/라고 일단 보면 사고 싶어져서 안 돼.
　　　　　　아예 보지도 않는 편이 나아.

6. 동　생 : 바쁘다 바빠. 오늘은 거래처에도 가야 하고, 사장님한테 결재도
　　　　　　받아야 하고, 내일까지 보고서도 내야 하고…… 몸이 10개라도
　　　　　　모자라겠다.

　　 언　니 : 그렇게 ＿＿＿＿＿＿＿＿＿＿＿ 하는 네가 오히려 부럽다. 어디
　　　　　　괜찮은 자리 있으면 하나 소개해줘.

7. 박과장 : 김 과장, 얘기 들었어? 내년에 해외영업부를 철수하기로 했대.

　　 김과장 : 그게 무슨 말이야? 어디에서 들었어? 나는 ＿＿＿＿＿＿＿＿＿
　　　　　　이야/야.
　　　　　　헛소문 아니야? 아무 공고도 없이 갑자기 그런 일이 있겠어?

8. 희　정 : 요즘은 사전 사용하는 사람이 별로 없는 것 같아.

　　 지　영 : 그래, 집에 있는 사전도 자리만 차지하고 ＿＿＿＿＿＿＿＿＿ 이/가
　　　　　　된 지 오래야.

　　 희　정 : 하긴. 전자 사전도 있고 인터넷으로 찾아도 되고.

9. 아버지 : 와, 정말 경치가 좋구나.
　　　　　　네 말을 처음 들었을 때는 ＿＿＿＿＿＿＿＿＿ 했는데, 와 보니까
　　　　　　설악산 봄 경치도 아름답네. 가을만 아름다운 줄 알았는데.

　　 아　들 : 그것 보세요. 여기 안 오셨으면 섭섭하실 뻔했죠?

10. 김과장 : 이 과장이 아침에 사직서를 냈대. 벌써 영국의 MBA 과정 합격
허가를 받은 상태라고 하데. 부럽긴 한데 이제 공부를 시작하기엔
좀 늦은 거 아닌가?

　　　박과장 : 공부는 벌써 몇 년 전부터 뜻이 있었다더군. 이번에 밀어붙이지
않으면 앞으로 공부할 기회가 없을 것 같아서 _____
끝에 결정을 한 모양이야.

　　　김과장 : 송별회 겸 한잔 하면서 얘기를 들어봐야겠네.

제 **7** 과　전통과 변화

7과 1항

어휘

1. 다음 [보기]에서 빈 칸에 공통으로 들어갈 단어를 골라 쓰십시오.

> [보기]　(1인)가구　　인정하다　　저출산　　(역)귀성　　부정하다

❶ 1995년 164만 (가구)이~~었던~~/였던 1인(가구)~~은~~/는 2007년에는 330만
(가구) ~~으로~~/로 늘었다.
정부가 책정한 2009년 1인 (가구)의 최저생계비는 49만 845원이다.

❷ 내가 대한민국 국민이라는 사실은 (　　　　)을/ㄹ 수 없는 사실이다.
무신론자들은 신의 존재를 (　　　　)는다/ㄴ다/다.

❸ 요즘 경제적인 어려움으로 인해 (　　　　) 현상이 날로 심각해지고 있다고 합니다.
육아 환경이 좋아진다면 (　　　　) 문제는 어느 정도 해결될 수 있지 않을까요?

❹ 도전자는 이번 시합에서 자신의 패배를 (　　　　)었다/았다/였다.
시어머니는 당신의 손자까지 낳은 나를 아직도 며느리로 (　　　　)지 않고 있다.

❺ 추석 (　　　　)표가 발매 2시간 만에 매진되었다.
징검다리 연휴를 앞두고 일찍 (　　　　)하려는 차량이 늘면서 고속도로 일부
구간에서 지체 현상이 빚어지고 있습니다.

2. 다음 [보기]에서 알맞은 단어를 골라 쓰십시오.

> [보기]　주민등록 관련 :　세대　　　　세대주　　　　세대원　　　　동거인
> 　　　　　가족 형태 :　핵가족　　　1인가족　　　노인가족
> 　　　　　　　　　　　비동거가족　　편부모가족　　대안가족

<주민등록 관련>

❶ 현실적으로 주거 및 생계를 같이하는 사람의 집단　　　　　(　세대　)

❷ 한 세대의 대표가 되는 사람　　　　　　　　　　　　　(　　　　)

❸ 주민등록표상 세대원이나 세대주의 직계 및 방계가족이 아닌 사람 　　(　　　　　)

❹ 한 세대를 구성하는 사람들 　　(　　　　　)

<가족 형태>

❶ 취직한 이후로 쭉 혼자 살고 있어요. 　　(1인 가족)

❷ 뜻이 맞는 사람들과 공동체 생활을 하며 버려진 아이들도 같이 키워요.
　　(　　　　　)

❸ 우리 엄마는 싱가포르에서 해외 주재원으로 일하고 계시고 아빠는 한국에, 저는 캐나다에서 유학중이에요. 　　(　　　　　)

❹ 우리 식구는 아내, 저, 딸 이렇게 셋이에요. 　　(　　　　　)

❺ 남편과 사별한 후 아이들을 혼자 키우고 있어요. 　　(　　　　　)

❻ 아이들은 모두 장성하여 분가하였고 우리 부부만 호젓하게 삽니다. 　(　　　　　)

[보기]	도시화	산업화	고령화 사회	고학력 현상	남녀평등
	맞벌이	여성의 사회진출	이혼율 증가	가정폭력	가족해체

　지난 시간에는 여성들의 전통적 생활모습에 대해 살펴봤습니다. 이번 시간에는 현대 여성 들의 변화된 모습에 대해서 이야기해 보도록 하지요. 20세기 들어 (도시화), (　　　　　) 이/가 심화되어 가면서 가부장제적인 대가족의 형태는 핵가족화하게 됩니다. 이는 여성들의 삶에 큰 변화를 가져왔고 여성들이 교육을 받을 기회를 더 많이 갖게 됨에 따라 남성과 여성은 다르지 않다는 (　　　　　)사상이 널리 퍼지게 됩니다. 교육을 받은 여성들은 사회로 적극적 으로 진출하게 되었고 결혼한 후에도 직장을 그만두지 않고 (　　　　　)을/를 하는 여성들이 많아지게 됐습니다. 이러한 (　　　　　) 확대는 출산과 육아에 소극적인 양상을 가져오게 되었고 이는 저출산 사회, 더 나아가 (　　　　　)으로/로 이어지게 됩니다. 또한 여성의 (　　　　　)으로/로 인해 여성은 경제력을 지니게 되었고 더 이상 생계를 남성에게 의존하지 않게 되어 미혼 여성도 많아지고 (　　　　　) 현상도 가져왔습니다. 예전에는 (　　　　　) 등으로 어쩔 수 없이 이혼을 선택하던 여성들이 본인의 의지로 이혼을 선택하는 사회가 된 것이지요. 이에 대해 여성의 해방으로 보는 시각도 있지만 (　　　　　)을/를 부추긴다는 부정 적인 시각도 존재합니다.

-는다기보다는

3. 다음 표를 보고 대화를 완성하십시오.

다른 사람의 판단	나의 판단
❶ 긴장했다	부담이 많이 됐다
❷ 육체적으로 힘들었다	정신적으로 힘들었다
❸ 스포츠 경기를 보다	마치 한편의 예술 작품을 보는 듯하다
❹ 특별한 비결이 있다	그동안 연습해 온 모든 기량을 보이려 노력하는 것뿐이다
❺ 음악에 대한 감수성이 천부적으로 뛰어나다	내가 느낀 음악을 내 연기 속에 녹여내어 최대한으로 표현하고자 할 뿐이다
❻ 좋아하다	내 운명처럼 느끼고 있다

기 자 : 오늘은 올해 세계 선수권 대회에서 우승을 하신 피겨스케이팅 선수 '김연아' 양을 만나보도록 하겠습니다. 안녕하세요? 우승을 진심으로 축하드립니다. 대회 첫날 많이 긴장한 듯 보였는 데요.

김연아 : ❶ 긴장했다기보다는 ~~였다기보다는/았다기보다는/였다기보다는~~ 부담이 많이 됐어요.

기 자 : 작년에 부상도 있었고 고된 훈련과 여러 경기 참여로 육체적으로 힘들었나 보군요.

김연아 : ❷ _____ 는다기보다는/ㄴ다기보다는/다기보다는 _____ . 이제는 신인도 아니고 주위에서들 너무 기대를 하시니까요.
하지만 경기장에 섰을 때 우리나라 분들의 응원소리가 큰 힘이 됐습니다.

기 자 : 김연아 선수의 연기를 보고 있으면 너무 아름다워서 ❸ _____ 는다기보다는/ㄴ다기보다는/다기보다는 _____ .
이렇게 아름다운 연기를 펼칠 수 있는 특별한 비결이라도 있습니까?

김연아 : ❹ _____ 는다기보다는/ㄴ다기보다는/다기보다는 _____ .

기 자 : 김연아 선수를 보면 유난히 음악을 잘 느끼고 표현하는데요. 음악에 대한 감수성이 천부적으로 뛰어난 것 같아요.

김연아 : ❺ 　　　　　　　　　　　　　　　　 는다기보다는/ㄴ다기보다는/다기보다는
　　　　　　　　　　　　　　　　　　　　　　　　　　　　　　　　　　　　.

기　자 : 자신이 하는 피겨스케이팅을 좋아하나요?

김연아 : ❻ 　　　　　　　　　　　　　　　 는다기보다는/ㄴ다기보다는/다기보다는
　　　　　　　　　　　　　　　　　　　　　　　　　. 피겨 없는 제
　　　인생은 상상할 수도 없답니다. 제가 사랑하는 것을 열심히 할 수 있어서
　　　전 늘 행복하고 감사합니다.

기　자 : 제 우문에 현답을 해 주셨네요. 늘 아름다운 모습을 팬들에게
　　　보여주시기 바라며 인터뷰를 마치도록 하겠습니다.

4. '–는다기보다는'을 사용해 대화를 완성하십시오.

❶ 가 : 외국어 수업 시간에 공부하기가 참 어렵지요?

　나 : 어렵<u>는다기보다는/ㄴ다기보다는</u>/다기보다는 하고 싶은 말을 다
　　　표현하지 못해서 답답해요.

❷ 가 : 남자친구가 거의 말을 안 하네요. 무척 무뚝뚝하신가 봐요.

　나 : 　　　　　　　 는다기보다는/ㄴ다기보다는/다기보다는 　　　　　　　　.

❸ 가 : 그 드라마의 남자 주인공이 참 잘생겼지요?

　나 : 　　　　　　　 었다기보다는/았다기보다는/였다기보다는 　　　　　　　.

❹ 가 : 그 신생님은 늘 친근한 태도로 학생들을 대해서 학생들이 많이
　　　따른다면서요?

　나 : 네, 　　　　　　　 이라기보다는/라기보다는 　　　　　　　　　.

❺ 가 : 어제 죽마고우였던 친구의 장례식에 다녀오셨다면서요? 너무 마음이
　　　아프셨겠어요.

　나 : 　　　　　　　　　　　　　　　　　　　　　　　　　　　.

❻ 가 : 이 약을 먹으면 감기가 완전히 낫는 거지요?

　나 : 　　　　　　　　　　　　　　　　　　　　　　　　　　　.

-자니 -고 -자니 -고 해서

5. 다음 [보기]에서 알맞은 표현을 골라 '-자니 -고 -자니 -고 해서'를 사용해 대화를 완성하십시오.

| [보기 1] 적금을 깨다 | 올리다 | 초콜릿을 사다 |
| [선택 1] 혼수를 많이 하다 | 자는 애를 깨우다 | 모유수유를 하다 |

| [보기 2] 다른 데서 빌리다 | 그냥 지나치다 | 분유를 먹이다 |
| [선택 2] 안 올리다 | 자게 그냥 두다 | 아예 안 하다 |

❶ 가 : 급하게 목돈이 필요하다더니 구했어요?

　　나 : 네, 적금을 깨자니 아깝고 다른 데서 빌리자니 빌릴 데도 없고 해서 적금을 담보로 대출을 받기로 했어요.

❷ 가 : 아드님이 이번에 고3이라면서요? 아침에 깨우시기 힘들겠어요.

　　나 : ＿＿＿＿＿＿＿ 자니 ＿＿＿＿＿＿＿ 고 ＿＿＿＿＿＿＿ 자니 ＿＿＿＿＿＿＿ 고 해서

　　　　＿＿＿＿＿＿＿＿＿＿＿＿＿＿＿＿＿＿＿＿＿＿＿＿＿＿＿＿＿＿＿＿＿＿＿＿＿.

❸ 가 : 직장에 다니시면서 수유는 어떻게 하세요?

　　나 : ＿＿＿＿＿＿＿ 자니 ＿＿＿＿＿＿＿ 고 ＿＿＿＿＿＿＿ 자니 ＿＿＿＿＿＿＿ 고 해서

　　　　＿＿＿＿＿＿＿＿＿＿＿＿＿＿＿＿＿＿＿＿＿＿＿＿＿＿＿＿＿＿＿＿＿＿＿＿＿.

❹ 가 : 혼수준비는 어떻게 하셨어요?

　　나 : ＿＿＿＿＿＿＿ 자니 ＿＿＿＿＿＿＿ 고 ＿＿＿＿＿＿＿ 자니 ＿＿＿＿＿＿＿ 고 해서

　　　　＿＿＿＿＿＿＿＿＿＿＿＿＿＿＿＿＿＿＿＿＿＿＿＿＿＿＿＿＿＿＿＿＿＿＿＿＿.

❺ 가 : 이번에 이 제품의 가격을 올려야 하지 않을까요?

　　나 : ＿＿＿＿＿＿＿＿＿＿＿＿＿＿＿＿＿＿＿＿＿＿＿＿＿＿＿＿＿＿＿＿＿＿＿＿＿.

❻ 가 : 이번 밸런타인데이 때 남자친구에게 줄 초콜릿 샀어?

　　나 : ＿＿＿＿＿＿＿＿＿＿＿＿＿＿＿＿＿＿＿＿＿＿＿＿＿＿＿＿＿＿＿＿＿＿＿＿＿.

6. 다음 표를 채우고 '-자니 -고 -자니 -고 해서'를 사용해 문장을 완성하십시오.

선택 <1>	<1>의 문제점	선택 <2>	<2>의 문제점	고 민
❶ 시키다	부담되다	안 시키다	불안하다	어떻게 해야 할지 모르겠어요. / 고민 중이에요.
❷ 집에만 있다		근교로 나가다		
❸ 계속 공부하다		귀국하다		
❹ 연애를 하다		선을 보다		
❺ 팔아버리다		계속 가지고 있다		
❻ 장관을 해임시키다		그대로 두다		

❶ 영어 조기교육 문제로 고민 중인 엄마 :

영어 조기교육을 <u>시키</u>자니 <u>부담되</u>고 <u>안 시키</u>자니 <u>불안하</u>고 해서 고민 중입니다.

❷ 주말 계획으로 고민하는 직장인 :

............................자니 ....고 ....자니 ....고 해서 고민 중이야.

❸ 귀국 문제로 고민하는 유학생 :

............................자니 ....고 ....자니 ....고 해서 어떻게 해야 할지 모르겠어.

❹ 배우자 만남의 방식에 대해 고민하는 여자 :

............................자니 ....고 ....자니 ....고 해서 고민 중이에요.

❺ 주식 투자로 큰 손해를 입은 투자자 :

............................자니 ....고 ....자니 ....고 해서 어떻게 해야 할지 모르겠어요.

❻ 계속된 실정으로 국민의 신임을 잃은 장관의 해임 여부를 고민하는 대통령:

............................자니 ....고 ....자니 ....고 해서 어떻게 해야 할지 모르겠습니다.

YONSEI KOREAN WORKBOOK 5

어휘

1. 다음 [보기]에서 알맞은 단어를 골라 빈 칸에 쓰십시오.

[보기]	문상	장지	생전	조문객	초상	빡빡하다
	절차	조의	빈소	묵념	고인	명복

❶ 그 사람은 부인과 이혼하기 위해 법적 (절차   )을/를 밟고 있어요.

❷ 문학계의 큰 별이었던 (   )을/를 기리기 위한 추모 시집이 나왔습니다.

❸ 그 배우는 촬영 일정이 (   )어서/아서/여서 차에서 잘 때가 많다고 해요.

❹ 제자들은 돌아가신 김 교수님의 (   )을/를 밤새 지켰습니다.

❺ 어머니께서 살아 (   )에 늘 하시던 말씀을 잊을 수가 없습니다.

❻ 많은 사람들이 (   )을/를 가서 어떤 위로의 말을 해야 할지 몰라 말끝을 흐리곤 합니다.

❼ 장례식의 화환에는 '삼가 고인의 (   )을/를 빕니다.'라고 쓰여 있어요.

❽ 그 섬에는 사람이 죽으면 (   )을/를 치르는 동안 바다 일을 금하는 풍습이 있습니다.

❾ 먼저 조국을 지키기 위해서 돌아가신 순국 선열들을 위해 (   )하겠습니다.

❿ 이곳 분향소에는 이른 새벽부터 찾아온 (   )들의 발길이 끊이지 않고 있습니다.

⓫ 우리들 곁을 떠난 허무상 선생님께 삼가 (   )을/를 표합니다.

⓬ 16일 발인 예정으로 (   )은/는 대전 국립현충원에 마련됩니다.

2. 다음 [보기]에서 알맞은 표현을 골라 빈 칸에 쓰십시오.

[보기]	돌잔치를 벌이다(하다)	명복을 빌다
	결혼식을 치르다(올리다)	조상을 추모하다
	회갑연을 벌이다(하다)	장수를 축하하다
	장례식을 치르다(하다)	장래를 축복하다
	제사를 지내다(올리다)	백년해로를 빌다

제임스 : 한국인의 의례에 대해 이야기 좀 해 주세요.

영　수 : 아기가 태어난 지 1년이 되면 (돌잔치를 해요   )~~어요/아요/여요~~. 이때 아기들은 특별한 돌 옷을 입고 사람들은 수수 경단이나 백설기 같은 떡을 먹어요. 또 아기의 (   )어/아/여 주지요.

제임스 : 성인식 같은 것도 있나요?

영　수 : 예전에는 '관례'라는 것이 있었지만 요즘에는 없어졌어요. 어른이 된 이후의 제일 큰 의례는 혼례겠지요. (　　　　　　　)는 것이에요. 사람들은 신랑, 신부에게 오래오래 행복하게 살라고 (　　　　　　　)어/아/여 주지요.

제임스 : 제 친구를 보니까 아버지 60세 생신 때 큰 잔치를 하는 것 같던데요.

영　수 : 네, 한국 나이로 61세 때 (　　　　　　　)습니다/ㅂ니다. 자녀들과 친척, 지인 들이 모여 당사자의 (　　　　　　　)는 행사예요.

제임스 : 그 다음에는 뭐가 있나요?

영　수 : 상례로 (　　　　　　　)는 것이에요. 사람들이 고인의 (　　　　　　) 어/아/여 주지요.

제임스 : 사람이 죽은 이후에는요?

영　수 : 제례를 지내지요. 죽은 사람을 위해 (　　　　　　　)어요/아요/여요. 자손들이 (　　　　　　　)기 위한 것이에요.

제임스 : 어느 나라나 비슷한 것 같으면서도 조금씩 다른 의례를 치르게 되는군요.

문법

-같아선

3. '−같아선'을 사용해 문장을 완성하십시오.

❶ 육아와 살림에 지친 주부:
　마음 같아선 혼자 멀리 떠나 한 달쯤 푹 쉬고 싶어요.

❷ 여자 친구를 두고 군대에 가야 하는 젊은 남성:
　생각 같아선 _____.

❸ 식당 서비스가 엉망이어서 화가 난 손님:
　기분 같아선 _____.

❹ 일정한 가격에 무제한으로 먹을 수 있는 식당에 있는 사람:
　욕심 같아선 _____.

❺ 차선을 요리조리 바꾸는 앞차에 짜증이 난 운전기사 아저씨:
　성질 같아선 _____.

❻ 대학 졸업 후 3년째 취직이 안 돼 공부하고 있는 취업준비생:
　요즘 같아선 _____.

4. 다음 [보기]에서 알맞은 단어를 골라 대화를 완성하십시오.

[보기] 마음   생각   기분   욕심   성질   요즘

❶ 가 : 결혼 축하드립니다. 2세 계획은 세우셨는지요?

　나 : 제가 나이가 많아서 가능한 한 빨리 갖고 싶습니다. 생각 같아선 아들 둘, 딸 둘 이렇게 네 명 낳았으면 좋겠어요.

❷ 가 : 요즘 같은 불황에 중소기업 운영하기가 만만치 않으시지요?

　나 : 네, _____ 같아선 _____ .

❸ 가 : 미국으로 유학 간다면서요? 석사 과정을 마치면 다시 돌아올 거예요?

　나 : _____ 같아선 _____ .

❹ 가 : 오늘까지 제출해야 할 보고서 다 끝냈어?

　나 : 야, 말도 마. 머리 싸 메고 밤새 작업했는데 갑자기 정전이 되는 바람에 다 날아가 버렸어.
　　　_____ 같아선 _____ .

❺ 가 : 머리 새로 한 거야? 너무 이상하게 잘랐다.

　나 : 글쎄 말이야. 어제 미장원에서 잠깐 졸았더니 이렇게 잘라 놨어. _____
　　　같아선 _____ .

❻ 가 : 신혼여행 가서 우연히 첫사랑을 만났다며?

　나 : 음, 그 사람은 여전히 멋있더라. _____ 같아선 _____
　　　_____ .

-을 것까지는 없겠지만

5. '-을 것까지는 없겠지만'을 사용해 대화를 완성하십시오.

❶ 가 : 등산을 시작해 보려고 하는데요. 필요한 장비들을 다 사야 하나요?

　나 : ___등산에 필요한 모든 장비를 다 살___ ~~을/ㄹ~~ 것까지는 없겠지만 등산화 정도는 구입하는 게 좋겠지요.

❷ 가 : 교수님, 논문 내용이 부실하고 엉망인 것 같아요. 다시 새로 쓸까요?

　나 : _____ 을/ㄹ 것까지는 없겠지만
　　　_____ .

❸ 가 : 이번에 파견 근무 나가게 된 나라는 영어가 안 통한대요. 그 나라 언어를
　　　원어민 수준으로 구사할 정도로 배우고 가야 할까요?

　　나 : _____ 을/ㄹ 것까지는 없겠지만

　　　_____ .

❹ 가 : 요즘에 대학 졸업생들이 취직하기가 너무 어렵대요. 졸업을 미루고 취업
　　　준비를 해야　　할까 봐요.

　　나 : _____ 을/ㄹ 것까지는 없겠지만

　　　_____ .

❺ 가 : 물을 지나치게 많이 먹으면 몸에 해로운가요?

　　나 : _____ 을/ㄹ 것까지는 없겠지만

　　　_____ .

❻ 가 : 제사 음식은 일일이 다 집에서 만들어야 하나요?

　　나 : _____ 을/ㄹ 것까지는 없겠지만

　　　_____ .

6. 대화를 완성하십시오

케빈 : 영수 씨, 은희 씨가 드디어 제 프로포즈를 받아 줬어요. 이제 슬슬 결혼식 준비를 하려고요. 근데 한국은 결혼 준비가 복잡해서 좀 걱정이 되네요. 우선 상견례를 해야 하는데요. 상견례 때 양가 친척을 모두 불러야 하나요?

영수 : ❶ ＿＿＿ 친척들을 모두 부를 ＿＿＿ 을/ㄹ 것까지는 없겠지만 ＿＿＿ 부모님과 형제, 가까운 친척 정도는 모시고 인사드리는 게 좋아요 ＿＿＿ .

케빈 : 예식장은 어디로 할까요? 여자들이 특급 호텔을 선호한다던데요.

영수 : ❷ ＿＿＿＿＿＿＿＿＿＿＿＿＿＿＿＿＿＿＿ 을/ㄹ 것까지는 없겠지만
＿＿＿＿＿＿＿＿＿＿＿＿＿＿＿＿＿＿＿＿＿＿＿ .

케빈 : 결혼 전에 웨딩 촬영도 하던데 야외 촬영, 스튜디오 촬영 등도 다 해야 되나요?

영수 : ❸ ＿＿＿＿＿＿＿＿＿＿＿＿＿＿＿＿＿＿＿ 을/ㄹ 것까지는 없겠지만
＿＿＿＿＿＿＿＿＿＿＿＿＿＿＿＿＿＿＿＿＿＿＿ .

케빈 : 여자들한테 예물도 많이 해줘야 한다고 들었어요. 다이아몬드, 진주, 사파이어, 에메랄드, 루비 등을 해줘야 한다면서요?

영수 : ❹ ＿＿＿＿＿＿＿＿＿＿＿＿＿＿＿＿＿＿＿ 을/ㄹ 것까지는 없겠지만
＿＿＿＿＿＿＿＿＿＿＿＿＿＿＿＿＿＿＿＿＿＿＿ .

케빈 : 결혼식 끝나고 폐백 드릴 때 입을 한복도 다 맞춰야 한다면서요? 겨울 한복, 여름 한복, 두루마기 등도 다 맞춰야 하나요?

영수 : ❺ ＿＿＿＿＿＿＿＿＿＿＿＿＿＿＿＿＿＿＿ 을/ㄹ 것까지는 없겠지만
＿＿＿＿＿＿＿＿＿＿＿＿＿＿＿＿＿＿＿＿＿＿＿ .

케빈 : 신혼여행 경비는 누가 부담하나요? 신랑, 신부가 반반 부담하는 게 원칙이라는 사람들도 있고 신랑이 다 부담해야 하는 거라고 하는 사람들도 있던데요.

영수 : ❻ ＿＿＿＿＿＿＿＿＿＿＿＿＿＿＿＿＿＿＿ 을/ㄹ 것까지는 없겠지만
＿＿＿＿＿＿＿＿＿＿＿＿＿＿＿＿＿＿＿＿＿＿＿ .

케빈 : 아이고, 결혼 한번 하려다가 집안 기둥뿌리가 다 뽑히겠군요.

읽고 쓰기

※ 다음 글을 읽고 질문에 답하십시오.

아파트는 우리나라에서 인기가 높다. 이러한 현상은 아파트의 발생 배경과 관계가 깊다. 유럽의 경우, 빈민 주거 문제를 해결하기 위해 아파트가 지어졌다면, 우리나라는 주거 근대화를 위한 선진국형 주거 형식의 도입으로 아파트가 지어졌다. 그렇다고는 해도 아파트가 한국인이 살기에 불편했다면 과연 인기를 얻을 수 있었을까? 서양의 주거 형식인 아파트가 우리나라 사람들에게 거부감 없이 받아들여지는 이유는 바로 아파트가 한국인의 삶에 맞게 토착화되었다는 데에 있다. 어떤 점에서 토착화되어 있을까?

우선, 우리나라의 아파트는 언제나 현관에 신을 벗는 공간이 마련되어 있다. 실내에 신을 벗고 들어가는 것은 한국의 고유한 문화이다. 이는 온돌과 관련이 있다. 방에 들어갈 때 신을 벗는 이유는 온돌 난방을 하여 방바닥이 따뜻하기 때문인데, 세계적으로 방바닥을 따뜻하게 하는 나라는 우리나라뿐이다. 우리 고유의 온돌 문화가 아파트라는 서양 주거에 그대로 도입된 것이다.

또한 지금 아파트의 평면의 구조는 1930년대에 등장했던 도시형 한옥, 이른바 ㅁ자 집과 매우 유사하다. 이는 전통 한옥이 도시화와 근대화를 거치면서 좁은 터에 효과적으로 병존할 수 있도록 변화된 것이다. ㅁ자 한옥은 가운데 마당을 두고 방과 마루가 주위를 둘러싸고 있어서 마당에서 각 방으로 진입하는 구조인데, 거실을 가운데 두고 그 주위에 침실과 주방, 욕실을 두는 오늘날의 아파트 구조와 매우 유사하다. 안마당과 마루의 역할이 합쳐져 아파트의 거실이 된 것이다.

또한 아파트 앞뒤로 난 베란다는, 그것이 조망이나 휴식용으로 사용된다는 점에서 전통 주택의 툇마루와 비슷하다. 아파트의 경우, 주로 거실과 안방 쪽의 베란다는 화분이나 티테이블을 놓아 휴식용으로 사용하면서도, 후면의 베란다는 잘 쓰지 않는 물건을 두는 용도로 사용하고 있으니, 이는 전통 주택에서 툇마루나 툇간을 수납 공간으로 쓰던 습성과 관련이 있다. 아파트에서 산다고 해도 이러한 행태가 나타나고 있는 것이다.

아파트라는 서양의 주거 양식이 우리나라에서 성공한 것은 바로 이처럼 토착화를 이루기 위해 노력을 해 왔기 때문이다. 우리나라의 아파트들은 서양의 아파트와 외형적으로는 비슷할지 몰라도 내부는 다르다. 아직도 우리는 바닥 난방을 하고 실내에는 신을 벗고 들어간다. 양지 바른 마당에 꽃을 심고 그 한 켠에 겨울이면 김칫독을 묻었듯이, 남향의 베란다에 화분과 장독을 두기를 좋아하며 김칫독을 묻을 땅은 없어도 여전히 김치 냉장고를 베란다에 두기도 한다. 우리의 전통 주거 문화는 사라지지 않고 여전히 아파트에서 살아 숨 쉬고 있는 것이다.

YONSEI KOREAN WORKBOOK 5

1. 위 글의 중심 내용은 무엇입니까? (   )

❶ 아파트가 현대 건축의 앞길을 제시하고 있다.

❷ 우리의 전통 문화가 아파트에서 살아 숨 쉬고 있다.

❸ 아파트와 한옥은 닮은 점과 다른 점이 많다.

❹ 아파트에서 동서양 문화의 조화를 발견한다.

2. 서양 주거 양식인 아파트가 우리나라에서 성공한 이유는 무엇입니까?

3. 다음의 단어들을 이용하여 위 글의 내용을 요약해 쓰십시오.

토착화	온돌 난방	평면 구조	휴식과 수납 공간	전통 주거 문화

....

....

....

....

듣고 말하기   ◀)) 07

※ 다음을 듣고 질문에 답하십시오.

1. 들은 내용에 맞는 제목과 부제는 무엇입니까? (   )

❶ 공동체 가족 – 법적으론 '남남'

❷ 가족의 재구성 – 핏줄에서 정으로

❸ 다문화 가족 – 아직도 차가운 시선

❹ 변화하는 가족 – 엄마는 회사 가고, 아빠는 마트 가고

2. 이 이야기에서 언급한 새로운 가족 형태의 예는 무엇입니까?

공동체 가족	다문화 가족			

3. 이 이야기에서는 가족의 본질이 '혈연' 중심에서 '관계' 중심으로, '혈연 공동체'에서 '정서(情緒) 공동체'로 바뀌고 있다고 했습니다. 이 말의 의미를 생각해 보고, 여러분이 생각하는 현대 가족의 본질은 무엇인지 이야기해 봅시다.

어휘 연습

1. 다음 단어의 의미를 골라 연결하십시오.

1) 평가하다 •　　　　　　　• 가치를 깎아내려 대수롭지 않게 여기다

2) 칭송하다 •　　　　　　　• 남의 잘못이나 결점을 잡아서 나쁘게 말하다

3) 폄하하다 •　　　　　　　• 잘했다고 말하다

4) 인정하다 •　　　　　　　• 확실히 그렇다고 여기다

5) 비난하다 •　　　　　　　• 사물의 가치나 수준 따위를 헤아리다

2. 빈칸에 공통으로 들어갈 단어를 쓰십시오.

좀체	전적으로	시종	멀찌감치	아예

1) ㄱ. 추위가 ＿＿＿＿＿＿＿＿＿＿＿＿ 풀릴 줄을 모른다.
　 ㄴ. ＿＿＿＿＿＿＿＿＿＿＿＿ 웃지 않던 네가 이렇게 환하게 웃다니!

2) ㄱ. 그 사람과 같이 걷고 싶지 않아서 ＿＿＿＿＿＿＿ 떨어져서 걸어갔다.
　 ㄴ. 지하철에서 자리를 양보하고 나서 상대방이 불편해할까 봐 ＿＿＿＿＿＿＿
　　　 ＿＿＿＿＿＿ 물러 섰다.

3) ㄱ. 그는 ＿＿＿＿＿＿＿＿＿＿＿＿ 똑같이 말없이 앉아 있다.
　 ㄴ. 그는 지금까지 사귄 사람중에서 ＿＿＿＿＿＿＿ 변함이 없는 사람이다.

4) ㄱ. 그 일에 대해서는 모든 걸 ＿＿＿＿＿＿＿ 나에게 맡겨도 돼. 걱정하지마.
　 ㄴ. 그 사고에 대한 책임은 ＿＿＿＿＿＿＿＿＿＿ 나에게 있다.

5) ㄱ. 나는 그와는 ＿＿＿＿＿＿＿＿＿＿ 말도 하고 싶지가 않다.
　 ㄴ. 그 사람과 결혼을 할 거면 ＿＿＿＿＿＿＿＿＿ 나와는 인연을 끊자.

3. 다음 문제를 보고 답을 쓰십시오.

1) 다음을 연결하고 알맞은 단어를 골라 빈칸에 쓰십시오.

이야기꽃을 피우다 ● ● 이야기판이 재미나고 이야기가 즐겁다

마음이 내키다 ● ● 어떤 말을 하고 싶어 참기가 어렵다

입이 간질간질하다 ● ● 하고 싶은 마음이 생기다

❶ 그 사람에게 빨리 말을 하고 싶어 ....

❷ .... 지 않으면 그 일을 하지 않아도 된다.

❸ 오랜만에 만난 동창생들과 시간가는 줄 모르고 .... 었/았/였다.

2) 다음을 연결하고 알맞은 단어를 골라 빈칸에 쓰십시오.

백가쟁명 ● ● 여러 가지 사물이 모두 차이가 있고 구별이 있음

천차만별 ● ● 많은 학자나 문화인 등이 자기의 학설이나 주장을 자유롭게 발표하여, 논쟁하고 토론 하는 일

❶ 요즘 핸드폰은 모양과 색이 모두 .... 이어서/여서 고르기가 어려울 정도다.

❷ 이번 학회에서는 .... 이라고 표현해도 좋을 만큼 다양한 의견들이 쏟아져 나오고 있다.

내용 이해

1. 위 글은 무엇에 대해 대담을 하고 있습니까? (   )

❶ 인간의 이타적 행동

❷ 인간 본능의 충동성

❸ 유전자의 학문적 의미

❹ 유전자의 존재 유무

2. 다음은 이 글의 짜임을 정리한 것입니다. 빈칸에 알맞은 말을 넣으십시오.

> 인간 .... 과 인간 ....
>
> 도정일 오늘날 생물학의 발견을 생각하지 않는 인문학적 인간론이란 불
> 가능하다.
> 입양의 경우에도 ....
> 최재천 나쁜 말로 하면 입양은 ....
> 도정일 입양은 사회적 인정의 효과다.
> 최재천 그렇다.
> 도정일 입양은 '뛰는' 행동일 때도 있지만, ...
> 최재천 사회생물학에서 큰 주류는, ... 의 이론으로부터 출발한다.
> <트리버즈의 상호 호혜 이론>에 의하면, 사람들이 남을 돕는 이유는
> ....
> 도정일 이타적 행동도 ....
> 사회적 보상 때문에 인간이 이타적 방향으로 행동을 바꾸는 성
> 향이 자연적인가?
> 최재천 그건 아니다.
> 도정일 유전자의 이기성으로 설명이 되나?
> 최재천 유전자는 계속 이기적이지만, 유전자 중에서 .... ,
> 또는 .... 을/를 가진 사람들이 많아
> 지도록 사회적 분위기를 조성해야 한다.

3. 다음을 읽고 맞으면 O표, 틀리면 X표 하십시오.

1) 말할 수 있는 능력 그 자체는 생물학적으로 태어날 때부터 주어진다.   (   )

2) 입양은 전시효과가 큰 행동이라고 할 수 있다.   (   )

3) 인간이 선행을 하는 것은 인간의 본성 때문이다.   (   )

이야기해 봅시다

o 두 사람이 짝이 되어 사회에서 볼 수 있는 이타적인 행동에는 어떤 것이 있는지, 왜 그런 행동을 하는지에 대해 이야기해 봅시다.

더 읽어보기

1. 법정과 최인호는 어떻게 해서 행복을 느끼게 되었습니까?

2. 두 사람이 생각하는 행복이란 무엇입니까?

11. 애지중지(愛之重之)

매우 사랑하고 귀중히 여김.

• 동생은 새로 산 옷을 애지중지하며 만지지도 못하게 하였다.

12. 양자택일(兩者擇一)

둘 중에서 하나를 고름.

• 오지로 파견 근무를 가거나 회사를 그만두거나 양자택일해야 한다.

13. 어부지리(漁父之利)

두 사람이 이해관계로 서로 다투는 사이에 엉뚱한 사람이 애쓰지 않고 얻은 이익을 이르는 말.

• 여당 후보와 야당 후보의 다툼 속에서 무소속 후보가 어부지리로 당선되었다.

14. 오십보백보(五十步百步)

조금 낫고 못한 정도의 차이는 있으나 본질적으로는 차이가 없음을 이르는 말.

• 45등이나 50등이나 오십보백보다.

15. 이구동성(異口同聲)

여러 사람의 말이 한결 같음.

• 모두들 이구동성으로 한국어학당이 최고라고 하던네요.

16. 일사천리(一瀉千里)

강물이 빨리 흘러 천 리를 간다는 뜻으로, 어떤 일이 거침없이 빨리 진행됨을 이르는 말.

• 그 법안은 국회에서 일사천리로 통과되었다.

17. 일구이언(一口二言)

한 입으로 두 가지 말을 한다는 뜻으로, 한 가지 일에 대하여 말을 이랬다저랬다 함을 이르는 말.

• 그는 일구이언을 밥 먹듯 해서 아무도 그를 믿지 않게 되었다.

18. 일편단심(一片丹心)

한 조각 붉은 마음. 진심에서 우러나오는 변치 않는 마음.

• 처음 만난 순간부터 지금까지 일편단심 당신만을 사랑해 왔어요.

19. 의기양양(意氣揚揚)

뜻한 바를 이루어 만족한 마음이 얼굴에 나타난 모양

• 난생 처음 잠자리 한 마리를 잡은 꼬마는 의기양양하게 뛰어왔다.

20. 포복절도(抱腹絕倒)

배를 그러안고 넘어질 정도로 몹시 웃음.

• 웃음 다이어트의 기본은 '미소'가 아닌 '포복절도'. 무조건 소리 내어 배꼽이 빠지도록 웃는다.

11. 지영 : 그래서 그 집 사기로 했어? 안 사기로 했어? 부동산 가격이 이렇게 자꾸 떨어지면 지금 사는 거 손해 아니야?

　　　은희 : 응, 그런데 어제 집주인한테 전화해 봤는데, 벌써 계약금을 건넸으니까 계약 조건대로 사든지, 아니면 계약금 날리고 계약 취소하든지 .... 하래.

12. 학　생 : 설문 조사를 했는데요, 이상하게도 모두 같은 대답이었습니다.

　　　　　 한국어학당에서는 5급이 제일 재미있다는군요.

　　　선생님 : 모두 .... 으로/로 그렇게 얘기하는 걸 보니 사실인가 본데요.

13. 동　생 : 형, 정말 다음 달 월급 타면 내 돈 갚을 거지?

　　　 형　 : 물론이지. 내가 언제 약속 안 지키는 거 봤어?

　　　동　생 : 그래도 다음 달에 딴 소리 할까 봐...

　　　 형　 : 뭐? 넌 내가 그렇게 .... 하는 사람으로 보이냐? 날 믿어.

14. 김과장 : 박 대리, 이번 달 판매 실적이 이게 뭐야? 한 달 동안 한 대가 뭐냐고?

　　　이대리 : 맞아, 박 대리, 다음 달엔 더 뛰어다녀야겠어.

　　　김과장 : 두 사람 .... 이야/야. 이 대리도 두 대는 계약만 한 거고, 확실하게 판건 한 대밖에 없잖아.

15. 아　내 : 당신 요즘 좀 이상해. 변한 거 같아. 결혼 전엔 나만을 사랑한다더니.

　　　남　편 : 어허, 그런 말은 생각하지도 마. 아직도 당신을 향한 .... 은/는 변함 없다오.

16. 아버지 : 뭘 그렇게 웃고 있니?

딸 : ＿＿＿＿＿＿＿＿＿＿＿＿＿으로/로 아까 도서상품권이 생겼어요. 언니하고 오빠가 서로 갖겠다고 싸우는 바람에 엄마가 저한테 주셨거든요.

17. 손　녀 : 할아버지, 옆집 할아버지께서 많이 편찮으신가 봐요.

할아버지 : ＿＿＿＿＿＿＿＿＿＿ 하던 도자기를 ＿＿＿＿＿＿＿＿＿＿＿ 하는 손자가 깼으니 어떻게 하겠니? 혼자 끙끙 앓을 수밖에.

18. 남　편 : 어? 당신 일찍 왔네. 오늘 저녁에 회의가 있어서 좀 늦을 거라더니.

아　내 : 부장님이 바쁜 일이 있으신지 회의를 ＿＿＿＿＿＿＿＿＿으로/로 진행하시더라고. 적어도 두 시간은 걸릴 줄 알았는데, 30분도 안 돼서 끝났어.

19. 앵　커 : 인천공항에 나가 있는 박명수 기자를 연결하겠습니다. 박명수 기사.

기　사 : 네, 여기는 인천공항입니다. 지금 올림픽 메달을 목에 건 우리 국가대표 선수들이 ＿＿＿＿＿＿＿＿＿＿＿＿＿＿＿ 한 모습으로 입국장을 빠져나오고 있습니다.

20. 희　정 : 요즘 계속 기분이 가라앉는데, 어디 ＿＿＿＿＿＿＿＿＿＿ 할 만한 영화 없을까?

명　숙 : 나는 '가문의 영광'하고 '투사부일체' 보고 배꼽이 빠지는 줄 알았어.

8과 1항

어휘

1. 다음 [보기]에서 알맞은 단어를 골라 빈 칸에 쓰십시오.

[보기]	제대로	인사성	예의범절	희생하다	씨름하다
	풍부하다	치열하다	대입	인적자원	

❶ 그 학생은 어른들에게 인사를 잘 해 어딜 가나 (　　인사성　　)이/**가** 밝다고 칭찬을 듣는다.

❷ 수학 문제가 너무 어려워서 그 문제를 푸느라고 오랫동안 (　　　　　) 었다/았다/였다.

❸ 그 회사는 우수한 (　　　　　)을/를 확보하기 위해 새로운 신입사원 선발제도를 개발　　했다.

❹ 올림픽이 시작되자 방송국 사이에 시청률 경쟁이 (　　　　　)어졌다/ 아졌다/여졌다.

❺ 그 사람은 감정이 매우 (　　　　　)어서/아서/여서 영화나 드라마를 보면서 눈물을 잘 흘린다.

❻ 그 사람은 자신의 신념을 지키기 위해 다른 모든 것을 (　　　　　)었다/ 았다/였다.

❼ 혼자서 틈틈이 주식에 대해 공부했는데 (　　　　　) 배우려고 신문사의 재테크 강좌에 등록했다.

❽ 옛날에는 술자리에서 지켜야 할 (　　　　　)이/가 지금보다 훨씬 까다로웠다.

❾ 대학들이 (　　　　　) 설명회를 열자 학부모들로 성황을 이뤘다.

2. 다음 [보기]에서 알맞은 표현을 골라 쓰십시오.

[보기]	의무교육	공립학교	인문계 고등학교	실업계 고등학교	특목고
	예체능 교육	영재 교육	조기 교육	보습학원	논술학원

❶ 지방 자치 단체가 세운 학교 (공립학교)

❷ 외국어, 과학, 예술, 체육 등 특수 분야의 전문적인 교육을 목적으로 하는
학교 ( )

❸ 대학 진학을 목표로 하는 학교 ( )

❹ 국민의 의무로 학교에 어린이를 보내 교육 받도록 하는 것 ( )

❺ 직업 교육을 목표로 하는 학교 ( )

❻ 뛰어난 재능을 지닌 아이에게 하는 특별한 교육 ( )

❼ 음악, 미술, 무용 등 예술이나 체육을 가르치는 교육 ( )

❽ 정해져 있는 연령이나 시기보다 훨씬 일찍부터 실시하는 교육
( )

❾ 논리적으로 자신의 생각을 쓰는 훈련을 받고 싶은 학생` ( )

❿ 부족한 학과 공부를 보충하고 싶은 학생 ( )

문법

-으랴 -으랴

3. 다음 [보기]에서 알맞은 상황을 골라 '-으랴 -으랴'를 사용해 문장을 완성하십시오.

> - 화재 진압하다/인명 구조하다/정신없다
> - 강의 듣다/공책에 적다/정신없다
> - 주문 받다/배달하다/몸이 두 개라도 모자랄 지경이다
> - 학교 알아보다/비자 신청하다/정신없이 바쁘다
> - 음식 준비하다/손님 맞다/쉴 틈이 없다
> - 회의 준비하다/보고서 쓰다/점심 먹을 시간도 없었다

❶ 불이 났을 때 소방관들은 화재 진압하랴 인명 구조하랴 정신이 없어요.

❷ 식당에서 아르바이트할 때 .

❸ 외국으로 유학 갈 때 .

❹ 유학을 가서 첫 학기에 전공 수업을 들을 때 .

❺ 명절에는 .

❻ 회사에서 .

4. 관계있는 것을 연결하고 누가 말하는지 찾아서 문장을 만드십시오.

❶ 옷 갈아입다 •   • 출근 준비하다

❷ 유권자들과 일일이 악수하다 •   • 선생님 도와 수술하다

❸ 취재하다 •   • 선배 기자들 원고 교정하다

❹ 출연자 섭외하다 •   • 행사 홍보하다

❺ 아이 등교시키다 •   • 다시 분장하다

❻ 응급실 환자 돌보다 •   • 지역 주민들의 고충을 듣다

❶ 한 연극에서 두 가지 역할을 맡은 연극배우 : 옷 갈아입으랴 다시 분장하랴 정신이 없었어요.

❷ 초등학생을 둔 직장 여성 : ＿＿＿＿＿＿＿ 으랴/랴 ＿＿＿＿＿＿ 으랴/랴
＿＿＿＿＿＿＿＿＿＿＿＿＿＿＿＿＿＿＿＿＿＿＿＿＿＿＿＿ .

❸ 선거 운동 중인 국회의원 후보 : ＿＿＿＿＿ 으랴/랴 ＿＿＿＿＿＿ 으랴/랴
＿＿＿＿＿＿＿＿＿＿＿＿＿＿＿＿＿＿＿＿＿＿＿＿＿＿＿＿ .

❹ 외과 레지던트 : ＿＿＿＿＿＿＿＿ 으랴/랴 ＿＿＿＿＿＿ 으랴/랴
＿＿＿＿＿＿＿＿＿＿＿＿＿＿＿＿＿＿＿＿＿＿＿＿＿＿＿＿ .

❺ 이벤트를 맡은 홍보부 직원 : ＿＿＿＿＿＿ 으랴/랴 ＿＿＿＿＿＿ 으랴/랴
＿＿＿＿＿＿＿＿＿＿＿＿＿＿＿＿＿＿＿＿＿＿＿＿＿＿＿＿ .

❻ 인턴 기자 : ＿＿＿＿＿＿＿＿＿＿ 으랴/랴 ＿＿＿＿＿＿ 으랴/랴
＿＿＿＿＿＿＿＿＿＿＿＿＿＿＿＿＿＿＿＿＿＿＿＿＿＿＿＿ .

-다 보니 그로 인해

5. 관계있는 것을 연결하고 '-다 보니 그로 인해'를 사용해 문장을 만드십시오.

❶ 그 사람은 소신이 강하다 •   •정부 여당에 대한 반발이
                                  거세게 일어났다.

❷ 시험이 너무 어렵다   •   •농촌이 공동화되는 현상이
                                  나타났다.

❸ 제대로 식사를 못 하다   •   •호흡기 질환자가 늘어났다.
❹ 대기오염이 심하다   •   •동료들과 충돌이 많다.
❺ 도시화가 가속화되다   •   •위장병이 생겼다.
❻ 무리하게 정책을 추진하다•   •학생들의 성적이 전반적으로
                                  많이 떨어졌다.

❶ 그 사람은 소신이 강하다 보니 그로 인해 동료들과 충돌이 많다.

❷ ＿＿＿＿＿＿＿＿＿＿＿＿＿＿＿＿＿＿＿＿＿＿＿＿＿＿＿ .

❸ ＿＿＿＿＿＿＿＿＿＿＿＿＿＿＿＿＿＿＿＿＿＿＿＿＿＿＿ .

❹ ＿＿＿＿＿＿＿＿＿＿＿＿＿＿＿＿＿＿＿＿＿＿＿＿＿＿＿ .

❺ ＿＿＿＿＿＿＿＿＿＿＿＿＿＿＿＿＿＿＿＿＿＿＿＿＿＿＿ .

❻ ＿＿＿＿＿＿＿＿＿＿＿＿＿＿＿＿＿＿＿＿＿＿＿＿＿＿＿ .

6. 다음 [보기]에서 알맞은 표현을 골라 '-다 보니 그로 인해'를 사용해 대화를 완성하십시오.

[보기]	주가가 계속 떨어지다	두 나라가 군비 경쟁을 오래 하다
	파업이 장기화되다	클래식 음악을 다룬 드라마가 인기를 끌다
	취업난이 지속되다	가뭄이 오래 지속되다

❶ 가 : 요즘은 사람들이 어디에 투자를 많이 해요?

  나 : <u>주가가 계속 떨어지다 보니 그로 인해</u>   <u>금이나 미술품에 투자하는 사람이</u>
    <u>많아졌어요</u>   .

❷ 가 : 그 회사는 이번 파업으로 인해 손해가 크대요?

  나 : .... 다 보니 그로 인해 ....

❸ 가 : 요즘은 대학을 오래 다니는 학생들이 많아졌다면서요?

  나 : .... 다 보니 그로 인해 ....

❹ 가 : 그 두 나라는 경제 파탄의 위기에 빠졌다면서요?

  나 : .... 다 보니 그로 인해 ....

❺ 가 : 요즘 오케스트라 동호회가 많아졌다면서요?

  나 : ....

❻ 가 : 그 나라는 요즘 식수난이 심각하다면서요?

  나 : ....

어휘

1. 다음 [보기]에서 알맞은 단어를 골라 빈 칸에 쓰십시오.

> [보기]   열의   끊임없이   계발   삶의 질   평균수명   노후생활

❶ 그 학생은 (열의)어/가 가득한 눈빛으로 수업시간에 임한다.
그 기업은 친환경 자동차 개발에 (열의)을/를 보이고 있다.

❷ 안락한 (   )을/를 위해서는 젊었을 때부터 준비해야 한다.
그 노부부는 취미 활동을 함께 하면서 (   )을/를 즐기고 있다.

❸ 요즘은 주부들도 자신의 능력을 (   )하기 위해 학원이나 백화점 문화
센터에 배우러 다닌다.
경제 불황에도 불구하고 직장인들의 자기 (   )에 대한 투자는
줄어들지 않고 있다고 한다.

❹ (   )이/가 늘어나면서 사회 복지 비용도 늘고 있다.
암이나 심장병 등을 예방하면 (   )이/가 늘어날 수 있다.

❺ 그 배우는 다양한 배역을 통해 (   ) 변화된 모습을 보여 주고 있다.
세계 도처에서 지역 분쟁이 (   ) 일어나고 있다 .

❻ (   )을/를 향상시키기 위해서는 환경 개선이 필요하다.
최근 연구 보고서에 의하면 도시 집중화가 (   )을/를 떨어뜨리는
것으로 나타났다.

2. 다음 [보기]에서 알맞은 단어를 골라 쓰십시오.

> [보기]   기초 및 교양 교육   전문 교육   여가 교육   생활 교육

❶ 부동산 경매 투자 분석, 급식 교육 전문인 과정, 공연 기획 전문가
(전문 교육)

❷ 생활 법률, 내 삶 속의 미술과 문학, 동서양 문화의 이해   (   )

❸ 댄스 스포츠, 디지털 사진, 노래 교실   (   )

❹ 천연 비누 만들기, 요리 아카데미, 선물 포장과 리본 연출   (   )

원격 교육 : 방송통신대학교
디지털대학교
/사이버대학교

면대면 교육 : 구청 복지관
백화점 문화센터
시립(도립) 도서관 평생교육센터
지역 평생학습관
대학 부설 사회교육원/평생교육원

❶ 최근에는 온라인이나 방송을 통한 (원격 교육)을/를 실시하는 교육 기관들도 학생들과 교수가 직접 만나는 (   )을/를 병행하고 있다.

❷ (   ) e-비즈니스학과의 한 학생은 온라인을 통해 공부한 내용이 회사 생활에 도움이 되고, 교수님과도 실시간 인터넷으로 질문 답변이 가능해서 많은 것을 배운 것 같다고, 소감을 밝혔다.

❸ (   )의 강의는 TV와 라디오를 통해 전국 어디서나 들을 수 있다.

❹ 대학의 역할은 전문 인력을 키워내는 교육 및 연구이지만 최근에는 평생 교육 프로그램을 활성화 해 지역사회와 국가발전에 이바지 할 수 있는 인력 양성에도 많은 노력을 기울이고 있다. 이를 위해 각 대학은 (   )을/를 설립해 직업에 필요한 교육은 물론 자기 계발에 필요한 프로그램을 개발해 제공하고 있다.

❺ 백화점들은 마케팅의 일환으로 그리고 백화점 이미지를 제고시키는 한 방법으로 (   )을/를 운영하고 있다.

❻ 서울 (   )은/는 지역 주민을 대상으로 평생교육 프로그램을 운영한다.

❼ 서대문구 (   )은/는 구민을 위해 세미나실, 교육실, 유아실 등을 갖추고 여성들이 취미 활동이나 자격증 취득을 위한 공부를 저렴한 가격이나 무료로 할 수 있도록 많은 강좌를 개설 했다.

❽ 남산 도서관에서 운영하는 (   )에서는 주부들을 대상으로 하는 문화 교실과 60세 이상을 대상으로 한 컴퓨터 실버반을 개설함으로써 시민들의 평생학습 요구에 부응해 왔다.

-는 만큼

3. 다음 [보기]에서 알맞은 표현을 골라 '–는 만큼'을 사용해 대화를 완성하십시오.

> [보기]　8주 연속 베스트셀러이다　　　　　　　　죄질이 나쁘다
>
> 경력에 도움이 되는 좋은 기회이다　　　　　위험 부담이 있다
>
> 인기 있는 강좌는 빨리 마감되다　　　　　　열의가 대단하다

❶ 가 : 그 책을 읽으려고 하는데 재미있을까?

　나 : <u>8주 연속 베스트셀러인</u>는/은/ㄴ 만큼 재미있을 거야. 읽어 봐

❷ 가 : 해외 파견 근무를 나가게 됐는데 남자 친구 때문에 나가야 할지 말아야
　　　할지 고민이야.

　나 : _____ 는/은/ㄴ 만큼 기회를 놓치지 마.

❸ 가 : 새 대통령이 경제 위기를 잘 해결할 수 있을까?

　나 : _____ 는/은/ㄴ 만큼 잘 해결할 수 있을 거야.

❹ 가 : 그 사기범은 새판에서 얼마나 구형을 받을까?

　나 : _____ 는/은/ㄴ 만큼 형량이 높을 거야.

❺ 가 : 평생교육원의 '현대인과 스트레스 관리'라는 강좌를 들으려고 해.

　나 : _____ 서둘러서 등록해야 할 거야.

❻ 가 : 직접 주식 투자를 할 생각이야.

　나 : _____ 신중하게 생각해서 해.

4. 관계있는 것을 연결하고 맞는 상황을 찾아 '-는 만큼'을 사용해 대화를 완성하십시오.

남북 대화가 어렵게 재개되다 •	• 공정성 시비는 없을 것으로 보이다
상황이 긴박하다 •	• 수상이 기대되다
증거를 충분히 확보하다 •	• 반드시 성과를 내도록 하겠다
양국 간 군사적 긴장이 완화되고 있다 •	• 시급히 대책을 내 놓도록 하겠다
뛰어난 연기력을 보이다 •	• 승소할 자신이 있다
선거가 공정하게 치러지다 •	• 점진적으로 평화 체제로 전환될 것 것으로 예상되다

❶ 기자 : 남북 대화가 정말 어렵게 재개되었는데요. 우리측 대표의 소감을 한 번
　　　　들어 보겠습니다.
　 한국측 대표 : 남북 대화가 어렵게 재개된 ~~는/은/ㄴ~~ 만큼 반드시 성과를 내도록
　　　　하겠습니다.

❷ 기자 : 두 나라 사이에 군사적 긴장이 완화되고 있는데요. 앞으로 어떻게
　　　　될까요?
　 군사 평론가 : ＿＿＿＿＿＿＿＿＿＿＿＿＿＿＿＿＿ 는/은/ㄴ 만큼
　　　　＿＿＿＿＿＿＿＿＿＿＿＿＿＿＿＿＿＿＿＿＿＿＿.

❸ 기자 : 이번 서울충무로국제영화제에서 '서은희'씨가 여우주연상을 받을 수
　　　　있을지 주목되고 있습니다. 어떻게 보십니까?
　 영화 평론가 : ＿＿＿＿＿＿＿＿＿＿＿＿＿＿＿＿＿ 는/은/ㄴ 만큼
　　　　＿＿＿＿＿＿＿＿＿＿＿＿＿＿＿＿＿＿＿＿＿＿＿.

❹ 기자 : 이번 재판에서 승소할 자신이 있습니까?
　 검찰 : ＿＿＿＿＿＿＿＿＿＿＿＿＿＿＿＿＿＿＿ 는/은/ㄴ 만큼
　　　　＿＿＿＿＿＿＿＿＿＿＿＿＿＿＿＿＿＿＿＿＿＿＿.

❺ 기자 : 지난번에 치러진 선거는 공정성 시비로 인해 재선거까지 했는데요. 이번
　　　　선거는 어떻게 될 것 같습니까?
　 정치 평론가 : ＿＿＿＿＿＿＿＿＿＿＿＿＿＿＿＿＿＿＿＿＿＿＿＿＿＿.

❻ 기자 : 최근 경제 상황이 긴박하게 돌아가고 있는데요. 이에 대한 대책을 마련해
　　　　놓고 계신지요?
　 청와대 대변인 : ＿＿＿＿＿＿＿＿＿＿＿＿＿＿＿＿＿＿＿＿＿＿＿＿＿.

-지 않고서는

5. '-지 않고서는'을 사용해 문장을 바꾸십시오.

❶ 신문을 읽어야 세상사에 대해 알 수 있어요.
→ <u>신문을 읽지 않고서는</u> 세상사에 대해 알 수 없어요.

❷ 선거제도를 바꿔야 정치 개혁을 제대로 할 수 있어요.
→ _____ 지 않고서는 _____ .

❸ 실적을 올려야 이번에 승진할 수 있어요.
→ _____ 지 않고서는 _____ .

❹ 국가 간 협조 체제를 갖추어야 지금의 세계적인 금융 위기를 극복할 수 있어요.
→ _____ 지 않고서는 _____ .

❺ 품종 개량을 해야 식량 부족 문제를 해결할 수 있어요.
→ _____ .

❻ 이산화탄소 배출을 규제해야 환경 문제를 개선할 수 있어요.
→ _____ .

6. 다음 [보기]에서 알맞은 표현을 골라 '-지 않고서는'을 사용해 대화를 완성하십시오.

[보기] 살을 뺄 수 없다   공직자 윤리를 바로 세우기 어렵다
        정확한 진단이 어렵다   남북 관계가 개선되기 어렵다
        경쟁력을 갖출 수 없다   원만한 대인 관계를 유지할 수 없다

❶ 가 : 살을 빼고 싶은데 운동을 열심히 하면 될까요?
   나 : 운동만으로는 부족합니다. 식이요법과 운동을 병행하지 않고서는 살을 뺄 수
        없어요.

❷ 가 : 기초 검사를 했는데, 또 정밀 검사를 해야 해요?
   나 : _____ 지 않고서는 _____.

❸ 가 : 대학교 다닐 때도 자기 계발을 계속 하더니 직장 다니면서도 여러 학원을
        다니네.
   나 : _____ 지 않고서는 _____.

❹ 가 : 원만한 대인 관계를 유지하려면 무엇이 가장 중요할까?
   나 : _____ 지 않고서는 _____.

❺ 가 : 남북 관계 개선에 상호 신뢰 회복이 중요한 역할을 할까요?
   나 : 그럼요. _____.

❻ 가 : 얼마 전에 고위 공직자들이 재산을 공개했는데 필요한 일일까?
   나 : 물론이지. _____.

읽고 쓰기

※ 다음 글을 읽고 질문에 답하십시오.

조선 시대 국왕을 위한 교육은 담당기관과 과목, 학습 방법이 단계별로 잘 짜여져 있었다. 제도가 완전히 갖춰진 조선 후기에는 한 왕자가 궁궐에서 태어나 정상적인 과정을 거쳐 세자에 책봉되고 국왕이 되었다면 세자 이전의 교육, 세자로서의 교육, 국왕으로서의 교육 등 삼 단계를 거쳐야 했다.

세자 이전의 교육에는 태어난 직후부터 양육을 받는 보양청 교육과 3, 4세에 이르렀을 때 조기 교육을 받는 강학청 교육이 있었다. 보양청 교육은 대상자가 아직 유아이기 때문에 특별한 교육이 이뤄지지는 못했고, 담당 관리가 문안을 한다든가 병이 있을 때에는 의관이 진찰을 하는 등 잡다한 신변사들이 대부분이었다. 그러나 탄생 직후부터 국가에서 담당 관청을 설치하여 그 성장을 꾸준히 지켜보았다는 데 의미가 있었다.

강학청 교육은 초등교육이 시작되는 단계이다. 원자를 위해 궁궐 안에 별도의 장소를 마련 하고 교육을 실시하였는데, 한자 교육이 주를 이루었으나 한글과 체조도 함께 가르쳤다. 수업 횟수도 성장 정도에 따라 사흘에 한 번씩에서 매일로, 다시 하루에도 3회씩 하는 식으로 그 강도가 점차 높아졌다.

원자가 세자가 되면 그 교육 방식도 더욱 적극적으로 변화하였다. 세자나 세손이 되었다는 것은 바로 차기 국왕이 결정되었다는 것을 의미하기 때문에 장차 국왕으로서 갖추어야 할 학문과 덕성에 대한 교육을 본격적으로 실시하였다. 교육 전담 기관으로 세자의 경우에는 시강원을, 세손의 경우에는 강서원이란 기관을 설치하였다. 그리고 세자를 위한 교육을 '서연'이라 불렀다. 시강원에는 국가의 최고위급 관리가 임명되어 교육을 관리하였고 '서연'을 담당하는 관리는 학문과 덕망을 고루 갖춘 인물을 선발하였다.

세자나 세손이 왕위에 즉위하면 바로 국왕을 위한 교육인 '경연'이 시작되었다. 조선시대의 경연은 고위 관리가 국왕에게 경전과 역사서를 가르쳐 유교의 정치 규범을 실천하게 할 목적 으로 운영되었다. 하루에 5번까지 경연의 자리를 마련할 수 있었는데, 세종이나 성종은 국왕이 된 후 매일 경연에 참석했던 것으로 전해지며 52년간 왕위에 있었던 영조대에는 총 3천여 회에 이르는 경연에 관한 기록이 있다.

---

* 세자 : 왕위를 이을 왕자. 왕세자의 준말
* 원자 : 아직 세자에 책봉되지 않은 임금의 맏아들.
* 세손 : 왕세자의 맏아들. 왕세손의 준말.

1. 위 글의 중심 내용은 무엇입니까? (   )

　❶ 조선 시대 국왕을 위한 교육은 체계적이었다.

　❷ 세자의 초등 교육은 한자 교육을 중심으로 이루어졌다.

　❸ 조선 시대 경연은 국왕을 위한 교육이었다.

　❹ 학문과 덕망을 고루 갖춘 인물이 세자의 교육을 담당하였다.

2. 왕자가 태어나 왕이 될 때까지 교육을 실시하는 기관의 이름을 순서대로 쓰십시오.

보양청	→		→		또는	

3. 위 글에서 언급한 것 이외에 한 나라의 통치자가 되기 위해서는 어떤 교육을 받아야 하는지 여러분의 생각을 쓰십시오.

한 나라의 통치자가 될 사람이라면 ＿＿＿＿＿＿ 교육을 받아야 한다고 생각한다.

※ 다음을 듣고 질문에 답하십시오.

1. 이 이야기의 중심 내용은 무엇입니까? (   )

❶ 학교 도서관은 학교 교육에서 매우 중요한 역할을 한다.

❷ 학교 도서관이 교육 공동체와 지역 공동체를 변화시켰다.

❸ 학교 도서관 건립을 위해 시민 단체가 적극적으로 나섰다.

❹ 학교 도서관을 지역 문화 센터로 키워야 한다.

2. 들은 내용과 <u>다른</u> 것은 무엇입니까? (   )

❶ 의식 있는 학생들이 '좋은 학교 도서관 만들기 사업'을 주도했다.

❷ 충북 옥천의 한 초등학교에서는 지역 주민들이 도서관을 살리고 지역의 문화 센터로 만드는데 큰 역할을 했다.

❸ 도서관을 활성화하고 이용하고 운영하는 과정에서 주민 자치의 경험을 쌓게 되었고 주민들의 삶이 풍요로워졌다.

❹ 강원도 홍천의 한 중학교 학생들은 매일 스스로 책을 읽으면서 사고력과 발표력이 향상됐다.

3. 도서관이 지역 사회에 기여할 수 있는 구체적인 방법에 대해서 이야기해 봅시다.

읽기 활용연습

 어휘 연습

1. 다음 단어의 의미를 골라 연결하십시오.

1) 순수하다 • • 훌륭하고 귀중하다

2) 고귀하다 • • 태도나 성격이 부드럽고 순하다

3) 유순하다 • • 자기 것을 남에게 보이며 자랑하다

4) 설치다 • • 나쁜 것이 섞이지 않아 깨끗하다

5) 뽐내다 • • 몹시 날뛰고 마구 덤비다

2. 빈칸에 공통으로 들어갈 단어를 쓰십시오.

> 더듬다   수긍하다   파헤치다   뒤지다   무르익다

1) ㄱ. 산허리와 골짜기를 마구 _____ 어/아/여 공사를 벌이고 있다.

　　ㄴ. 문제가 워낙 복잡해 사건의 진상을 _____ 기가 힘들다.

2) ㄱ. 문을 열고 어두운 벽을 _____ 어/아/여 전등을 켰다.

　　ㄴ. 그 사람을 처음 만난 곳이 어디였는지 기억을 _____ 어 보았다/
아 보았다/여 보았다.

3) ㄱ. 그는 욕심이 많아서 뭐든지 남에게 _____ 기 싫어한다.

　　ㄴ. 그 분야에서는 누구에게도 _____ 지 않는 일인자가 되고 싶다.

4) ㄱ. 봄이 _____ 어/아/여 진달래가 활짝 피었다.

　　ㄴ. 밤이 깊어갈수록 송년회의 분위기는 더욱 _____ 어 갔다/아 갔다/여 갔다.

5) ㄱ. 내 생각과 너무 달라 그 사람의 의견을 _____ 기가 어려웠다.

　　ㄴ. 그의 말을 _____ 는/ㄴ다는 의미로 나는 고개를 끄덕였다.

3. 다음 문제를 보고 답을 쓰십시오.

1) 다음 가운데 알맞은 표현을 골라 문장을 완성하십시오.

뼈를 묻다	뼈가 굵다	뼈가 빠지다	뼈가 있다

❶ _____ 게 일을 해도 손에 쥐어지는 것은 단 돈 몇 푼이었다.

❷ 공사판에서 _____ 어서/아서/여서 웬만한 일은 견뎌낼 수 있다.

❸ 나는 입사하면서 이 회사에 _____ 으리라/리라 다짐했다.

❹ 그 사람의 _____ 는/은/ㄴ 말을 듣고 내 행동을 돌아보았다.

2) 다음 표현의 의미를 골라 연결하고 문장을 완성하십시오.

일동일정	일장일단	일문일답

일동일정 •   • 묻고 내답하는 일을 몇 번 거듭하는 것

일장일단 •   • 하나하나의 모든 행동

일문일답 •   • 한 가지 좋은 점과 한 가지 나쁜 점

❶ 사람들은 누구나 잘난 대로, 부족한 대로 _____ 을/를 가지고 있다.

❷ 유명 연예인들의 _____ 을/를 팬들은 늘 관심을 가지고 지켜보고 있다.

❸ 그 잡지는 이번 호에 화제작의 개봉을 앞둔 감독과의 _____
을/를 실었다.

1. 글쓴이가 이 글을 쓴 이유는 무엇입니까? (　　　)

　❶ 윤동주의 시를 감상하는 데 도움을 주려고
　❷ 저항시인으로서의 윤동주의 삶을 이야기하고 싶어서
　❸ 윤동주에 대한 추억을 독자들과 함께 나누고 싶어서
　❹ 윤동주 시에 나타난 기독교 신앙에 대해 이야기하려고

2. 다음을 읽고 본문의 이야기 순서에 맞게 아래 빈칸을 채우십시오.

> 가. 동주와 나는 소학교와 중학교를 같이 다녔다.
> 나. 자신만의 멋을 가지고 있어서 깨끗하고 촌스럽지 않았다.
> 다. 각자 서울과 동경에 있었으나 방학이면 만나 이야기를 나누었다.
> 라. 조용히 시를 썼으므로 쉽게 시를 쓰는 줄 알았다.
> 마. 가슴 깊은 곳에 강한 것을 가지고 있었으나 겉으로는 유순하고 맑았다.
> 바. 말이 없고 따뜻한 사람이었다.
> 사. 동주를 생각하면 내가 깨끗해질 만큼 그는 깨끗한 인생을 살았다.
> 아. 책을 많이 읽고 쉬지 않고 공부하는 사람이었다. 시를 쉽게 썼으므로 그때는
> 　　그의 시가 좋은 시라고 생각하지 않았다.
> 자. 민족의 해방을 바라는 사람이었으면서도 원수를 미워하지 않았다.
> 차. 깊이 있는 신앙을 가지고 있었다.

　　　1) 윤동주의 학창시절　　　　　　(가, ＿＿＿)
　　　2) 윤동주의 성격과 외모　　　　　(＿＿＿ , 바, ＿＿＿)
　　　3) 윤동주의 저항정신　　　　　　(＿＿＿)
　　　4) 시인 윤동주　　　　　　　　　(＿＿＿, 아)
　　　5) 신앙인 윤동주　　　　　　　　(＿＿＿)
　　　6) 윤동주의 삶　　　　　　　　　(＿＿＿)

3. 다음을 읽고 맞으면 ○표, 틀리면 ×표 하십시오.

　　　1) 글쓴이는 동주를 추억하면 마음이 맑아진다.　　　　　　　　(　　)
　　　2) 동주는 친구들에게 자신의 내면을 쉽게 드러내지 않는 사람이었다.　(　　)

3) 글쓴이와 동주는 조국 해방의 기쁨을 함께 나눈 추억이 있다. ( )

4) 글쓴이는 동주의 생전에 그의 시를 그다지 높게 평가하지 않았다. ( )

써 봅시다

1. 여러분이 개인적으로 존경하거나 추억하는 인물이 있습니까?
   다음과 같이 표를 완성하고 그 인물에 대한 글을 써 보십시오.

이름	김수환 추기경	
만난 때와 장소	고등학생 때 명동성당	
외모 및 성격	작은 키에 마른 체구 인자한 미소를 띤 친근한 할아버지 같은 분	
존경하는 이유	평생 성직자의 길을 걸으며 평화의 메시지를 사람들에게 전하다. 돌아가실 때도 안구 기증을 통해 사랑을 실천하다.	

더 읽어보기

1. 21세기의 다양한 난관을 넘어서기 위해 한국인에게 필요한 것으로 말하고 있는 네 가지는 무엇입니까?

2. 유엔 사무총장으로서의 임무는 무엇입니까?

21. 가지를 치다

1) 가지가 번식하다. 하나의 근본에서 딴 갈래가 생기다.

2) 가지를 베어내다. 필요 없는 것을 없애다.

- 소문이 가지를 쳐서 크게 부풀었다.

- 그렇게 많은 일들을 어떻게 다 하니? 가지를 쳐!

22. 값을 치르다

마땅히 주어야 할 돈이나 값을 내어주다.

- 잘못을 저질렀으면 그만한 값을 치러야 한다.

23. 거울삼다

남의 일이나 지나간 일을 보아 본받거나 경계하다.

- 지난 해 대선의 실패를 거울삼아 이번 총선에서는 기필코 승리합시다.

24. 걸음마 단계

어떤 일의 과정에서 시작 단계.

- 인공 장기 이식 분야의 연구는 아직 걸음마 단계이다.

25. 고개를 돌리다

어떤 사람, 일, 상황 따위를 외면하다.

- 이번 여름에 극장가에는 공포 영화가 쏟아져 나왔다. 그러나 지루한 스토리 전개와 미숙한 연기에 관객들은 고개를 돌렸다.

26. 기를 죽이다/기가 죽다

남의 기세를 꺾다.

- 링 위에 오른 두 선수는 서로 상대방의 기를 죽이려고 눈싸움을 하고 있다.

27. 등을 돌리다

뜻을 같이하던 사람이나 단체와 관계를 끊고 배척하다.

- 대형 스캔들이 터지자 그 배우의 팬들마저 등을 돌렸다.

28. 무릎을 꿇다

항복하거나 굴복하다.

• 편의점 판매 1위였던 바나나맛 우유가 3년 만에 200원짜리 사탕에 무릎을 꿇었다.

29. 발목이(을) 잡히다/발목을 잡다

1) 어떤 일에 꽉 잡혀서 벗어나지 못하다.

2) 남에게 어떤 약점이 잡히다.

• 연세 오픈 골프 대회에서 1위를 달리던 신강타 선수가 퍼트에 발목이 잡혀 타이틀 방어에 실패했다.

• 사장은 전과 사실을 빌미로 그의 발목을 잡고 협박을 했다.

30. 발을 맞추다

보조를 맞추다.

• 경제 발전에 발을 맞추어 정치도 발전을 해야 한다.

21. 생각이 자꾸 _____ 다 보니 지금 생각할 필요가 없는 것까지 신경 쓰게 되어 머리가 복잡했다.

이번 인사 조치는 불필요한 인원을 _____ 기 위한 조치이다.

22. 신나는 댄스 음악에 _____ 어/아/여 춤을 추다 보니 스트레스가 풀렸다.

시대의 변화에 _____ 어/아/여 낡은 제도를 개선해야 한다.

23. 중국어를 배우기는 하지만 아직 _____ 이어서/여서 겨우 인사 정도밖에 할 수 없다.

친환경 자동차와 바이오 에너지 개발은 아직 _____ 이다.

24. 자라는 아이의 _____ 지 않도록 잘못을 타이르는 것이 바람직한 교육 방법이라고 생각한다.

이번 합창 대회에서 일등을 노리던 우리 반은 다른 반의 월등한 합창 실력에 _____ 고 말았다.

25. 체력 부족으로 패배한 지난 번 경기의 실패를 _____ 어/아/여 그 선수는 체력 보강 훈련에 돌입했다.

아이들은 부모를 _____ 어서/아서/여서 행동하기 때문에 부모의 말씨나 행동은 매우 중요하다.

26. 남편이 들어왔는데도 아내는 _____ 고 앉아서 말도 하지 않았다.

성공할 수 있도록 도와주고 뒷받침해 준 사람에게 _____ 다니!

27. 물건을 고른 뒤 .... 으려고/려고 계산대에 갔다.

사회적 도덕적으로 물의를 일으킨 사람은 반드시 .... 어야/아야/

여야 한다.

28. 요즘 외국 드라마에 빠진 20대가 국내 드라마에 .... 자

중년층을 겨냥한 드라마들이 계속 방송되고 있다.

현재 벌어지고 있는 참혹한 현실에 .... 고 싶었다.

29. 대통령은 들끓는 국민의 반대 여론에 .... 어야/아야/여야

했다.

혈진을 빌렸지만 결국 상대팀에 .... 고 말았다.

30. 꾸준히 성장해 오던 우리 회사의 수출이 최근에 벌어진 노사 갈등으로 인해

.... 었다/았다/였다.

지나친 규제가 지방 자치 발전의 .... 고 있다.

9과 1항

어휘

1. 다음 [보기]에서 알맞은 표현을 골라 빈 칸에 쓰십시오.

[보기]	형용하다	솟다	눈에 선하다	반하다	정기	만끽하다
	위용	풍모	태초	산세	압도당하다	
	경이롭다	유유히	넘보다	흩어지다	보잘 것 없다	

　　작년에 금강산에 갔었다. 말로만 듣던 금강산의 모습은 말로 (형용할)을/ㄹ 수 없을 정도로 아름다운 (　　　)의 모습을 그대로 간직하고 있었다. 험준한 (　　　), 일만이천봉이라 불리우며 하늘을 찌를 듯이 높이 (　　　) 어/아/여 있는 수많은 봉우리, 깊은 계곡 사이를 굽이쳐 흐르는 청정계류 등, 산의 절경들이 아직도 (　　　)는다/ㄴ다/다. 그 끝없이 펼쳐진 신비롭고 (　　)는/은/ㄴ 모습에 나는 (　　　)었다/았다/였다. 속세의 인간이 다가 서기엔 두려운 기암괴석의 장엄한 (　　　)와/과 (　　　)을/를 보며 자연이란 인간이 함부로 (　　)을/ㄹ 수 있는 상대가 아님을, 인간 존재의 (　　　)음/ㅁ을 느끼기도 했다. 산 정상에서 저 멀리 보이는 동해바다 위로 고깃배가 (　　) 흐르던 모습, 계곡 아래로 떨어지며 (　　　)던 폭포수의 아름다움도 잊을 수 없다. 또한 금강산을 안내하던 북한 아가씨의 해맑은 눈빛과 수줍은 자태에 첫눈에 (　　　)기도 했다. 지난 여행은 금강산의 (　　)을/를 제대로 (　　)게 해 준 나에게 둘도 없는 소중한 기회였다.

2. 다음 [보기]에서 알맞은 단어를 골라 빈 칸에 쓰십시오.

[보기]			
육지	대륙	펼쳐지다	수려하다
산맥	들판	떨어지다	광활하다
사막	동굴　화산	생기다	장엄하다
대양	빙하	폭발하다	황량하다
폭포	호수		거칠다
샘	온천		메마르다

❶ 남극은 세계에서 가장 (　황량한　)는/은/ㄴ (　　　　　　　)이다. 남극의
전체는 2%를 제외　　　하고 모두 얼음으로 둘러싸여 있는데, 이 얼음은
매우 두껍고 알프스 (　　　) 만큼 이나 넓고 (　　　　)다.

❷ 전남의 남쪽 끝자락에 자리 잡아 (　　　　　)와/과 바다를 구분하는 것처럼
우뚝 선 월출산은 서해에 인접해 있고 달을 가장 먼저 맞이하는 곳이란
뜻에서 유래됐다. 사방 1백리에 큰 산이 없어 (　　　　　)에 홀로 선
듯한 월출산은 금강산을 떼어온 듯 기암절벽이 (　　　　　)고 아름다운
돌산이다. 서해를 배경으로 (　　　　　　)는/은/ㄴ 일몰풍경은 매우
(　　　　　)는/은/ㄴ 느낌을 준다.

❸ 71세인 저자가 그림책의 가치를 다시 발견하게 된 시기는 25세인 아들이
세상을 떠난 후 마음이 (　　　　)나 못해 (　　　　)으로/로 변해 버린
인생 후반이었다. 그림책과의 만남은 생명의 (　　　　　)이/가 되었다고
한다.

❹ 세계 최대 규모의 석회(　　　　　)인 제주도의 용전동굴은 지금으로부터 약
40만 년 전 주변의 (　　　　)이/가 (　　　　　)으면서/면서 분출된 용암에
의해 (　　　　)었다고/았다고/였다고 한다.

❺ 그 탐험대는 (　　　　　)는/은/ㄴ 파도가 몰아치는 (　　　　　)을/를 거쳐
(　　　　　)으로 /로 뒤덮인 남극대륙에 도착했다.

❻ 백두산 천지에는 안개 긴 날이 많고 여름에는 비가 내리기 일쑤이며 강풍이
불 때는 약 0.5m~1m의 파도가 친다. (　　　　　　)의 물은 북쪽으로부터
흘러나온다. 그 가까이에 높이 약 70m의 (　　　　　)이/가 (　　　　)고
있고 백두봉 산록에는 수온 73℃의 (　　　　　)이/가 솟고 있다.

-으리라 생각하던/이야기하던/말하던

3. 남북통일 후 수십 년 만에 고향을 방문한 실향민과의 인터뷰입니다. 다음 표를 보고 '-으리라 생각하던/이야기하던/말하던'을 사용해 대화를 완성하십시오.

다 짐	실현된 일 / 감상
❶ 죽기 전에 꼭 한번 찾아오겠다	고향에 왔다/이제 죽어도 여한이 없다
❷ 고향에 꼭 돌아가겠다	부모님의 유골을 고향에 묻어드렸다
❸ 꼭 만나겠다	작은 아버님과 사촌들을 만났다/너무 기뻤다
❹ 언젠가 꼭 찾아보겠다	어릴 적 소꿉친구를 만났다
❺ 고향에 가서 꼭 먹어보겠다	냉면, 만두 등을 실컷 먹었다
❻ 다시 한 번 가보겠다	고향 근처의 바닷가에 꼭 가보고 싶다

기　자 : 감격스러우시겠습니다. 오랜만에 고향에 돌아오시니 어떻습니까?

실향민 : ❶ ___죽기 전에 꼭 한 번 찾아오리라___ 으리라/리라 생각하던 고향에 왔으니 이제 죽어도 여한이 없습니다.

기　자 : 고향에 오셔서 가장 먼저 하신 일은 무엇인지요?

실향민 : ❷ _____ 으리라/리라 이야기하시던 _____.
이제 부모님께서도 하늘나라에서 편히 눈을 감을 수 있으실 겁니다.

기　자 : 친척 분들은 만나보셨습니까?

실향민 : 네, ❸ _____ 으리라/리라 생각하던 _____.
작은 아버님은 전쟁 통에 미처 월남을 못하셨거든요.

기　자 : 정말 기쁘셨겠습니다. 어릴 적 친구 분들도 찾아보셨습니까?

실향민 : 네, ❹ _____ 으리라/리라 생각하던 _____.
아직도 어릴 적 모습이 많이 남아 있어서 얼마나 반가웠는지 모릅니다.

기　자 : 고향에 오셔서 고향 음식은 드셔보셨나요?

실향민 : 네, 그럼요. ❺ _____.
남한에서는 맛볼 수 없었던 고향의 맛을 그대로 간직하고 있어서 너무 맛있게 먹었어요.

기   자 : 이야기를 들으니 저도 막 먹고 싶어지네요. 어디에 또 가보실 계획이신지요?

실향민 : ❻ _____ . 어렸을 때 가족들과 물놀이를 하던 곳이거든요. 가서 어렸을 때의 추억에 잠겨 보고 싶어요.

4. 관계있는 것을 연결하고 누가 하는 말인지 찾아서 '-으리라 생각하던/이야 기하던/말하던'을 사용해 문장을 만드십시오.

❶ 언젠가 올라 보겠다   •

❷ 기필코 사겠다   •

❸ 언젠가 정복하겠다   •

❹ 반드시 최고의 자리에 올라가겠다•

❺ 고국의 팬들에게 보여 드리겠다 •

❻ 언젠가 뛰어넘다   •

    •베토벤 피아노 소나타 전곡 연주회를 마치게 되어 너무나 기쁘다

    •에베레스트 정상에 오르니 꿈만 같다

    •9.5초의 벽을 깨다니 믿어지지 않다

    •전 세계를 제패하게 되어 가슴이 벅차다

    •꿈의 스포츠카를 사게 되어 너무 즐겁다

    •제 꿈은 이뤄졌지만 책임감에 어깨가 무겁다

❶ 등 반 가 :   언젠가 올라 보리라   ~~으리라/리라~~ 생각하던 에베레스트 정상에 오르니 꿈만 같습니다.

❷ 피아니스트 : _____ 으리라/리라 이야기하던
_____ .

❸ 100M 육상선수 : _____ 으리라/리라 말하던
_____ .

❹ 기업 최고경영자 : _____ 으리라/리라 생각하던
_____ .

❺ 자동차 애호가 : _____
_____ .

❻ 칭기즈칸 : _____
_____ .

-을 수 없으리만치

5. 다음 [보기]에서 알맞은 표현을 골라 문장을 완성하십시오.

[보기] 얼굴을 들다   뭐라고 말하다   한 치 눈앞을 가늠하다
       일일이 열거하다   잠을 이루다   감히 바라보다

❶ 그런 어이없는 실수를 하고 나니 ＿＿＿＿얼굴을 들＿＿＿＿ 을/ㄹ 수 없으리만치
부끄러웠습니다.

❷ 여신으로 분장한 그 여배우의 모습은 ＿＿＿＿＿＿＿＿＿＿＿＿＿＿ 을/ㄹ 수
없으리만치 숭고하고 고귀하게 느껴졌습니다.

❸ 그 사람을 먼저 하늘나라로 보낸 후 ＿＿＿＿＿＿＿＿＿＿＿ 을/ㄹ 수 없으리만치
고통스러운 밤들을 보냈습니다.

❹ 시베리아 벌판은 ＿＿＿＿＿＿＿＿＿＿＿＿＿＿＿＿ 을/ㄹ 수 없으리만치
살을 에이는 혹독한 눈보라가 휘몰아치고 있었습니다.

❺ 지금 우리 사회는 교육 문제, 환경오염 문제, 주택 문제, 과소비 문제, 교통 문제
등＿＿＿＿＿＿＿＿＿＿＿ 을/ㄹ 수 없으리만치 많은 문제가 산적해 있습니다.

❻ 그 친구의 갑작스런 사망 소식을 접하고 ＿＿＿＿＿＿＿＿＿＿＿ 을/ㄹ 수
없으리만치 큰 충격을 받았습니다.

6. 관계있는 것을 연결하고 '-을 수 없으리만치'를 사용해 문장을 만드십시오.

❶ 밤하늘의 별들 • •잇다 • •아름다운 광경이
펼쳐지고 있었다

❷ 영화의 마지막 장면• •세다 •⋯⋯•많아서 쏟아질 것만
같았다

❸ 6월의 베트남 • •오늘날의 연예인과 • •이상한 행동을 보이는
비교하다 사람을 말한다

❹ 비행기의 창밖 • •보통사람들이 이해 • •덥고 축축한 날씨가
하다 계속되었나

❺ 사이코 • •믿다 • •감동적이고
인상적이었다

❻ 소선시대의 기생 • •참다 • •풍부한 학식과 예술적
재능을 지녔다

❶ 밤하늘의 별들이 ⋯⋯⋯⋯⋯⋯⋯⋯셀⋯⋯⋯⋯⋯⋯ 을/ㄹ 수 없으리만치 많아서
쏟아질 것만 같았다.

❷ ⋯⋯⋯⋯⋯⋯⋯⋯⋯⋯⋯⋯⋯⋯⋯⋯ 을/ㄹ 수 없으리만치
⋯⋯⋯⋯⋯⋯⋯⋯⋯⋯⋯⋯⋯⋯⋯⋯⋯⋯⋯⋯⋯⋯⋯⋯ .

❸ ⋯⋯⋯⋯⋯⋯⋯⋯⋯⋯⋯⋯⋯⋯⋯⋯ 을/ㄹ 수 없으리만치
⋯⋯⋯⋯⋯⋯⋯⋯⋯⋯⋯⋯⋯⋯⋯⋯⋯⋯⋯⋯⋯⋯⋯⋯ .

❹ ⋯⋯⋯⋯⋯⋯⋯⋯⋯⋯⋯⋯⋯⋯⋯⋯ 을/ㄹ 수 없으리만치
⋯⋯⋯⋯⋯⋯⋯⋯⋯⋯⋯⋯⋯⋯⋯⋯⋯⋯⋯⋯⋯⋯⋯⋯ .

❺ ⋯⋯⋯⋯⋯⋯⋯⋯⋯⋯⋯⋯⋯⋯⋯⋯⋯⋯⋯⋯⋯⋯⋯⋯
⋯⋯⋯⋯⋯⋯⋯⋯⋯⋯⋯⋯⋯⋯⋯⋯⋯⋯⋯⋯⋯⋯⋯⋯ .

❻ ⋯⋯⋯⋯⋯⋯⋯⋯⋯⋯⋯⋯⋯⋯⋯⋯⋯⋯⋯⋯⋯⋯⋯⋯
⋯⋯⋯⋯⋯⋯⋯⋯⋯⋯⋯⋯⋯⋯⋯⋯⋯⋯⋯⋯⋯⋯⋯⋯ .

9과 2항

어휘

1. 다음 [보기]에서 알맞은 단어를 골라 빈 칸에 쓰십시오.

[보기]	훼손	실태	터전	근시안적이다
	무분별하다	물려주다	분리	수거

❶ 국회 여성위원회는 2008년 보고서에서 비정규직 여성 노동자의 (실태) 을/를 조사하고 여러 문제점을 지적하였다.

❷ 머리가 붙은 채 태어난 필리핀 출신의 두 살짜리 샴쌍둥이 형제가 뉴욕의 한 병원에서 성공적인 (   ) 수술을 받았다.

❸ 그 경제 전문가는 현재 한국 경제의 위기가 은행이 과도하게 단기 외채를 끌어와 (   )게 부동산 대출을 해준 것에서 기인한다고 설명했다.

❹ 다른 사람을 비방하기 위해 인터넷을 통하여 허위 사실을 유포하면 사이버 명예 (   ) 죄로 고발당할 수도 있다.

❺ 오스트리아 그라츠 시에서는 지역 내 폐식용유를 (   )해 바이오디젤을 만든다. 그라츠 시의 모든 버스와 택시의 60% 이상이 이 연료로 운행되고 있다.

❻ 지구온난화로 인해 얼음이 녹으면서 북극 동물들은 점차 삶의 (   )을/를 잃어가고 있다.

❼ 환경을 잘 보존하여 우리의 후손들에게 깨끗한 환경을 (   )어/아/여 줍시다.

❽ 그 어머니는 아이가 미지의 세계에 대해 무작정 거부하기보다는 과감히 도전하도록 했고 두려움 또는 (   )는/은/ㄴ 사고로 좁은 인생관을 갖지 않도록 교육시켰다.

2. 다음 [보기]에서 알맞은 표현을 골라 빈 칸에 쓰십시오.

[보기]	환경파괴의 원인 :	자연개발	오염물질	폐수
		폐기물	일회용품	배기가스/매연

❶ 동네 뒷산을 깎아 아파트를 건설하였다. (자연개발)

❷ 공장에서 수은, 카드뮴 등이 포함된 물을 배출하였다. (   )

❸ 자동차의 기름이 연소될 때 이산화탄소, 이산화황 등의 유독한 성분이 나온다. (   )

❹ 패스트푸드점에서 편리성을 위해 종이컵, 플라스틱 수저 등을 쓴다. (   )

❺ 산업, 건설 현장에서 사용하고 남은 원료, 재료 등은 버린다. (   )

❻ 공기, 물, 땅을 더럽히는 것으로 생태계를 파괴한다. (   )

❶ (대기오염)을/를 일으키는 것은 자동차의 매연, 공장의 연기, 석유·석탄의
   가스 등이다.

❷ 생활 폐수에서 나오는 합성세제가 (   )의 주범이라고 한다.

❸ 농약의 과다 사용, 도시 및 산업 폐기물, 쓰레기 등에 의하여 (   )
   이/가 야기된다.

❹ 자동차, 기차, 항공기, 공장, 건설 공사장 등에서 나는 시끄러운 소리는
   (   )을/를 일으킨다.

❺ (   )의 주된 물질은 냉장고, 에어컨 등의 냉매, 드라이클리닝 용제에
   이용되는 프레온 가스와 소화기에 사용되는 할론 가스 등이다.

❻ 자동차나 공장에서 뿜어져 나오는 매연 중 이산화탄소, 프레온 가스,
   메탄으로 인해 지구를 둘러싼 대기가 온실의 유리 역할을 하는
   (   )이/가 심화된다.

❼ 지구 대기 온도가 점점 높아지는 (   )의 직접적인 원인은 온실효과
   때문이다.

❽ 지구온난화로 인해 빙하가 점점 녹아 바다에 유입되면서 (   )을/를
   야기한다.

❾ 산업발달로 인한 인위적인 자연 파괴로 폭염, 폭설, 엘니뇨, 라니냐 등의
   (   )이/가 나타나게 되었다.

❿ 각종 공장, 화력 발전소, 자동차, 가정에서 석유나 석탄 등의 연료를 태울 때
   발생한 산성 물질이 공기 중으로 배출되어 비에 녹아내림으로써
   (   )을/를 내리게 한다.

❶ 환경을 보호하기 위해서는 개개인의 노력도 중요하지만 지속가능한 개발
   정책을 수립하고 (환경보호법을 제정하   )는/은/ㄴ 등의 국가 차원의
   노력이 필수적이다.

❷ 그린벨트는 (   )는/은/ㄴ 대표적인 정책으로 도시의 무질서한 확산을
   방지하고 자연 환경을 보존하기 위하여 개발 제한 구역을 지정하는 것이다.

❸ 기업들은 석유 자원의 고갈에 대비하고 친환경적인 경영을 하기 위해 태양열,
   풍력, 바이오디젤, 바이오 에탄올 등의 (   )는 데 열을 올리고 있다.

❹ 각 가정에서는 쓰레기를 함부로 버리지 말고 유리, 종이, 플라스틱 등
   (   ) 을/ㄹ 수 있는 것들은 따로 버려야 한다.

-을 줄만 알았지

3. 관계있는 것을 연결하고 누가 받는 비난인지 찾아서 '-을 줄만 알았지'를 사용해 문장을 만드십시오.

❶ 돈을 악착같이 모으다 •⋯⋯⋯⋯⋯ •다른 사람에게 베풀 줄은 모르다

❷ 환경을 개발하다 • •어떤 것도 실천에 옮길 줄 모르다

❸ 자기에게 유리한 기회를 이용하다 • •남편을 따뜻하게 감싸줄 줄 모르다

❹ 열심히 공부하다 • •의리와 신의를 지킬 줄 모르다

❺ 남편에게 바가지를 긁다 • •친구들과 같이 어울려 놀 줄 모르다

❻ 자신의 행복을 위해 꿈꾸다 • •무엇이 진짜 인간과 환경을 위한 것인 줄은 모르다

❶ 구두쇠 : 돈을 악착같이 모을 ~~을/르~~ 줄만 알았지 다른 사람에게 베풀 줄은 몰라 .

❷ 공부벌레 : _____ 을/ㄹ 줄만 알았지 _____ .

❸ 악처 : _____ 을/ㄹ 줄만 알았지 _____ .

❹ 몽상가 : _____ 을/ㄹ 줄만 알았지 _____ .

❺ 기회주의자 : _____

_____ .

❻ 환경개발론자 : _____

_____ .

4. '-을 줄만 알았지'를 사용해 대화를 완성하십시오.

❶ 가 : 저기 좀 보세요. 이렇게 아름다운 계곡에 쓰레기가 곳곳에 버려져 있어요.

나 : 사람들이 이런 공기 좋고 물 좋은 곳에 와서 먹고 마시며 놀 줄만 알았지 ~~을/ㄹ 줄만 알았지~~ 자기 쓰레기는 가져갈 줄 모르나 봐요.

❷ 가 : 그 사람하고 대화하면 답답해 죽겠어요. 제 이야기는 듣지를 않아요.

나 : _____ 을/ㄹ 줄만 알았지 _____ .

❸ 가 : 자식은 부모님으로부터 사랑 받기만을 바라는 존재인 것 같아요.

나 : _____ 을/ㄹ 줄만 알았지 _____ .

❹ 가 : 정치인들은 다 그 밥에 그 나물인 것 같아요.

나 : _____ 을/ㄹ 줄만 알았지 _____ .

❺ 가 : 요즘 젊은이들은 너무 현실에 안주하는 듯한 인상을 줍니다.

나 : _____.

❻ 가 : 한국의 왜곡된 사교육 시장을 보면 분통이 터집니다.

나 : _____

-을 게 아니라

5. 관계있는 것을 연결하고 누구에게 하는 조언인지 찾아서 '-을 게 아니라'를
사용해 문장을 만드십시오.

❶ 자기 입장에서만 생각하다   •┈┈•남을 배려하는 태도를 지니도록
노력해봐.

❷ 실수하는 것을 두려워하다   • •자신이 처한 현실도 고려해야
합니다.

❸ 사회적 지위의 높이만 생각하나   • •긍정석인 마음가짐을 가져
보세요.

❹ 무조건 안 된다고 생각하다   • •다른 나라의 다양한 문화도
인정해야지요.

❺ 높은 이상만 추구하다   • •실수에서도 배울 수 있다는
자세를 가져야 해.

❻ 자기 나라의 문화만 옳다고 고집하다•   •자신의 행복의 깊이를 생각해야
해요.

❶ 이기주의자 :   자기 입장에서만 생각할   을/ㄹ 게 아니라 남을 배려히는
태도를 지니도록 노력해봐.

❷ 이상주의자 : _____ 을/ㄹ 게 아니라
_____.

❸ 비관주의자 : _____ 을/ㄹ 게 아니라
_____.

❹ 출세주의자 : _____ 을/ㄹ 게 아니라
_____.

❺ 완벽주의자 : _____
_____.

❻ 문화적 국수주의자 : _____
_____.

6. '-을 게 아니라'를 사용해 대화를 완성하십시오.

❶ 가 : 나라에서 혜택 받는 건 아무 것도 없는 것 같은데 군대에 꼭 가야 하는 거야?

　 나 : ＿＿＿＿국가가 당신을 위해 무엇을 해줄 수 있는가를 물을＿＿ 을/ㄹ 게 아니라

　　　　당신이 국가를 위해 무엇을 할 수 있는지 생각해 보라는 말도 있잖아.

❷ 가 : 저는 쌀 씻은 물을 그대로 버리는데 다른 용도로 쓰기도 하나요?

　 나 : ＿＿＿＿＿＿＿＿＿＿＿＿＿＿＿＿＿＿＿＿＿＿＿＿＿＿ 을/ㄹ 게 아니라

　　　　＿＿＿＿＿＿＿＿＿＿＿＿＿＿＿＿＿＿＿＿＿＿＿＿＿＿＿＿＿＿.

　　　　아주 맛있는 된장찌개를 만들 수 있답니다.

❸ 가 : 말만한 처녀가 전화도 안하고 외박을 하다니!!

　 나 : 아빠, ＿＿＿＿＿＿＿＿＿＿＿＿＿＿＿＿＿＿＿＿＿＿ 을/ㄹ 게 아니라

　　　　＿＿＿＿＿＿＿＿＿＿＿＿＿＿＿＿＿＿＿＿＿＿＿＿＿＿＿＿＿＿.

　　　　다 그럴 만한 사정이 있었어요.

❹ 가 : 저는 상사가 부당하게 화를 내거나 소리 지르면 아무 말도 못합니다. 너무
　　　　참다 보니 화병이 날 정도예요.

　 나 : ＿＿＿＿＿＿＿＿＿＿＿＿＿＿＿＿＿＿＿＿＿＿＿＿＿＿ 을/ㄹ 게 아니라

　　　　＿＿＿＿＿＿＿＿＿＿＿＿＿＿＿＿＿＿＿＿＿＿＿＿＿＿＿＿＿＿.

　　　　그게 정신 건강에 좋습니다.

❺ 가 : 교통 혼잡을 막기 위해 승용차 요일제를 의무적으로 실시하는 게
　　　　어떻습니까?

　 나 : ＿＿＿＿＿＿＿＿＿＿＿＿＿＿＿＿＿＿＿＿＿＿＿＿＿＿＿＿＿＿＿＿＿

　　　　＿＿＿＿＿＿＿＿＿＿＿＿＿＿＿＿＿＿＿＿＿＿＿＿＿＿＿＿＿＿.

❻ 가 : 진실을 더 이상 파헤쳐 봤자 서로에게 상처만 될 텐데 그냥 이 정도 선에서
　　　　넘어가는 게 어때요?

　 나 : ＿＿＿＿＿＿＿＿＿＿＿＿＿＿＿＿＿＿＿＿＿＿＿＿＿＿＿＿＿＿＿＿＿

　　　　＿＿＿＿＿＿＿＿＿＿＿＿＿＿＿＿＿＿＿＿＿＿＿＿＿＿＿＿＿＿.

9과 3항

읽고 말하기

※ 다음 글을 읽고 질문에 답하십시오.

나사(NASA·미국항공우주국)의 기후 관측에 따르면 온난화의 지표가 되는 북극 빙하가 2012년이면 모두 녹을 수 있다고 한다. 영구 동토층의 해빙과 함께 단기간 내에 기온이 급상승 할 가능성이 크다는 보고도 있다. 지구온난화로 인해 1년에 5만 5000종의 생물들이 멸종 위기에 처해 있다고 한다. 이런 위험은 향후 1~2년 안에 신속하게 대처하지 않으면 되돌릴 수 없다는 게 기후 과학자들의 경고이다.

지구온난화 문제는 인류의 생존이 달린 문제이며 이를 해결하는 것은 전 인류의 사명이다. 최근 정부가 저탄소 녹색 성장을 제시하고 실천위원회를 발족시킨 것은 평가할 만한 일이다. 문제는 전문가나 정부의 노력이 결실을 맺기까지 시간이 걸린다는 것이다.

현재의 소비 패턴은 자원 고갈과 환경 파괴의 심각한 원인이 되고 있다. 그 근본 원인에 자연과 생명을 자신과 별개로 보는 사고방식이 자리하고 그 정점에 생명을 상품화하고 소비 하는 육식 문화가 존재한다. 채식은 밥상에서 이웃과 생명 환경을 생각하는 깨어 있는 소비 패턴이며 채식으로의 전환은 사고방식 즉, 문화의 전환이다.

유엔은 육류 생산과 소비가 삼림 파괴, 지구온난화 및 대기와 수질 오염, 사막화와 생물 다양성 파괴의 중대한 원인이라고 보고하고 있다. 지구 전체 온실 가스 방출량의 18%가 육류 생산에 의한 것으로, 이는 전 세계 자동차 비행기 선박 등 모든 교통수단이 배출하는 13.5%보다 훨씬 많다. 아마존 열대우림의 70%가 가축 사육과 가축 사료를 위해 불태워졌다.

세계야생기금(WWF)이 선정한 825곳의 주요 생태지역 가운데 306곳이 가축 사육으로 파괴 되었다. 지구 육지의 30%가 축산용이고, 전 세계가 생산한 콩의 90%, 곡물의 3분의 1은 사료로 쓰인다. 연간 550억 마리 이상의 동물들이 도살된다. 이런 상황 속에서 채식은 밥상에서 지구 온난화를 비롯한 환경 문제를 총체적으로 변화시킬 수 있다. 각종 오염을 줄이고 자원을 보존한다. 생명의 존엄성을 바탕으로 모든 생물의 공존을 추구할 때 지속 가능한 발전이 가능하다.

환경부 조사에 따르면 국민의 65%가 채식을 온난화를 해결하는 하나의 방법으로 인식하고 있다. 농촌진흥청도 최근 보고서에서 헥타르 당 인구 부양 능력을 비교할 때 돼지고기 1.3명, 소고기 0.3명에 비해 고구마는 26명, 쌀은 20명에 달한다며 매년 경작지가 줄어들고 곡물 자급률이 낮은 상황에서 식량 위기에 대한 방안으로 채식주의자의 주장이 합리적이라는 것을 인정하였다. 채식은 국민 개개인이 당장에 실천할 수 있고 정부와 시장의 온난화 대책이 자리 잡기까지 시간을 벌어준다는 점에서 저탄소 녹색 성장의 정책으로 적극 검토할 필요가 있다.

1. 위 글의 중심 내용은 무엇입니까? (   )

❶ 지구온난화로 많은 생물이 멸종 위기에 처해 있다.

❷ 최근 정부의 저탄소 녹색성장 대책은 시기적절하다.

❸ 채식으로 식량 위기를 극복할 수 있다.

❹ 채식이 지구온난화 방지에 도움이 된다.

2. 위 글의 내용으로 <u>맞지 않는</u> 것은 무엇입니까? (   )

❶ 영구 동토층이 녹아 짧은 시간 안에 기온이 상승할 가능성이 있다.

❷ 육식 문화가 자원 고갈과 환경 파괴의 심각한 원인이 되고 있다.

❸ 육류 생산으로 인한 온실가스 배출량이 교통수단으로 인한 배출량보다 많다.

❹ 곡물류가 육류에 비해 같은 토지 면적 당 부양할 수 있는 인구수가 적다.

3. 지구온난화를 막기 위해 국민 개개인이 당장 실천할 수 있는 방안으로 어떤 것들이 있습니까? 이야기해 봅시다.

※ 다음은 TV 프로그램 '제주 올레길 탐방'에서 리포터가 제주 올레 사무국장과 이야기를 나누는 장면입니다. 듣고 질문에 답하십시오.

* 올레 : 큰길에서 집까지 이르는 골목을 의미하는 제주 방언
* 바당 : '바다'의 제주 방언
* 와랑와랑 : 어떤 사물이 풍성하게 매달려 있거나 모여 있는 것에 대한 제주도식 표현

1. 두 사람은 무엇에 대해 이야기하고 있습니까? (   )

❶ 황홀한 제주의 비당길   ❷ 사색을 부르는 제주의 들판

❸ 거꾸로 걷는 제주 올레길   ❹ 실크 같은 제주의 백사장

2. 제주 올레길에서 두 사람이 본 것을 <u>모두</u> 고르십시오.

절벽	백사장 해안길	현무암 해안길	화산
돌 도구리	푸른 평원	바다 풍경	생이기정

3. 여러분의 나라에서 자연 경관이 아름다운 곳을 하나 골라 묘사하는 글을 쓰십시오.

....

....

....

....

....

....

....

읽기 활용연습

 내용 이해

1. 이 시에서 '한 송이의 국화꽃'은 무엇을 의미합니까? 다음을 참고하여 이야기해 봅시다.

> 국화꽃은 인생의 성공을 의미한다.
>
> 국화꽃은 젊은 날의 꿈을 의미한다.
>
> 국화꽃은 깨달음을 의미한다.
>
> 국화꽃은 생명의 아름다움을 의미한다.

2. 다음은 이 시를 정리한 것입니다. 빈칸을 채우십시오.

> 1연) 봄 '소쩍새'가 울다
>
> 2연) 여름 .... 치다 → 3연) 가을 .... 이 피다.
>
> 4연) 지난 밤 .... 내리다.   ↓
>
>   .... 앞에 선 .... 같은 꽃

3. 이 시에서는 '젊은 날'이 어땠다고 합니까? (   )

❶ 불안하고 초조했다.

❷ 아무런 걱정이 없이 순진했다.

❸ 원숙하고 성숙했다.

❹ 후회할 일은 하지 않았다.

4. 이 시에서는 '소쩍새, 천둥, 무서리'는 국화꽃이 피는 과정에 겪어야 하는 시련을 의미합니다. 이는 어떤 시련을 의미합니까?

○ 각 세대를 비유하는 꽃을 쓰고 그 특징을 이야기해 봅시다

세대		꽃
한 살–10살	유년기	
10대	소년기	
20대	청년기	
30대	장년기	
40대– 50내	중년기	'국화꽃'
60대– 70대	노년기	

1. 이 시에서 '귀천'이 의미하는 것은 무엇입니까?

2. 이 시에 나타난 '이 세상의 삶'은 어떻습니까?

3. 1연과 2연에서 시간을 나타내는 부분을 찾아 쓰십시오.

4. 다음은 이 시를 보고 이야기한 감상입니다. 여러분은 어떻게 느끼는지 이야기해 봅시다.

   ❶ "잠깐 끝나버리는 인생을 깨닫게 해주므로 우울해져요."
   ❷ "아름다운 그림을 볼 때처럼 맑고 투명한 공기를 들이마시는 기분이 돼요."

 이야기해 봅시다

  ○ 시인은 인생을 '소풍'에 비유합니다. 여러분은 인생을 무엇에 비유할 수 있다고 생각하는지 말해보고 그 이유를 이야기해 봅시다.

내용 이해

1. 이 시는 누가 누구에게 보내는 편지입니까?

2. 1연에서 '해가 지고 바람이 부는 일처럼 사소한 일'이란 어떤 것입니까?

3. 2연에서 '밤이 들면서'는 어떤 상황이 되는 것을 의미하는 것입니까?

4. 시인이 생각하는 사랑은 어떤 것입니까?

이야기해 봅시다

○ 이 시에서 가장 인상적인 부분을 이야기해 봅시다.

1. 이 노래는 무엇에 대해 이야기하고 있습니까?

2. 다음은 노랫말을 정리한 것입니다. (   )안을 채우십시오.

이제 모두들 변했지만 아직 변하지 않은 것이 있다.	.... 옆 돌담길의 연인들
언젠가는 우리 모두가 떠나가지만 남아 있는 것이 있다.	.... 밑 정동길의 교회당
오월의 꽃향기가 그리워지면 나는 찾아 간다.	눈 내린 .... 네 거리

3. 이 노래에서 '향긋한 오월의 꽃향기'는 무엇을 의미합니까?

4. 이 노래는 어느 계절에, 어디에서 부르고 있습니까?

○ 여러분은 다시 찾아가고 싶은 '추억의 거리'가 있습니까?

내용 이해

1. 이 노래의 제목이 의미하는 바는 무엇입니까?

2. 다음은 위 노래를 정리한 것입니다. (   )안을 채우십시오.

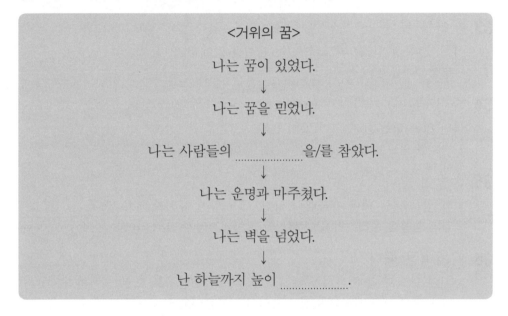

<거위의 꿈>

나는 꿈이 있었다.
↓
나는 꿈을 믿었나.
↓
나는 사람들의 ＿＿＿＿＿＿을/를 참았다.
↓
나는 운명과 마주쳤다.
↓
나는 벽을 넘었다.
↓
난 하늘까지 높이 ＿＿＿＿＿＿.

3. '헛된 꿈은 독'은 무슨 뜻입니까? 이에 대해서 어떻게 생각합니까?

4. 이 노래에서 '나'가 극복해야 할 것으로 제시하고 있는 것을 찾아 쓰고 그 의미에 대해 이야기해 봅시다.

이야기해 봅시다

○ 이 노래와 비슷한 메시지를 전하는 노래를 말해 봅시다.

관용어 4

31. 빛을 보다

업적이나 보람 따위가 드러나다.
- 그의 작품은 오랫동안 세상에 알려지지 않았으나 이번에 빛을 보게 되었어요.

32. 배가 부르다

만족하다.
- 잔칫상 위에 놓여 있는 많은 음식들을 보니 먹지 않아도 배가 불렀다.

33. 뿌리를 뽑다

어떤 것이 생겨나고 자랄 수 있는 근원을 없애 버리다.
- 부정부패를 뿌리 뽑자!

34. 손이 (많이) 가다

어떤 일을 하는 데 수고가 많이 들다.
- 한지를 만드는 일은 손이 많이 가는 일이에요.

35. 손발이 맞다

함께 일을 하는 데에 마음이나 의견, 행동 방식 따위가 서로 맞다.
- 일의 능률을 올리려면 같이 일하는 사람들끼리 손발이 맞아야 한다.

36. 시치미를 떼다

자기가 하고도 하지 아니한 체하거나 알고 있으면서도 모르는 체하다.
- 그 사람은 모든 사실을 알고 있으면서도 모른다고 시치미를 뗐다.

37. 얼굴 깎이다

체면이 손상되다.
- 밖에 나가서 부모 얼굴 깎이는 짓은 하지 마라.

38. 입을 모으다

한결같이 말하다, 같은 의견을 말하다.
- 그 사람이 이번 프로젝트의 팀장을 맡아야 한다고 모두 입을 모았다.

39. 마침표를 찍다

끝내다, 마치다.
- 내일이면 그간의 외로웠던 독신 생활에 마침표를 찍는다.

40. 찬물을 끼었다

잘되어 가고 있는 일에 뛰어들어 분위기를 흐리거나 공연히 트집을 잡아 훼방을 놓다.
- 주연 여배우의 마약 복용 사건은 그 드라마의 인기에 찬물을 끼었다.

31. 구절판은 만들 때 ＿＿＿＿＿＿＿＿＿＿ 는/은/ㄴ 음식이다.
유기 농산물은 일반 농산물을 재배할 때보다 ＿＿＿＿＿＿＿＿＿ 는다/ㄴ다/다.

32. 절대로 부모님 ＿＿＿＿＿＿＿ 는/은/ㄴ 일을 해서는 안 된다.
상대방이 잘못했다 하더라도 네가 그렇게 심한 욕을 하면 네 ＿＿＿＿＿ 는/은/
ㄴ 거야.

33. 그 아나운서와 해설자는 미리 입을 맞추지 않아도 ＿＿＿＿＿＿＿＿ 이/가 척척
＿＿＿＿＿＿ 어요/아요/여요.
그 사람하고는 ＿＿＿＿＿＿＿＿＿ 지 않아 같은 팀에서 일하기가 힘들어요.

34. 살아 있을 때는 인정을 받지 못하다가 사후에 ＿＿＿＿＿＿＿ 는/은/ㄴ 예술가도
있다.
이 조치 이후 방송이 금지된 가요 837곡도 다시 ＿＿＿＿＿＿＿ 을/ㄹ 수 있게
되었다.

35. 뇌물 수수는 워낙 은밀하게 이루어지는 것이라 완전히 ＿＿＿＿＿＿＿ 는/은/ㄴ
것은 쉽지 않은 일이다.
부정 선거를 ＿＿＿＿＿＿ 기 위해 정부와 시민 단체 그리고 온 국민이 나섰다.

36. ＿＿＿＿＿＿＿ 으면/면 누가 모를 줄 알아? 틀림없이 네가 한 짓이지?
증거를 들이대자 계속 ＿＿＿＿＿＿＿ 고 있던 그 피의자는 사실을 인정했다.

37. 그에 대한 이야기를 꺼내자 모든 사람들이 ＿＿＿＿＿＿ 어/아/여 칭찬을 했다.
축구장의 관중들이 ＿＿＿＿＿＿＿＿ 어/아/여 '박지성'을 연호했다.

38. 대형 비리 사건에 연루된 그 국회의원은 정치인으로서의 생활에 ＿＿＿＿＿＿
게 되었다.
새로운 증거가 발견됨에 따라 검사와 변호사의 치열한 논전에 ＿＿＿＿＿＿
게 되었다.

39. 반찬 투정을 하자 엄마가 ＿＿＿＿＿＿ 는/은/ㄴ 소리를 한다고 꾸중을 하셨다.
의젓하게 자란 아이를 보노라면 먹지 않아도 ＿＿＿＿＿＿＿ 어요/아요/여요.

40. 실업률 상승이 경기 회복에 ＿＿＿＿＿＿＿ 었다/았다/였다.
국경선 근처에서 발생한 분쟁 소식은 올림픽으로 들떠 있던 축제 분위기에
＿＿＿＿＿＿＿ 었다/았다/였다.

10과 1항

어휘

1. 다음 [보기]에서 알맞은 단어를 골라 빈 칸에 쓰십시오.

[보기]	봉사활동	결식아동	후원하다	재단
	기부하다	수재의연금	십시일반	더불어

개인주의와 이기주의가 팽배한 현대 사회에서도 (더불어) 사는 삶을 실천하는 사람들은 많이 있다. 모처럼 얻은 휴가에 여행을 가는 대신 불우 이웃의 집을 고쳐 주는 (   )을/를 하는 사람들도 있고, 바자회를 열어 모은 돈을 자선 단체에 (   )는/은/ㄴ 사람들도 있다. 또 어떤 회사 직원들은 (   )에게 사랑의 도시락을 지원하기도 한다. 이처럼 서로 나누는 삶은 거창하고 어려운 것이 아니다. 여러 사람들이 조금씩 힘을 모으면 쉽게 한 사람을 도울 수 있다는 (   ) 정신으로 어려움에 처한 사람을 돕는 일은 주변에 많이 있다. 얼마 전 홍수로 인해 재산과 인명 피해를 입은 수재민을 돕기 위해 한 통화에 2,000원하는 ARS로 (   )을/를 모으는 일 등이 그 예이다. 그리고 소액이라도 매달 믿을 수 있는 단체나 (   )을/를 통해 어려운 이웃을 (   )는/은/ㄴ 것도 한 방법이다.

2. 다음 [보기]에서 알맞은 단어를 골라 빈 칸에 쓰십시오.

[보기]	아동 보호 시설		저소득층 자녀	장애인	기부	물품기증
	장애인 시설	보육원	소년소녀가장	영세민	헌혈	장기기증
	입양단체	양로원	독거노인	노숙인	무료급식	교육봉사
	무료진료소	쉼터	이주 노동자	결혼 이민여성	의료봉사	노력봉사

❶ 서울시 교육위원회는 집안 형편이 어려워 점심을 거르는
(저소득층 자녀)에게 중식비를 지원하기로 했다.

❷ 연세 병원의 일부 의료진은 서울역 일대의 (   )들을 위해
(   )을/를 설치하여 진료와 투약 등 (   )을/를
했다.

❸ 봉사 단체 '참사랑'은 교육의 기회를 제대로 갖지 못한 소외계층 자녀에게
동영상 검정고시 강의와 교재를 무상으로 지원하는 (   )을/를
실천해 왔다.

❹ 가정에서 제대로 보호받지 못하는 아동들이 기거하는 (   )
와/과 부모가 없는 아동들이 살고 있는 (   )에는 학용품, 식품
등 필요한 물건이 많다. 우리 회사 봉사단체에서는 이러한 아동들에게
필요한 것을 구입해 (   )을/를 해 오고 있다.

❺ 어린이날을 앞둔 2일 청와대에서는 어린 나이에 가상 역할을 하고 있는
(   )들을 초청 해 장학금 전달식을 가졌습니다.

❻ 서울시 보건소는 구강보건의 날을 맞아 (   )을/를 방문하여
중증 (   )들을 대상 으로 치과 진료를 실시하였다.

❼ 항공사 직원들로 구성된 사회봉사단은 지난 10일 오후 신촌 식당에서
가족의 보살핌을 받지 못하는 (   ), 노숙자 등 600여명을
대상으로 (   ) 봉사 활동을 펼쳤다.

❽ (   )에서 어르신들을 위해 공동 점심식사 준비 및 배식, 설거지
등 (   )을/를 하실 분을 모집합니다.

❾ 경기도청에서는 도시 (   )이나/나 저소득층, (   )
임산부들에게 정기적인 영양 교육과 상담은 물론 무료로 보충식품을
제공하는 사업을 시작했다.

❿ 입양 캠페인을 위한 이번 공연의 수익금은 전액 국내 (   )에
(   ) 될 예정이다.

⓫ 학교 폭력 문제를 다룬 이 책의 저자는 인세의 일부를 폭력 피해자들을 위한
(   ) 을/를 만드는 데 기부했다.

⓬ 가톨릭 대학은 추기경이 보여준 사랑을 실천하기 위해 (   ) 및
(   ) 서약을 위한 부스를 운영한다.

⓭ (   )의 인권과 문화를 다룬 독립 영화제가 부천시에서
열렸다.

-다시피 하다

3. 다음 [보기]에서 알맞은 표현을 골라 문장을 완성하십시오.

> [보기]　부동산 거래가 거의 끊기다　　　방치하다　　　폐허가 되다
> 　　　　매일 울다　　　　　　　　　　백지화되다　　　교통이 마비되다

❶ 처음 유학 왔을 때는 너무 외로워서 ＿＿＿＿매일 울＿＿＿＿ 다시피 했어요.

❷ 그 도시는 전쟁으로 인해 ＿＿＿＿＿＿＿＿＿＿＿＿＿＿ 다시피 했다.

❸ 불경기로 인해 ＿＿＿＿＿＿＿＿＿＿＿＿＿＿＿＿＿ 다시피 했다.

❹ 정권이 바뀌면서 그 법안은 ＿＿＿＿＿＿＿＿＿＿＿ 다시피 했다.

❺ 그 집은 주인이 거의 ＿＿＿＿＿＿＿＿＿＿＿ 다시피 해서 폐가처럼 보인다.

❻ 신호등 고장으로 인해 ＿＿＿＿＿＿＿＿＿＿＿＿＿＿＿＿＿ .

4. 다음 [보기]에서 알맞은 표현을 골라 대화를 완성하십시오.

> [보기]　살다　　　　　　　폐인이 되다　　　　　모든 상을 휩쓸다
> 　　　　숨어살다　　　　　매일 만나다　　　　　독점하다

❶ 가 : 영수 씨는 항상 시험에서 정말 좋은 성적을 받아요.
　　나 : 시험 때에는 도서관에서 ＿＿＿살＿＿＿ 다시피 하니까요.

❷ 가 : 희선 씨와 자주 만나세요?
　　나 : 그럼요, 요즘엔 거의 ＿＿＿＿＿＿＿＿＿＿＿＿ 다시피 해요.

❸ 가 : 요즘 영수 씨는 어떻게 지내요?
　　나 : 지난 번 사업 실패로 거의 ＿＿＿＿＿＿＿＿ 다시피 했는데, 이젠 안정을
　　　　찾았나 봐요.

❹ 가 : 이번 영화제에서 '행복한 인생'이 상을 많이 받았다면서요?
　　나 : 네, 그 영화가 영화제에서 거의 ＿＿＿＿＿＿＿＿ 다시피 했어요.

❺ 가 : GL사에서 새로운 컴퓨터 운영 프로그램을 내놨대요.
　　나 : 지금까지 KS사의 프로그램이 시장을 ＿＿＿＿＿＿＿＿ 다시피 했는데,
　　　　앞으로 어떻게 될지 흥미진진하네요.

⑥ 가 : 스캔들 때문에 한동안 활동을 안했던 그 가수가 다시 앨범을
　　　냈다면서요?
　　나 : 네, 그 가수는 한동안 사람들을 피해 .... 다시피 했는데,
　　　최근에 다시 새 앨범을 냈어요.

-이라도 -을까 보다

5. 다음 [보기]에서 알맞은 표현을 골라 문장을 완성하십시오.

> [보기]　입석표를 구입하다　　　중고차를 사다　　소액을 기부하다
> 　　　　인터넷으로 요약본을 보다　　산책을 하다　　교외에 가서 바람을 쐬고 오다

❶ 아이가 학교에 들어가니 자동차를 쓸 일이 많아 졌다. 게다가 회사가
　먼데다가 대중교통을 이용하면 돌아가기 때문에 시간이 많이 걸린다.
　그런데 새 차를 사자니 돈이 모자란다. 　중고차~~이라도~~/라도　 살까
　~~을까~~/ㄹ까 보다.

❷ 시간에 쫓기다 보니 책을 읽을 시간도 없다. 이러다가는 세상이 어떻게
　돌아가는지도 모를 것 같다. .... 이라도/라도
　　　　　　................................ 을까/ㄹ까 보다.

❸ 일에 쫓기다 보니 고향에 돌아갈 표를 구하지 못했다. 서울역에 알아보니
　남은 것은 입석표뿐이었다. .... 이라도/라도
　　　　　　................................ 을까/ㄹ까 보다.

❹ 모처럼 이틀 동안 휴가를 얻었다. 여행을 가기에는 휴가가 좀 짧고 그렇다고
　집에서만 쉬자니 아쉬움이 생긴다. .... 이라도/라도
　을까/ㄹ까 보다.

❺ 요즘 너무 바쁘다 보니 운동할 틈이 없다. 그런데 날이 갈수록 살은 찌고,
　건강도 나빠지고. 점심 시간에................................ 을까/ㄹ까
　보다.

❻ 텔레비전을 보니 결식아동을 돕기 위한 모금을 하고 있었다. 나도 여유가
　없으니 큰돈은 기부하기 힘들고................................ 을까/ㄹ까
　보다.

6. 다음 [보기]에서 알맞은 표현을 골라 문장을 만드십시오.

> [보기]   혼자서 가 보다   이메일이나 전화로 인터뷰를 하다
>   길거리에서 공연을 하다   동생에게 같이 가자고 하다
>   싼값에 팔다   문자로 축하 메시지를 보내다

❶ 보고 싶은 영화를 상영하는데 친구들이 모두 바쁘다.

→ 혼자서라도 가 볼까 봐.
_____

❷ 친한 친구 생일인데 만날 시간이 없다.

→ _____.

❸ 직접 인터뷰를 하면 좋은데 외국에 나가 있다.

→ _____.

❹ 축제에 같이 갈 파트너가 없다.

→ _____.

❺ 공연장들이 모두 예약이 끝났다.

→ _____.

❻ 집을 빨리 팔아야 하는데 요즘 집이 잘 안 팔린다.

→ _____.

어휘

1. [보기]에서 알맞은 단어를 골라 빈 칸에 쓰십시오.

[보기]	우호	협력	증진	설립	견문

❶ 두 도시는 30여 년간 문화 교류를 통해 (우호) 관계를 유지해 오고 있다.
전통적인 (우호) 관계를 자랑하는 두 학교는 이번 가을에도 친선 경기를
가졌다.

❷ (   )을/를 넓히기 위해서 여행을 많이 하거나 책을 읽는다.
외국어 공부도 하고 (   )도 쌓을 겸 외국에서 1년 정도 머물
계획이다.

❸ 서울시는 양질의 의료 서비스를 제공함으로써 시민들의 건강을
(   )시키기 위해 노력 하고 있다.
여성부는 여성의 인권 및 복지를 (   )시키기 위해 여러 가지 사업을
추진한다.

❹ 세계 평화를 위해 국제 연합(UN)을 (   )했다.
소자본으로 회사를 (   )하려면 어떻게 해야 할까요?

❺ 국제 분쟁을 해결하기 위해 UN의 여러 나라들이 (   )하기로 했다.
우리 병원은 심장병 분야에서 최고의 권위를 가진 연세종합병원과
(   )하여 진료하고 있습니다.

2. 다음 [보기]에서 알맞은 단어를 골라 빈 칸에 쓰십시오.

[보기]		
산하 기구 NGO(비정부조직) NPO(비영리단체) 민간단체	유니세프(유엔아동기금) 코이카(한국국제협력단) 적십자사 국경없는 의사회 굿네이버스(국제구호 단체)	재해 재난 난민 빈민 기아 식량 의료 보건 위생 구호 구조 지원

❶ 공무원, 군인, 경찰, (민간단체)와/가 협력하여 수해 복구 작업을 벌이고 있다.

❷ (　　　　)은/는 유엔 (　　　　)으로서/로서 세계 어린이를 돕는 단체입니다.
전쟁 피해 아동의 (　　　　)와/과 저개발국 아동의 복지 향상을 목적으로
설립되었습니다.

❸ 한국과 개발도상국의 우호협력관계 및 상호교류를 증진하기 위해 설립된
(　　　　)은/는 지진, 홍수 등으로 (　　　　)이/가 발생한 지역을
(　　　　)하는 활동을 합니다.

❹ (　　　　)은/는 굶주림 없는 세상, 더불어 사는 세상을 만들기 위해
(　　　　)에 시달리고 있는 (　　　　)층 자녀를 돕는 사업을 벌이고 있다.

❺ (　　　　)은/는 생명과 건강을 보호하며 인간 존중을 보장하는 각종 인도주의
활동을 전개하는 단체입니다.

❻ (　　　　)은/는 국제 민간의료구호단체입니다. 세계 분쟁 지역이나 자연
(　　　　)을/를 입은 곳에서 구호 활동을 펼칩니다. 전쟁으로 인해
(　　　　)이/가 발생할 경우 이들을 위한 (　　　　) 활동을 벌입니다.

❼ 세계보건기구(WHO)는 (　　　　)와/과 (　　　　) 분야의 국제 협력
기구입니다. 전염병 발생 시 전문가를 파견하거나 (　　　　) 기구와 자재를
공급합니다.

❽ 세계식량계획(WFP)은 개발도상국을 대상으로 (　　　　)원조와 긴급 구호
활동을 펼치기 위해 설립된 유엔 산하 기구입니다.

❾ (　　　　)은/는 정부 기관이나 관련 단체가 아닌 순수한 민간 조직을 모두
일컫는 말입니다. (　　　　)은/는 돈을 버는 것을 목적으로 하지 않고 사회 각
분야에서 자발적으로 활동하는 각종 시민 단체를 의미합니다.

문법

-을 통해

3. 다음 [보기]에서 알맞은 단어를 골라 빈 칸에 쓰십시오.

> [보기]   대중 매체   전지훈련   라디오 연설   미니홈피   해저터널   이메일

❶ 국가 대표 선수들은 (전지훈련)을/를 통해 체력을 강화했다.

❷ 요즘 (   )을/를 통해 전파되는 컴퓨터 바이러스가 유행이다.

❸ 그 영화배우는 항간에 떠도는 소문에 대해 (   )을/를 통해 자신의 심경을 밝혔다.

❹ 새 대통령은 (   )을/를 통해 새 외교 정책을 발표했다.

❺ (   )을/를 통해 섬과 육지가 연결되어 있다.

❻ 이 맛집은 여러 (   )을/를 통해 잘 알려진 집이다.

4. 관계있는 것을 연결하고 맞는 상황을 찾아 '-을 통해'를 사용해 문장을 완성하십시오.

❶ 홈페이지   •   •관측되다

❷ 시와 그림   •   •신청하다

❸ 인공위성   •   •문화사를 고찰하다

❹ 추첨   •   •해결의 실마리가 보이다

❺ 다양한 독서   •   •놀이 공원 무료입장권을 주다

❻ 중재   •   •사고의 폭을 넓힐 수 있다

❶ 이번 결식아동 돕기에 참여하실 분은 <u>홈페이지를 통해 신청해 주십시오</u> .

❷ 설문 조사에 응해주신 분께는 _____ .

❸ 파국으로 치닫던 양국 관계는 제 3국의 _____ .

❹ 그 책의 특징은 _____ .

❺ 구름의 움직임 등은 _____ .

❻ _____ 기 때문에 독서를 장려하고 있다.

-음으로써

5. 다음 [보기]에서 알맞은 표현을 골라 '–음으로써'를 사용해 대화를 완성하십시오.

> [보기]   여러 나라가 협력하다   인건비가 싼 지역으로 공장을 이전하다
>   전문 인력을 양성하다   식생활을 개선하다
>   사용하지 않는 전기 플러그를 뽑다   절충안을 양쪽이 수용하다

❶ 가 : 전 세계적 문제인 환경 문제를 어떻게 해결할 수 있을까요?

　 나 : 여러 나라가 협력함으로써~~음으로써/ㅁ으로써~~ 해결할 수 있어요.

❷ 가 : 전기를 절약할 수 있는 좋은 방법이 있을까요?

　 나 : ＿＿＿＿＿＿＿＿＿＿＿＿＿＿＿＿＿＿＿ 음으로써/ㅁ으로써

　　 전체 전기 요금의 11%를 절약할 수 있다고 합니다.

❸ 가 : 그 나라는 로봇 산업 분야의 경쟁력을 어떻게 확보했대요?

　 나 : ＿＿＿＿＿＿＿＿＿＿＿＿＿＿＿＿＿＿＿ 음으로써/ㅁ으로써

　　 ＿＿＿＿＿＿＿＿＿＿＿＿＿＿＿＿＿＿＿＿＿＿＿＿＿＿ .

❹ 가 : 그 두 나라 사이에 FTA 협정 체결이 난항을 겪고 있었는데, 어떻게 체결이
　　 됐지요?

　 나 : ＿＿＿＿＿＿＿＿＿＿＿＿＿＿＿＿＿＿＿ 음으로써/ㅁ으로써

　　 ＿＿＿＿＿＿＿＿＿＿＿＿＿＿＿＿＿＿＿＿＿＿＿＿＿＿ .

❺ 가 : 그 회사는 어떻게 생산비를 절감했대요?

　 나 : ＿＿＿＿＿＿＿＿＿＿＿＿＿＿＿＿＿＿＿＿＿＿＿＿＿＿＿

　　 ＿＿＿＿＿＿＿＿＿＿＿＿＿＿＿＿＿＿＿＿＿＿＿＿＿＿ .

❻ 가 : 저는 알레르기가 심한 체질인데요. 이런 체질을 개선할 수 있는 방법이
　　 있을까요?

　 나 : ＿＿＿＿＿＿＿＿＿＿＿＿＿＿＿＿＿＿＿＿＿＿＿＿＿＿ .

6. 관계있는 것을 연결하고 맞는 상황을 찾아 '–음으로써'를 사용해 문장을 완성하십시오.

❶ 온 국민이 힘을 모으다 •   •홍수에 의한 재난을 줄일 수 있다

❷ 그 분이 장기 기증을 하다 •   •경제 위기를 극복했다

❸ 산에 나무를 많이 심다 •   •건강하게 여름을 날 수 있다

❹ 교통 시스템을 개선하다 •   •고장에 의한 사고를 방지할 수 있다

❺ 영양을 보충해 주다 •   •교통 체증을 줄일 수 있다

❻ 자동차를 미리 점검하다 •   •여러 사람이 새 인생을 살 수 있게 되었다

❶ 그 나라는   온 국민이 힘을 모음으로써 경제 위기를 극복했어요.

❷ 상습적 정체 구간에서는

❸ 여행을 떠나기 전에

❹ 평소보다 더 많은 열량을 소비하는 여름에는

❺ 교통사고로 사망한

❻

읽고 쓰기

※ 다음 글을 읽고 질문에 답하십시오.

새로운 여행 가이드북이 나왔다. 그런데 책을 아무리 뒤적여도 유명 관광지, 맛있는 음식점, 기차 시간표가 하나도 안 보인다. 대신 책을 넘길 때마다 히말라야 포터를 돕는 여행, 호텔 노동자들의 인권을 보호하는 여행, 자유와 정의를 위한 여행, 숲을 지키는 여행, 동물을 돌보는 여행 같은 다양한 사례와 정보가 펼쳐진다. 여행에서 만나는 이들의 삶과 문화를 존중하고, 여행에서 쓰는 돈으로 그들의 삶에 보탬이 되고, 그곳의 자연을 지켜주는 여행. 새로운 여행의 트렌드인 '공정여행'에 대한 안내서다.

지난 50년 동안 세계 인구가 두 배로 늘어나는 사이 해외여행 인구는 무려 36배로 늘었다. 2007년 한 해 동안 9억 3백만 명이 해외로 여행을 했고, 관광산업은 세계 GDP의 10.3%를 차지 하는 거대한 산업으로 성장했다. 1989년 해외여행 자유화 이후 해외여행 인구가 가파르게 증가한 우리나라 또한 세계 여행 시장에서 막강한 위치를 차지하게 되었다. 2007년 한 해 동안 우리나라 인구의 25%에 이르는 1,300만 명이 해외로 나갔고, 한국 관광객의 지출 규모는 세계 10위를 기록 했다.

그렇다면 이렇게 많은 사람들이 해외로 나가면서 현지에 나쁜 영향을 끼치고 있지는 않을까? 우리의 편안하고 즐거운 휴식 뒤에 남겨지는 것은 무엇일까? 어마어마한 관광수입은 누구에게 돌아가고 있을까?

한 사람이 여행할 때, 하루 평균 3.5kg의 쓰레기를 남기고 남부 아프리카인보다 30배 많은 전기를 쓰고, 인도 고아의 오성급 호텔 하나가 인근 다섯 마을이 쓸 물을 소비하고 있었다. 아름다운 호텔 뒤편 세탁실에는 점심시간 '10분' 외에는 종일 서서 다림질을 하는 여성이 있었고, 해변에 리조트가 들어서면서 아름다운 바다의 풍경을 어지럽힌다는 이유로 고기잡이를 할 수 없게 된 어부들이 있었고, 사파리 관광 리조트에 조상 대대로 살아오던 땅을 빼앗기고 강제 이주 당한 소수 부족들이 있었다. 관광 개발은 장밋빛 미래를 약속했지만 그들은 여전히 가난하고, 숲은 파괴되었고, 바다와 땅을 잃은 이들은 호텔의 일용직 청소부, 짐꾼, 웨이터가 되었다.

이제 우리 사회에서 여행은 새로운 코드로 자리 잡고 있다. 단순히 여유 있는 사람들의 휴식과 오락의 방법이 아니라, 언론과 미디어를 통한 간접 경험을 넘어 개인이 세계를 만나는 직접적 경험 으로, 젊은이들이 세상을 배우는 교육의 장으로, 봉사하고 실천하는 나눔의 장으로 여행의 의미는 확장되고 있다. 깊은 경험의 여행, 배움의 여행, 나눔의 여행을 원하는 이들에게 공정여행 가이드북은 보다 깊은 정보에 대한 목마름을 달래는 작은 샘물이 될 것이다.

1. 위 글에서 말하는 여행의 의미는 무엇입니까?

2. 위 글의 내용과 같은 것은 무엇입니까? (   )

❶ 지난 50년 동안 한국의 해외여행 인구는 36배로 늘었다.

❷ 이 책은 여행지의 문화를 존중하고 그곳의 자연을 지켜주는 여행 방법을 소개하고 있다.

❸ 이 책에는 유명한 관광지, 맛있는 음식점에 대한 소개도 충실하게 나와 있다.

❹ 관광 개발 덕분에 그 지역 주민들은 빈곤에서 벗어났다.

3. 다음은 공정 여행 수칙의 일부입니다. 이를 참고로 여러분의 공정 여행 수칙을 쓰십시오.

1. 지구를 돌보는 여행자가 되자
   •비행기 이용 줄이기, 1회 용품 쓰지 않기
2. 지역에 도움이 되는 소비를 하자
   •현지인이 운영하는 숙소, 음식점, 여행사, 교통 이용하기
3. 기부를 하자
   •여행 경비의 1%는 현지의 사회단체에 기부하기
4. 부당한 일에 목소리를 내자
   •동물 학대, 인권 유린 등 부당한 일을 목격한다면 시정 요청하기

나의 공정 여행 수칙

1. ....

2. ....

3. ....

4. ....

5. ....

※ 다음은 지역사회의 뉴스를 전하는 TV 프로그램의 일부입니다. 듣고 질문에 답하십시오.

1. 다음 (   )에 들어갈 말은 무엇입니까?

한밭 레츠와 과천 어울림 품앗이는 노동과 물품 등을 서로 제공하는 (   )
제도이며 이때 (   )을/를 주고받는다.

2. 들은 내용과 <u>다른</u> 것은 무엇입니까? (   )
   ❶ 이런 품앗이는 지역 공동체 활성화에 기여한다.
   ❷ 현금과 두루를 같이 사용할 경우 두루를 절반 이상 사용해야 한다.
   ❸ 품앗이를 통해 능력을 인정받는 느낌을 경험하기도 한다.
   ❹ 품앗이 거래를 통해 이웃과 새로운 관계를 만들기도 한다.

3. 다음은 품앗이 모임의 회원들이 주고 싶은 목록 중 일부입니다. 여러분은 어떤 것을 제공하고 싶습니까? 이야기해 봅시다.

•아이 돌보기	•스파게티 소스	•팥빙수 팥	•자장면	•장 봐주기
•택배 받아주기	•컴퓨터 교육	•책 읽어주기	•뜨개질	•다도 가르치기
•PC 관리	•청소	•산행 도우미	•디자인	•여행 함께하기
•자전거 타는 법 가르치기		•요가 가르치기		

읽기 활용연습

 어휘 연습

1. 서로 반대되는 것을 연결하십시오.

1) 들이마시다   ●   ● 소란스럽다

2) 펴다   ●   ● 뿌리치다

3) 움켜잡다   ●   ● 내쉬다

4) 고요하다   ●   ● 오므리다

5) 잡아매다   ●   ● 풀리다

2. 다음 단어를 넣어 문장을 완성하십시오.

골똘히	일찌감치	기껏	하릴없이	물끄러미

1) ㄱ. 그 사람은 무슨 생각을 그리 _____ 하는지 불러도 대답을 하지 않았다.

   ㄴ. 어머니는 항상 생각을 _____ 한 다음 결정을 하시는 편이었다.

2) ㄱ. _____ 네가 좋아하는 음식을 준비했는데 먹지 않겠다는 것이냐?

   ㄴ. _____ 세차를 해 놓았더니 비가 와서 소용이 없게 되었다.

3) ㄱ. _____ 집을 나섰는데도 교통체증 때문에 늦고 말았다.

   ㄴ. _____ 결혼해서 네 가정을 꾸리는 게 어떠냐?

4) ㄱ. 나는 요즘 특별한 일도 없으면서 _____ 온 동네를 헤매고 다닌다.

   ㄴ. _____ 신촌거리를 배회하는 젊은이들이 많다.

5) ㄱ. 그 사람은 내 얼굴을 한참동안 _____ 바라보기만 했다.

   ㄴ. 내 맞은 편 승객은 창밖의 풍경만 _____ 쳐다보았다.

3. 다음 문제를 보고 답을 쓰십시오.

1) 다음을 서로 연결하여 문장을 만드십시오.

눈가를	찰싹	때리다		눈가를 쓱쓱 문지르다
등을	빙빙	문지르다	→	
고개를	절레절레	돌리다		
머리카락을	쓱쓱	흔들다		

❶ 눈이 간지러운지 .... 었/았/였다.

❷ 화가 나서 등을 소리나게 .... 어/아/여 주었다.

❸ 그런 뜻이 아니라고 고개를 .... 었/았/였다.

❹ 나는 긴장하면 머리카락을 .... 는/은/ㄴ 버릇이 있다.

2) 다음의 의성어, 의태어를 넣어서 문장을 완성하십시오.

> 꾸벅꾸벅   멀뚱멀뚱   꼬불꼬불   우적우적   흥얼흥얼

❶ 시골길이 너무 .... 해서 멀미가 났다.

❷ 퇴근길 지하철 안에서는 .... 조는 사람이 많다.

❸ 한 등산객은 바위에 걸터앉아 오이를 .... 씹어 먹고 있었다.

❹ 그는 내 말을 이해 못하겠다는 듯이 .... 쳐다 보고만 있었다.

❺ 엄마가 기분이 좋으신지 흘러간 유행가를 .... 거리셨다.

내용 이해

1. 이 소설에서 풍선이 의미하는 바는 무엇입니까? (　　　)

　❶ 주인공이 남자친구에게 처음으로 선물한 물건

　❷ 주인공의 어머니가 주인공에게 준 물건

　❸ 주인공의 어릴 적 추억이 많이 들어 있는 물건

　❹ 주인공의 정신적 고통과 불안을 치료해 준 물건

2. 주인공에게 일어난 일을 순서대로 정리한 것입니다. 빈칸에 단어를 쓰십시오.

> 1) 나는 독일 유학을 마치고 귀국을 하여 오빠 가족과 함께 부모님 집에서 살게 된다.
>
> 2) 나는 (　　　　　　)을/를 한 마리 사서 한스라고 이름을 붙인다.
>
> 3) 나는 직장도 없고 친구도 없어 집에서 조카와 앵무새 한스와 놀며 지낸다.
>
> 4) 나는 선배의 소개로 백화점 문화센터에서 철학 수업을 하는데 그 곳에서 J를 만나게 된다.
>
> 5) 나는 J와 같이 영화를 보러갔다가 J가 (　　　　　　)때문에 고통을 겪는 것을 본다.
>
> 6) J는 자신의 공포에 대해서 고백을 하고 나는 불안과 공포의 차이점에 대해 말해 준다.
>
> 7) 나는 앵무새 한스를 팔고 (　　　　　　)을/를 산다.
>
> 8) J가 도전해야 하는 과제는 지하철 2호선을 타는 것이다.
>
> 9) 나는 종로의 학원에서 초급 (　　　　　)을/를 가르치게 된다.
>
> 10) 나는 J와 함께 (　　　　　)을/를 불어 날린다.

3. 다음을 읽고 맞으면 O표, 틀리면 X표 하십시오.

　1) J가 백화점 문화센터에 나타난 것은 어머니 때문이었다. 　　　　　(　　　)

　2) 조카는 할머니 제삿날을 할머니의 생일날로 착각했다. 　　　　　(　　　)

　3) J는 전직 국가대표 핸드볼 선수였지만 지금은 코치로 일한다. 　　　(　　　)

　4) 나는 오빠네 가족과 같이 살면서 갈등이 심해 혼자 분가한다. 　　　(　　　)

써 봅시다

о 다음은 이 소설의 끝부분입니다. 이 소설의 다음을 상상하여 써 봅시다.

> 두려움을 극복하는 길은 뒤돌아보는 것이 아니라 앞으로 나가는 거다 J. 그것은 변화를 뜻하는 것일지도 몰라. 스스로 깨닫지 못했던 삶이 특별한 의지가 있다면 그건 아마 풍선처럼 둥글고 부풀어 있을 것 같다.

나와 J는

어휘

I. 다음 [보기]에서 알맞은 단어를 골라 빈 칸에 쓰십시오. (한 번만 사용하십시오)

[보기]	공연	고령화	여백	문상	고인	사교육
	협력	훼손	보존	조의	개량	열의

1. 상가에 (   )을/를 가면 유족들에게 "(   )의 명복을 빕니다"라고
   말하면서 (   )을/를 표해야 해요.

2. 한국의 산수화를 보면 (   )의 미가 느껴져요.

3. 입시를 위해 학원이나 과외 같은 (   )에 의존하는 학생이 많아요.

4. 환경 문제를 해결하기 위해 여러 나라들이 (   ) 하고 있다.

5. 전통 문화를 (   )할 것이냐 현대화할 것이냐를 놓고 토론을
   벌였어요.

6. 활동하기 편하게 (   )한 생활 한복을 입는 사람이 늘고 있어요.

7. 이번 연극 (   )은/는 배우들의 연기가 아주 훌륭했어요.

8. (   ) 사회로 접어들면서 평생교육에 대한 관심이 더욱 높아지고
   있어요.

9. 악성 댓글로 인해 명예가 (   )된 그 가수는 댓글을 쓴 사람들을
   고소했다.

10. 수십 명의 연구원과 기술진들이 사생활을 포기할 정도로 한국형 우주
    발사체를 개발하려는 (   )이/가 대단하다.

II. 다음 [보기]에서 알맞은 단어를 골라 빈 칸에 쓰십시오. (한 번만 사용하십
시오.)

[보기]	지니다	부정하다	형용하다	희생하다	씨름하다
	풍부하다	계발하다	우아하다	넘보다	추모하다
	물려주다	기부하다	흩어지다		

1. 해외여행을 갈 때 현금을 많이 (   )고 다니는 건 위험하다.

2. 현충일은 나라를 위해서 (   )는/은/ㄴ 분들을 (   )는/은/ㄴ
   날이다.

3. 어린이들의 소질을 (   )기 위해서는 조기교육이 필요하다.

4. 더위와 (   )어야/아야/여야 하는 여름철은 정말 힘들어요.

5. 외국어 공부를 할 때 문법이 중요하다는 건 (   )을/ㄹ 수 없는 사실이다.

6. 디카급 성능의 폰카가 디지털 카메라 시장을 (   )고 있다.

7. 어려운 이웃을 위해 소액이라도 (   )는/은/ㄴ 사람이 늘어나고 있다.

8. 그 작가는 어린 시절부터 상상력이 (   )었다고/았다고/였다고 한다.

9. 백제의 미술품은 고구려와 신라에 비해 (   )고 세련됐다는 평가를 받는다.

10. 그 할머니는 평생 간직해 오던 금가락지를 며느리에게 (   )었다/았다/였다.

11. 바람이 불자 벚꽃이 사방으로 (   )어졌다/아졌다/여졌다.

12. (   )기 어려울 만큼 수려한 경치가 눈앞에 펼쳐졌다.

III-1. 빈 칸에 들어갈 적당한 단어를 고르십시오.

1. 텔레비전 공개쇼 프로그램에 나온 그 가수는 열창을 해서 (   )들로부터 환호와 박수에다가 꽃다발까지 받았다.
    ❶ 청중   ❷ 관객   ❸ 방청객   ❹ 시청자

2. 시어머니의 회갑연을 (   )기 위해 월차를 냈다.
    ❶ 지내다   ❷ 치르다   ❸ 올리다   ❹ 빌다

3. 호남 지방의 폭설 예보를 접한 부모님은 아들 형제가 있는 서울에서 차례를 지내기로 하고 기차편으로 (   )하였다.
    ❶ 귀성   ❷ 역귀성   ❸ 귀향   ❹ 귀가

4. 교육과학기술부는 (   )의 질을 향상시키기 위해 교사 교육을 강화하기로 했다.
    ❶ 공교육   ❷ 사교육   ❸ 평생교육   ❹ 조기교육

5. 전쟁으로 인해 발생한 (   )을/를 돕기 위해 구조 활동이 벌어지고 있다.
    ❶ 난민   ❷ 재난   ❸ 빈민   ❹ 재해

III-2. 빈 칸에 들어갈 단어로 맞지 <u>않는</u> 것을 고르십시오.

1. 화성이 수십억 년 전에 죽은 (   )는/은/ㄴ 돌덩이로 이루어졌다고
보는 설이 있었다.
   ❶ 수려한   ❷ 거친   ❸ 황량한   ❹ 메마른

2. 전국의 입담꾼들이 참가한 팔도 사투리 대회는 매우 (   )었다/았다/였다.
   ❶ 해학적이다   ❷ 익살스럽다   ❸ 흥겹다   ❹ 정적이다

3. 그 끝을 알 수 없으리만치 광활한 (   )이/가 펼쳐져 있다.
   ❶ 사막   ❷ 산맥   ❸ 온천   ❹ 대륙

4. 구청 복지관이나 평생 교육 센터, (   ) 등에서 평생 교육을 받을 수 있다.
   ❶ 백화점 문화센터   ❷ 원격 교육
   ❸ 대학 부설 사회교육원   ❹ 시립 도서관 평생 교육 센터

5. 우리 교회에서는 (   )에게 무료 급식 봉사를 실시했다.
   ❶ 독거노인   ❷ 노숙자   ❸ 저소득층 자녀   ❹ 기아

IV. 밑줄 친 딘어의 쓰임이 맞지 <u>않는</u> 것을 고르십시오.

1. (   )
   ❶ 그 퓨전 음식은 지금까지 맛볼 수 없었던 **색다른** 맛이었다.
   ❷ 그 그림은 **색다른** 화법으로 그려져 많은 사람의 눈길을 끌었다.
   ❸ 은은한 달빛 아래서 본 꽃들은 낮과는 달리 **색다른** 느낌을 주었다.
   ❹ 남다른 환경에서 자라서 그런지 그 사람의 성격은 매우 **색다르다.**

2. (   )
   ❶ 노점상들이 좌판을 **벌이고** 물건을 팔고 있다.
   ❷ 경로당에서 노인들을 위해 잔치를 **벌였다.**
   ❸ 축제 기간 동안 여기저기서 술판이 **벌어졌다.**
   ❹ 많은 사람 앞에서 두 사람의 결혼식을 **벌였다.**

3. (　　)

❶ 우리학교는 신촌에 **자리잡고** 있다.

❷ 불교가 한국의 종교로 **자리잡게** 된 게 언제부터인가?

❸ 책 위에 먼지가 두껍게 **자리잡고** 있다.

❹ 대학로는 젊은이들에게 인기 있는 공간으로 **자리잡았다**.

4. (　　)

❶ 새 대통령은 국민들에게 **다가서기** 위해서 많은 노력을 하고 있다.

❷ 우주선 발사에 성공함으로써 우주 강국 건설이라는 꿈에 한발 **다가섰다**.

❸ 마음을 열고 상대방에게 **다가서** 보세요.

❹ 그 두 건물은 서로 **다가서** 있다.

5. (　　)

❶ 입시 위주의 교육으로 정서가 **메마른** 청소년들이 많아지고 있다.

❷ 날씨가 매우 건조하다 보니 피부가 **메말랐다**.

❸ 오랜 가뭄으로 땅이 **메말라** 여기저기 갈라졌다.

❹ 햇볕이 쨍쨍해서 빨래가 빨리 **메말랐다**.

6. (　　)

❶ 교통사고로 생사를 **넘나들던** 그 환자는 결국 사망했다.

❷ 그 학자는 여러 분야를 **넘나들며** 연구를 하고 있다.

❸ 할 일이 너무 많아서 청소와 설거지를 **넘나들며** 일을 했다.

❹ 그 도시에는 국경을 **넘나들며** 장사를 하는 상인들이 많다.

7. (　　)

❶ 벌판에는 벌써 여러 들꽃들이 **어우러져** 피어 있었다.

❷ 연고전이 끝나고 나서 두 학교 학생들이 **어우러져서** 흥겹게 놀았다

❸ 오늘 처음 만난 두 아이가 잘 **어우러져서** 놀고 있다.

❹ 그 음식은 여러 가지 맛이 **어우러져서** 아주 독특한 맛을 냈다.

8. (　　)

❶ 김 과장은 상사들로부터 실력을 **인정받고** 있다.

❷ 국제 영화제에서 수상을 함으로써 김 감독은 세계적으로 **인정받게** 되었다.

❸ 그 사람은 자신의 잘못을 **인정하고** 사과했다.

❹ 나이가 아직 어려서 여행을 가려면 부모님의 **인정**을 받아야 한다.

9. (   )

❶ 오늘 국무 회의에서는 물가 안정 대책을 안건으로 **다루었다**.

❷ 이렇게 어려운 때일수록 마음을 잘 **다루세요**.

❸ 아이들을 너무 엄격하게 **다루면** 오히려 역효과가 날 수 있다.

❹ 저 선수는 공을 자유자재로 **다루는군요**!

10. (   )

❶ 음료수 없이 빵만 먹기가 **빡빡하다**.

❷ 냉동실에 너무 오래 넣어 놨더니 아이스크림이 **빡빡해졌어요**.

❸ 여행 일정이 너무 **빡빡해서** 몹시 피곤했다.

❹ 남편 월급만으로는 원세와 아이들 학원비 내기에도 **빡빡하다**.

Ⅴ. 다음 단어 중 3개 이상의 단어를 사용하여 문장이나 짧은 이야기를 만드십시오.

1.

[보기]	생명력	대중화	신명나다	들썩거리다	역동적이다

....

....

....

2.

[보기]	저출산	고학력 현상	1인 가구	비동거 가족	맞벌이

....

....

....

3.

[보기]	평균 수명	노후생활	삶의 질	고령화 사회	끊임없이

....

....

....

4.

| [보기] | 이상 기후 | 온실 효과 | 지구온난화 | 오염 물질 | 자연 개발 |

....

....

....

5.

| [보기] | 더불어 | 봉사 | 기부 | 기증 | 후원 |

....

....

....

문법

|. 대화를 완성하십시오.

1. 가 : 그 사람은 너무 우유부단해서 그런지 결정하는 데 시간이 너무 많이
　　　 걸려요.
　　 나 : .... 는다고도/ㄴ다고도/다고도 할 수 있어요.

2. 가 : 새 팀장님과 일해 보니까 어때요?
　　 나 : .... 는/은/ㄴ 듯싶어요.

3. 가 : 영수 씨는 왜 주변 사람들로부터 따돌림을 당하는 거예요?
　　 나 : .... 다 보니 그로 인해 ....

4. 가 : 와, 잘 하시네요. 운동에 소질이 있나 봐요.
　　 나 : .... 는다기보다/ㄴ다기보다/다기보다 ....

5. 가 : 왜 시험공부를 카페에서 하세요?
　　 나 : .... 자니 .... 고 .... 자니 .... 고 해서
　　　　 ....

6. 가 : 회사일 때문에 스페인어를 배워야 한다면서? 어느 학원에서 배우기로 했어?
　　 나 : 너무 바빠서 학원에 갈 시간이 없어. 그래서 .... 이라도/라도
　　　　 .... 을까/ㄹ까 봐.

7. 가 : 제 실수로 일어난 일인데 무릎이라도 꿇고 빌어야겠지요?

　　나 : _____ 을/ㄹ 것까지는 없겠지만 _____ .

8. 가 : 요즘 어떻게 지내세요?

　　나 : _____ 으랴/랴 _____ 으랴/랴 _____ .

9. 가 : 새로 개발된 암 치료제는 효과가 아주 좋다면서요?

　　나 : _____ 는/은/ㄴ 만큼 _____ .

10. 가 : 그 소식을 어디서 들으셨어요?

　　나 : _____ 을/를 통해 _____ .

Ⅱ. 밑줄 친 문법의 쓰임이 <u>맞지 않는</u> 것을 고르십시오.

1. (　　　)

❶ 요즘 경제가 **<u>나쁘니 어쩌니 해도</u>** 공항은 해외로 여행가는 사람들로 북적대요.

❷ 환경 문제가 **<u>심각하니 어쩌니 해도</u>** 환경 문제에 신경 쓰는 사람이 많아요.

❸ 인성 교육이 **<u>중요하니 어쩌니 해도</u>** 입시 경쟁이 있는 한 인성 교육은 어려울 것 같다.

❹ 세계 **<u>초일류기업이니 뭐니 해도</u>** 나는 그 회사에 들어가고 싶지 않아요.

2. (　　　)

❶ 대인 관계가 원만한데 일을 **<u>잘한들</u>** 무슨 소용이 있겠어요?

❷ 자동차가 없는데 운전면허증을 **<u>딴들</u>** 무슨 소용이 있겠어요?

❸ 빈부 격차 문제가 심각한데 경제가 **<u>발전한들</u>** 무슨 소용이 있겠어?

❹ 품질이 안 좋은데 값이 **<u>싼들</u>** 팔리겠어요?

3. (　　　)

❶ **<u>요즘 같아선</u>** 취직 시험 볼 기회조차 얻기 어려워요.

❷ **<u>마음 같아선</u>** 직접 생일상을 차려주고 싶었지만 시간이 없어서 외식을 했어요.

❸ **<u>욕심 같아선</u>** 네 명쯤 낳아서 잘 기르고 싶은데...

❹ 부장님의 잔소리를 듣고 **<u>기분 같아선</u>** 회사를 그만두고 싶어서 사표를 냈어요.

4. (　　)

❶ 커피를 **마시지 않고서는** 밤을 새울 수 없어요.

❷ 날씨가 너무 더워서 에어컨이 **켜지지 않고서는** 잠을 잘 수가 없어요.

❸ 논문을 **제출하지 않고서는** 졸업을 할 수 없어요.

❹ 서로 **양보하지 않고서는** 갈등을 해결할 수 없어요.

5. (　　)

❶ 덮어놓고 화를 **낼 게 아니라** 문제의 원인을 찾았어요.

❷ 일회용 컵을 **사용할 게 아니라** 환경을 위해 머그컵을 사용합시다.

❸ 제품의 품질 향상에만 신경 **쓸 게 아니라** 디자인에도 신경을 쓰세요.

❹ 아이들 장난감을 일일이 다 **살 게 아니라** 대여해서 사용하는 게 어때요?

III. 다음 문법 중 하나를 사용하여 밑줄 친 부분을 다시 쓰십시오.

| [보기] | –으리라 | –을 수 없으리만치 | –다시피 하다 |
| | | –을 줄만 알았지 | –음으로써 |

1.

남북 이산가족 상봉단의 일원으로 60년 만에 고향 땅을 밟았다. **죽기 전에 반드시 가 보겠** 고 생각했던 고향을 방문하니 꿈만 같았다.

_____

_____

2.

왕재수 씨는 회사 동료들로부터 기피 대상 1호이다. **언제나 자신의 주장을 내세우기만 하고 다른 사람의 의견은 들을 줄 모른다.**

_____

_____

3.

산업화가 급속히 진행되면서 사람들의 생활이 편리해지고 있다. 하지만 이로 인해 지구 온난화, 자원 고갈, 생물 다양성 파괴, 사막화 등 셀 수 없을 정도로 많은 부작용이 파생되고 있다.

4.

소수가 다주택을 보유하는 것을 억제하고 서민들의 '내집장만'을 지원하기 위해 정부가 새로운 부동산 대책을 발표했다. 이 대책에 따른 세제(세금제도) 강화의 영향으로 부동산 거래가 거의 끊겼다.

5.

2005년 국내 최초로 연세대 세브란스 병원에서는 최첨단 수술용 로봇 '다빈치'를 사용하기 시작했다. 로봇을 수술에 이용해서 수술의 정확도가 높아졌고 절개 부위가 작아 환자의 통증이 적고 회복도 빨라졌다.

듣기 지문
모범 답안

듣기 지문

1과 3번 🔊 01

여러분, 안녕하세요?

오늘은 글쓰기를 하는 데에 문법이 왜 중요한지 이야기해 볼까요?

대부분의 사람들이 자기가 말하고 싶은 생각을 문장으로 온전히 표현하는 게 서툴러서 제대로 글을 쓰지 못하지요. 누구나 먼저 문장을 제대로 만드는 방법을 익혀야 좋은 글을 쓸 수 있답니다. 그렇다면 어떻게 해야 문장을 제대로 만드는 방법을 익힐 수 있을까요? 답은 하나입니다. 문법을 알아야 해요.

사람들은 말을 통해 서로의 생각을 주고받습니다. 말을 통해 이렇게 할 수 있는 것은 말에는 일정한 규칙이 있기 때문입니다. 그리고 이런 말의 규칙이 바로 문법이고요. 새로 산 핸드폰이 갖고 있는 여러 기능을 제대로 사용하려면 반드시 매뉴얼을 보고 익혀야 합니다. 마찬가지로 우리말을 제대로 사용하고 싶으면 우리말 사용 매뉴얼인 문법을 꼭 익혀야 합니다. 그러니까 문법은 말을 어떻게 사용해야 하는지를 알려 주는 매뉴얼인 셈이지요. 문법을 익혀야 말을 자유자재로 사용할 수 있고, 또 말을 자유자재로 사용할 수 있어야 멋진 글쓰기를 할 수 있으니까요.

오늘은 여러분들에게 도움이 될 만한 책을 하나 소개할 게요. 이 책은 글쓰기를 위한 아주 쉬운 문법책이에요. 글쓰기를 위한 문법책이기 때문에 문장에 관한 문법부터 보따리를 풀었어요. 누구나 알다시피 글은 생각을 옮겨 놓은 것인데, 하나하나의 작은 생각은 문장이라는 그릇에 담기거든요. 문장은 생각을 담는 가장 기본이 되는 그릇입니다. 우리 모두 단어가 아니라 문장으로 말하고 있잖아요?

제대로 된 문장을 쓰고 싶기는 하지만, 문법 공부는 지겨울 것 같다고요?

문법은 절대로 외우려고 하지 말고 이해하도록 하세요. 문법은 규칙이므로 하나를 이해하면 열을 이해할 수 있어요. 그러나 규칙을 외우게 되면 그 규칙 하나만 겨우 알게 됩니다. 그 다음 열을 알지 못하게 되는 거예요. 그러니까 문법을 외우는 것은 바보짓입니다. 문법을 익힌다는 것은 외우는 게 아니라 이해하는 거예요. 이 점을 명심하세요.

2과 3번 🔊 02

최근 미국의 인적자원관리협회의 설문조사 보고서에는 흥미로운 사실 한 가지가 등장합니다. 직장만족도에 있어서 가장 큰 영향을 미치는 조건으로 보수와 함께 '일과 삶의 균형'이 공동 1위를 차지한 것이죠.

미래의 기업문화는 점점 더 '일과 삶의 균형'을 중요시하고 있습니다. 일에 자기의 모든 삶을 바치던 직장인의 모습은 점점 사라지고 있으며, 일과 삶의 균형을 이룰 줄 아는 능력이 글로벌 인재들에게 새롭게 요구되는 자질로 부상하고 있습니다.

꿈 많은 청소년 시절에는 대학에 가기 위해서, 대학에 가서는 직장을 잡기 위해서, 직장에 들어가서는 살아남기 위해서, 오직 앞만 보고 쓰러질 때까지 뛰어온 우리들에게, 일 자체를 즐기라는 말은 어쩌면 너무 사치스러울 수도 있겠습니다.

하지만 한발 물러서서 생각해 봅시다. 그렇게 내가 원하는 것이 무엇인지도 모른 채 오직 의무감으로 쓰러질 때까지 일하며 사는 것이 정말 행복한 삶인지, 그리고 죽어라 일해서 얻어진 성공이라는 것이 과연 가치 있는 것인지 한 번쯤 뒤돌아봐야 하지 않을까요. 너무 늦기 전에 말입니다.

일과 삶의 균형을 바란다면 삶의 목적이 성공적인 커리어를 쌓고 사회적으로 인정받는 것에만 있다고 여기는 '성공 위주의 가치관'을 버립시다. 우리가 추구하는 많은 것들 중에 오직 한 가지를 얻기 위해 다른 모든 것들을 완전히 포기해 버리는 것은 어리석은 행동이라고 볼 수도 있을 테니까요. 일과 삶이 조화를 이룬 상태에서 느끼는 행복을 가치의 기준으로 삼아야 할 것입니다.

삶은 여행과 같습니다. 그렇지만 오로지 목적지에 도착하기 위해 떠나는 여행은 아니지 않을까요? 순간순간 주어지는 삶의 모든 것을 누리며 가야 할 것입니다. 내 삶이 행복한 여행이 될 수 있도록 말입니다.

3과 3번 🔊 03

우리가 사는 공간을 제1, 제2, 제3의 공간으로 나눈다면 어떻게 될까? 우리가 사는 집이 제1의 공간이라면, 일을 하기 위해 머무는 회사는 제2의 공간이다. 학생이라면 학교가 제2의 공간일 것이다. 직장인 대부분은 집과 회사를 쳇바퀴 돌 듯 왔다갔다 한다. 하지만 어떤 때는 이런 쳇바퀴에서 벗어나 호젓한 공간에서 나만의 시간을 가지고 싶어진다. 또 마음이 맞는 사람들과 어울려 재미있는 시간을 가지고 싶어한다. 이처럼 자주 찾아가 스트레스를 풀거나 자신의 여유를 찾는 공간이 바로 제3의 공간이다.

이러한 제3의 공간이 예전에 없었던 것은 아니다. 하지만 현대인들은 제3의 공간에 대한 필요성을 더욱 절실히 느끼고 있다. 왜 그럴까?

우선 현대인들은 너무 바쁜 삶을 살고 있다. 따라서 자신의 직업과는 관계없는 다른 문제에 대해 다른 사람들과 이야기하고 싶어 한다. 이때 이들은 제3의 공간을 선택한다. 둘째, 고용 불안 시대를 맞아 현대인들은 직장을 평생 직장이 아닌 한시적인 직장으로 생각한다. 이에 따라 끊임없는 자기 계발과 인맥 형성을 위해 제3의 공간을 필요로 한다. 그리고 두 가지 직업을 가지고 있는 투잡스족의 경우에는 별도의 프로젝트를 하기 위해 이들과 서로 만날 제3의 공간을 필요로 한다. 셋째, 자본주의가 심화되면서 영리를 목적으로 하는 상업 공간이 넘쳐남에 따라 소비자는 마음 편하게 시간을 보낼 공간에 대한 갈증이 심해지고 있다.

그래서 최근 기업들은 마케팅 수단으로 제3의 공간을 점차 활용하고 있다. 미국의 반즈앤노블 서점은 서적 구매자들에게 매우 좋은 제3의 공간이다. 이 서점은 '도서관 같은 서점' 전략을 구사했다. 이 책 저 책을 서서 보느라 다리가 피곤한 고객을 위해 아예 서점 안에 커피 매장을 유치했다. 상점 안의 상점 형태다. 물론 책값을 지불하지 않고서도 책을 잔뜩 들고 가서 읽을 수 있다. 얼핏 보면 이런 편의 시설이 서적 판매량을 줄일 것 같지만 오히려 다른 서점에 비해 높은 판매 신장률을 보여 주었다.

듣기 지문

4과 3번 🔊 04

경기도 한 미술관의 수장고 입구, 복도에 장착된 홍채 인식 센서가 모든 통행자의 홍채를 인식, 출입 가능 여부를 인증하고 있다. 홍채를 통해 개인의 신원을 확인하고 등록되지 않은 외부인의 출입을 통제하는 홍채 인식 출입 통제 시스템이다. 미술관은 수백 점의 중요 작품들이 보관되어 있는 수장고의 보안성을 높이기 위해 이 장비를 도입했는데 열쇠나 잠금장치를 따로 관리할 필요가 없고 출입 통제가 컴퓨터로 운영되어 체계적인 관리가 가능하다는 이점이 있다고 한다.

홍채란 정확히 사람의 눈동자에서 동공을 제외한 도넛처럼 생긴 부분을 말하는 것으로 사람마다 다른 홍채의 고유한 모양은 생후 세 살 무렵에 결정돼 평생 변하지 않는다. 이러한 특성을 이용해 개인을 식별하는 것이 바로 홍채 인식 기술이다.

이곳은 출입문과 홍채 인식 기술을 연계하는 연구를 진행 중인 한 국내 업체, 등록되지 않은 외부인이 침입했을 때 시스템은 어떻게 반응할까? 적외선 카메라에 인식된 홍채의 모양을 이미 등록된 정보와 비교하는 데 걸리는 시간은 불과 3초 이내다. 한 영화에선 주인공이 타인의 안구를 분리해 가지고 다니면서 방어막을 뚫는 장면이 등장했다. 실제로도 영화와 같은 일이 가능할까? 홍채의 복제 가능성에 대한 실험을 시행해 보았다. 우선 실험자의 홍채를 시스템에 등록시킨 뒤 실제 홍채와 똑같은 크기로 정교한 사진을 찍어 인식시켜 보았다. 살아 있는 홍채가 아닌 사진을 홍채 인식 시스템은 그 사람으로 인증하지 않았다. 홍채를 찍을 때 동영상으로 여러 프레임을 찍어서 눈의 움직임을 비교하기 때문에 살아 있는 사람의 홍채와 사진 속의 홍채가 동일하게 인식되지 않는 것이다. 죽은 사람의 경우, 동공이 확장되므로 홍채 영역이 보이지 않아 역시 인식이 불가능하다.

그 사람이 가진 고유의 신체적 특징이나 습관을 이용해 개인을 식별하는 기술인 생체 인식 기술, 우리 몸의 부분 부분은 남과는 구별되는 남이 도용할 수 없는 특징을 가지고 있다는 사실에 주목한 것이 생체 인식 기술이다. 서명에서부터 홍채, 얼굴, 목소리, 혈관 등 다양한 생체 인식의 영역 중 현재까지는 지문이 가장 널리 상용화되어 있다.

5과 3번 🔊 05

한 조사를 보면 2007년에 결혼 비용으로 남성은 1억 2,850만 원, 여성은 4,395만 원을 지출했는데, 재미있는 것은 신랑의 연령이 한 살 증가할수록 결혼 비용이 609만 원 더 증가한다는 것이다. 그리고 결혼한 남성은 연령이 한 살 더 증가할수록 연소득이 227만 원이나 증가한다고 하니 남성 입장에서는 하루라도 더 빨리 결혼하는 것이 유리한 것 같다. 실제로 많은 남성들이 결혼 후 빚도 갚고 돈을 모았다는 이야기를 하는 것을 보면 결혼이 남성에게 경제적 이득을 가져다준다는 말은 맞는 것 같다.

반면 2007년 한국조세연구원 자료를 보면 우리나라 여성은 결혼으로 상당한 손해를 보고 있다. 여성은 결혼으로 인한 '소비 감소분, 심리적 불안감, 소원해질 수 있는 친구관계' 등의 눈에 보이지 않는 비용까지 모두 합하면 1,000만 원 정도의 손해를 감수한다. 더욱이 결혼하지 않고 직장 생활을 하는 것에 비해 결혼 후 직장을 그만두고 자녀를 낳아 키우는 여성은 1억 3,000만 원의 손해를 본다. 뿐만 아니라, 나이 들어 배우자가 있는 여성에 비해 배우자가 없는 여성이 더 오래 사는 우리나라에서 남편은 여성 사망 요인 중 하나일 수 있어서, 결혼한 여성의 손해는 이

만저만이 아니다.

　그럼에도 사회심리학자들과 경제학자들은 결혼이 남녀 모두에게 남는 장사라고 이야기한다. 『사랑의 경제학』 저자인 하노 벡은 독신에 비해 생활비 사용에서 고정 비용이 줄어들고, 소비에서 규모 있는 경제가 가능하며, 분업을 통해 최적의 이익을 창출하는 등의 측면에서 결혼은 이익이라고 주장한다. 또 미국 브리검영대의 홀트-룬스타트 교수가 부부 204명과 독신자 99명을 대상으로 실험한 결과 행복한 결혼 생활을 유지하는 사람이 그렇지 않은 부부나 독신자보다 훨씬 더 건강한 것으로 나타났다. 하지만 스트레스를 받는 결혼 생활은 차라리 혼자 사는 것보다 건강에 더 악영향을 미친다는 결과도 함께 제시했다.

6과 3번 🔊 06

사 회 자 : 오늘은 국악 평론가이신 윤해금 선생님을 모시고 한국 전통 예술의 현대화가 가지는 의미에 대해서 이야기를 나누고자 합니다. 안녕하세요?

국악평론가 : 안녕하세요.

사 회 자 : 요즈음 나타나고 있는 전통 예술의 변화는 신선한 충격을 주고 있는데요. 예를 들면 가야금 연주에 맞춰 춤을 추는 비보이들의 공연이나 서양 음악을 기반으로 하거나 양악기를 이용하는 퓨전 국악, 또 전통 무용을 현대적 감각으로 재창조한 작품들이 있습니다. 이러한 작품들을 어떻게 보십니까?

국악평론가 : 최근 국립국악원은 퓨전 국악에 대해 유연한 자세를 취하고 있습니다. 지난 해부터 국악 대중화를 실현하기 위해 다양한 공연들을 기획해 왔을 뿐만 아니라 퓨전 국악을 비롯한 모든 실험적 음악들을 적극 지원하고 있습니다. 저는 개인적으로 동양이냐 서양이냐 하는 구분보다는 대중에게 감동을 주느냐의 여부가 더 중요하다고 봅니다. 서로 다를 것 같은 두 음악 사이에 구심점을 만들어 현대인에게 정착시키면 이런 음악도 나중에는 다시 전통 음악이 되는 것입니다. 우리의 것을 기반으로 새로운 음악, 세계적 음악을 만들어야 합니다. 그렇기 때문에 퓨전 국악은 창조와 확산을 통해 현대에 맞는 새로운 국악을 만들어 내는 효과적인 수단입니다.

　또한 퓨전국악은 국악 문외한들이 국악에 관심을 갖고 더 잘 이해할 수 있게 도와줍니다. 청소년들에게 어려운 고전 문학을 무작정 읽히는 것보다 만화를 이용하여 호기심을 자극하고 이해의 폭을 조금씩 넓혀가는 것과 비슷하다고 볼 수 있겠지요. 그래서 저는 전통 국악과 퓨전 국악을 상호 보완적인 관계로 봅니다. 퓨전 국악은 전통 국악의 효자 노릇을 톡톡히 하고 있습니다.

7과 3번 🔊 07

　경기도 파주에 사는 조민주 씨 다섯 식구는 성이 제각각이다. 엄마는 조씨, 지금 남편과의 사이에서 태어난 막내딸은 김씨, 아들과 큰 딸은 친부의 성을 따른 신씨다.

　조 씨네처럼 재혼으로 결합한 부부와, 성이 다른 자녀로 구성된 가족을 사회학자들은 '패치워크(patchwork) 가족'이라 부른다. 패치워크는 자투리 조각보를 이어 만드는 수공예 제품을 말

YONSEI KOREAN WORKBOOK 5

한다. 색깔도 모양도 다른 조각보가 하나로 연결되듯 다양한 구성원이 모여 가족을 만들었다는 의미다.

전통적인 가족 관념에서 패치워크 가족은 '비정상적 예외'로 간주됐다. 하지만 이젠 비정상도 예외도 아니고, 본인들이 쉬쉬하며 숨기지도 않는다. 이혼과 재혼이 급증하면서 패치워크 가족은 주변에서 종종 볼 수 있는 가족 유형이 됐다.

패치워크 가족뿐만이 아니다. 싱글맘·싱글대디 가족 비율은 1990년 7.8%에서 2007년엔 8.6%로 늘었고, 자녀 없는 부부만의 가족은 8.3%에서 14.6%로, 1인 가족은 9.0%에서 20.1%로 급증 추세다. 반면 전통적인 가족 형태인 부부와 자녀로 구성된 가족은 51.9%에서 42.0%로 줄었다.

과거엔 생각도 못한 전혀 새로운 가족 형태도 등장했다. 혈연관계가 섞이지 않은 '공동체 가족'이며, 떨어져 살지만 정서적 연대를 유지하는 '원(遠)거리 가족', 출신 국적이 다른 '다문화가족', 심지어 동성애 커플이나 사이버 세계에서 결혼생활을 하는 '사이버 가족'도 속속 탄생하고 있다.

한국여성정책연구원 장혜경 박사는 가족이 혈연만으로 맺어지는 시대는 갔다고 말한다. '혈연' 중심에서 '관계' 중심으로, '혈연 공동체'에서 '정서(情緒) 공동체'로 가족의 본질이 바뀌고 있다는 것이다.

8과 3번 🔊 08

1990년대 중반을 지나면서 학교 안팎에서 학교 도서관에 대한 논의가 활발해졌다. 뜻있는 교사들은 학교 도서관을 기반으로 여러 가지 활동을 모색했으며 시민 단체에서는 독서 운동 차원에서 학교 도서관이라는 구체적 방법을 주목했다. 이런 에너지가 모여 마침내 2000년에는 학교 도서관 문제를 사회적으로 제기하는 시민 단체가 결성된다.

'학교 도서관 살리기 국민연대'는 교육 당국을 움직여 유사 이래 처음으로 전국적 차원의 학교 도서관 사업을 입안한다. 그 결과 2003년에서 2007년까지 3,000억 원의 예산을 들여 전국 학교 도서관 가운데 70퍼센트 가량을 리모델링하고 개선하는 '좋은 학교 도서관 만들기 사업'을 시행한다.

이런 과정을 통해 수십 년간 잠들어 있던 학교 도서관은 잠에서 깨어나 교육 현장에 많은 변화를 가져왔다. 충북 옥천의 한 초등학교에서는 지역 주민들이 발 벗고 나서서 도서관을 살리고 지역의 문화센터로 키웠다. 돈을 모으고 책을 모으고 일손을 모아 만든 도서관에서 아이들과 지역민이 책을 읽고 다양한 문화 자원을 이용했다. 그뿐 아니라 도서관을 활성화하고 이용하고 운영하는 과정에 주민 자치의 경험을 축적했고, 주민들의 삶이 풍요로워졌다. 이들은 도서관으로 인해 지역 교육 공동체가 되살아난다면 농촌도 희망이 있다고 자신 있게 이야기한다. 문화적으로 소외된 시골 마을의 지역공동체가 학교 도서관 덕분에 건강해진 사례다.

강원도 홍천의 한 중학교는 2005년 12월 마을 주민과 지역 인사들을 초대하여 한바탕 축제로 도서관 개관식을 했다. 이 학교는 지속적인 독서 프로그램을 펼치고 학생들의 도서관 이용과 책 읽기를 자극하기 위해 다양한 행사를 개최했다. 담당 교사는 누가 강제하지 않아도 매일 스스로 책을 읽으며 아침을 여는 모습, 사고력과 발표력이 눈에 띄게 향상된 아이들의 모습을 통해 '교육 공동체의 희망'을 보았다고 말했다.

학교 도서관은 학부모와 지역이 건강한 교육 공동체를 위해 어떻게 참여하고 협력할지 좋은 방법을 가르쳐준다. 그리하여 학생과 학생, 교사와 학생, 교사와 교사, 학교와 지역이 서로 소통하고 교류하는 문화적 변화를 경험하게 해 준다.

9과 3번 🔊 09

사 무 국 장(남) : 오전에 제주의 들판에 빠져 사색에 잠겼다면, 오후는 제주의 바당에 녹아 황홀함을 만끽할 차례입니다. 여기서부터는 절벽이 병풍을 두른 듯 장관이 펼쳐지는 놀라운 해안길이 이어집니다. 자, 이제 해안길을 함께 걸어 볼까요? 저를 따라오세요.

리포터(여) : 해안길요? 그럼 신발을 벗어 들고 걸어야겠네요.

사 무 국 장 : 아닙니다. 헤안길이라고 해서 실크처럼 곱디고운 백사장을 상상하면 안 됩니다.

리 포 터 : 와-. 시청자 여러분도 보이시죠? 절벽이 병풍처럼 이어져 있네요. 그리고 바닥엔 울퉁불퉁 까만색 현무암들이 다양한 모습으로 누워 있고요. 어? 그런데 저기 물이 고여 있는 곳은 뭐예요?

사 무 국 장 : 화산이 만들어 놓은 돌 도구리입니다. 돌 도구리는 돌이나 나무를 파서 만든 제주의 생활도구를 말합니다. 모양이 비슷해서 붙인 이름이지요. 돌 도구리 안을 보세요. 세차게 부는 바람 덕에 물결이 파도치는 도구리 안이 마치 작은 세상 같지 않습니까?

리 포 터 : 정말 멋지네요.

사 무 국 장 : 다음엔 '새가 많은 절벽'이라는 뜻의 '생이기정' 바당길로 가는데요. 이제 마음의 준비를 단단히 하세요. 이 '생이기정' 바당길은 제주 토박이들도 입을 다물지 못하는 길이거든요. 자, 여기부터입니다.

리 포 터 : 와-. 정말 말로 형용할 수가 없네요. 한쪽으로는 푸른 평원이 춤을 추고, 한쪽으로는 바닷물이 절벽에 부딪쳐 생기는 물보라가 마치 하얀 레이스처럼 펼쳐져 있네요.

사 무 국 장 : 정말 아름답지요? 와랑와랑한 햇살이 비치는 날도, 잿빛이 하늘을 뒤덮는 날도 나름의 찬란한 아름다움을 만날 수 있는 절정의 길입니다.

리 포 터 : 그런데 도대체 어떻게 이런 길을 발견하신 거예요?

사 무 국 장 : 천운이에요. 길을 만들어 가는데 2% 부족한 것 같더라고요. 그래서 한번은 가던 방향과 반대로 가봤어요. 그랬더니 이런 환상적인 길이 보이더군요. 길도 인생도 똑바로 가는 것만이 정답이 아니라는 걸 다시 한 번 깨달았죠.

10과 3번 🔊 10

　'품앗이'란 힘든 일을 서로 서로 도와주는 것으로서 여기에는 한국의 전통적인 상부상조 정신이 잘 나타나 있습니다. 요즘 이 품앗이의 개념을 되살린 현대판 품앗이 제도가 등장했습니다. 대전의 '한밭 레츠'와 과천 지역의 '어울림 품앗이' 인데요. 한밭 레츠는 자신이 보유한 노동이나 물품을 필요로 하는 다른 사람에게 제공하고 자기 자신도 다른 사람으로부터 제공받을 수 있는 '다자간 품앗이' 제도입니다. 1999년 70명의 회원으로 시작한 한밭 레츠는 현재 620명의 회원으로 구성되어 있으며 연간 1만건 이상의 품앗이를 통해 지역 공동체 활성화에 이바지하고 있습니다.

　두루는 모든 물품이나 서비스를 주고받는 과정에서 현금 대신 사용되는 공동체 화폐의 이름으로 '두루두루' 또는 '널리'라는 뜻을 가지고 있습니다. 1,000두루는 1,000원과 같습니다. 현금과 두루를 같이 사용할 경우 전체 가격의 20-30%이상을 두루로 거래함을 원칙으로 하고 초창기에는 실제로 두루 화폐가 사용되었으나 현재는 회원의 계좌를 통해서 거래 내역을 기록하고 있습니다.

　과천 지역의 '어울림 품앗이' 역시 '함께하는 생활 속 나눔, 지역의 자립경제'를 꿈꾸며 2006년 5월에 시작된 '다자간 품앗이' 제도입니다. 어울림 품앗이는 현금이 없이도 다양한 형태의 노동력이나 기술, 전문지식, 재화 등을 지역 화폐로 주고받습니다.

　품앗이 회원인 송은희 씨는 다음과 같이 품앗이 가입 동기를 말합니다.

　"모든 것을 돈의 가치로만 판단하는 사회적인 분위기와 달리 지역 화폐는 개인의 소중한 능력을 인정해 준다는 느낌이 들었어요. 제가 가지고 있는 작은 능력을 다른 분들과 재미있게 나누는 일을 하고 싶어요. 저는 반찬과 떡, 과자 만들기와 아이 돌보기를 제공한다고 했는데요. 이 일을 좀 더 책임감 있게 전문적으로 하고 싶은 욕심이 있어요. 어울림 품앗이를 통해서 더 많은 사람들과 어울리고 싶기도 하고요."

　이곳에서는 자기가 원하는 것을 이웃과 품을 나눔으로써 주고받습니다. 거래를 통해서 이웃을 만나고 새로운 관계를 만들기도 합니다. 서로 돕고 신명나게 어울려 사는 나눔 공동체와 함께 하려는 사람, 생활 속에서 나눔의 만남을 실천하고자 하는 사람이라면 누구나 언제든지 대환영입니다.

모범 답안

제1과 언어와 생활

1과 1항

1. ② 파견 ③ 아시다시피 ④ 접하는, 접할 ⑤ 지사

2. <말하기> ② 발표 ③ 연설 ④ 토론 ⑤ 면접
   <듣기> ② 인터뷰 ③ 뉴스 ④ 강의
   <읽기> ② 전공 서적 ③ 사설 ④ 평론 ⑤ 논문 ⑥ 신문 기사 ⑦ 칼럼
   <쓰기> ② 설명문 ③ 개요 ④ 논설문 ⑤ 감상문

3. ② 그렇게 공부를 잘하던 영수가 이번 시험에서 꼴찌를 할 ③ 그렇게 오랫동안 연락이 없던 친구에게서 갑자기 전화가 올 ④ 인사조차 안 하던 그 남자가 나를 좋아할 거라고는 생각조차 못했습니다. ⑤ 이렇게 따뜻한 사월에 눈이 내릴 거라고는 생각조차 못했습니다. ⑥ 그 친구가 한국에 와서 일하게 될 거라고는 생각조차 못했습니다.

4. ② 초등학생들이 사회적인 문제에 그렇게 댓글을 많이 달 ③ 그렇게 많은 사람들이 참가할 ④ 제가 그렇게 유명한 가수와 한 무대에서 같이 노래하게 될 ⑤ 그렇게 어린 소녀가 한 집안의 가장일 거라고는 생각조차 못했어요. ⑥ 일몰이 저렇게 아름다울 거라고는 생각조차 못했어요.

5. ② 공부할수록 문법이 복잡해지고는 있지만 이해하는 데는 별 문제가 없어요. ③ 시간이 갈수록 한국 친구가 많아지고는 있지만 마음을 터놓을 친구는 별로 없어요. ④ 한국에서 살수록 한국문화에 익숙해지고는 있지만 때로는 이해 못할 때도 있습니다. ⑤ 외국 생활을 오래 할수록 고향에 대한 그리움이 커지고는 있지만 고향 음식을 만들어 먹으며 향수를 달래곤 합니다. ⑥ 날이 갈수록 요리 솜씨가 나아지고는 있지만 아직도 제 맛이 안 난답니다.

6. ② 가을이 깊어갈수록 선선해지고는 있지만 햇살은 여전히 따갑다. ③ 나이가 들수록 기억력이 나빠지고는 있지만 아직 치매수준은 아니다. ④ 과학기술이 발달할수록 환경오염이 심해지고는 있지만 이에 대한 대비책도 마련되고 있다. ⑤ 프로젝트가 진행될수록 힘들어지고는 있지만 결과물을 보며 성취감을 느낀

다. ⑥ 인터넷이 보급될수록 생활이 편리해지고는 있지만 개인 정보 유출 문제가 심각해지고 있다.

1과 2항

1. 모집한다는, 지원하, 번거로웠지만, 겸손한

2. 1) 여보, 아버님, 아버지 2) 아빠, 엄마 3) 큰아버지, 고모, 삼촌 4) 여보게 5) 박 대리 6) 김영수 씨, 영수 씨, 영수야

3. ② 이 자리에는 장애인과 노약자 외에는 앉지 마시오.(장애인과 노약자만 앉으시오.) ③ 여기에서 사진을 찍지 마시오. ④ 이곳에 주차하지 마시오. ⑤ 여기에서 담배를 피우지 마시오. ⑥ 반드시 안전벨트를 착용하시오.

4. ② 내 말 좀 들어보오!(들어보구려!) ③ 몰랐소. ④ 보답을 하면 좋겠소? ⑤ 다시 태어난 것 같구려. ⑥ 허락해 주오!(허락해 주구려!)

5. ② 이 무슨 까닭인가? ③ 푸른빛이 더욱 짙어셨네. ④ 그림자를 드리우고 있네. ⑤ 빨리 오게. ⑥ 함께 맛보세.

6. ② 건강하게 잘 지내고 있네. ③ 서로 싸운 줄 알았네. ④ 귀엽게 봐주게. ⑤ 안으로 들어가세.

1과 3항

읽고 말하기

1. ③

2. '하오체'는 상대방을 공손하게 떠받드는 의미를 지니고 있다. 이러한 이유로 그간 상대방을 비하하는 말투로 오염되었던 인터넷 예절을 바로 세우는 데 기여하고 있다.

듣고 쓰기

1. ②

2. 문법은 외우지 말고 이해해야 한다. 문법은 규칙이므로 하나를 이해하면 열을 이해할 수 있는데, 규칙 하

YONSEI KOREAN WORKBOOK 5

모범 답안

나만 외운다면 규칙 하나만 알게 되고 그 다음 열은 알지 못하게 된다.

1과 4항

어휘 연습

1. 1) 급우 : 같은 학급에서 함께 공부하는 친구
   2) 펴낸이 : 책이나 잡지를 발행한 사람
   3) 명예 : 세상에서 훌륭하다고 인정되는 이름이나 자랑
   4) 유래 : 사물이나 일이 생겨남
   5) 보고 : 귀중한 물건을 보관해 두는 창고

2. 1) 성급하게 / 성급하게   2) 야무지게 / 야무져서
   3) 망신을 당했다. / 망신을 당하기
   4) 만만한 / 만만해
   5) 들추어 보는 / 들추어 보았지만

3. 1) 갓 굽다 / 갓 낳다 / 갓 졸업하다
      맨 위, 맨 아래, 맨 앞 / 맨 끝 / 맨 먼저, 맨 나중
      ❶ 갓 구운   ❷ 갓 졸업한   ❸ 맨 먼저
   2)

   꿀 먹은 벙어리 ╳ 현 상태로는 무용지물이다

   구슬이 서 말이라 도 꿰어야 보배 ╳ 말을 하지 않는다

      ❶ 구슬이 서 말이라도 꿰어야 보배라고
      ❷ 꿀 먹은 벙어리가
   3) 의기양양하다 : 기운차다, 당당하다, 자신있다
      포복절도하다 : 배꼽 빠지게 웃다, 큰 소리를 내다, 깔깔대다

내용 이해

1. ❹

2. 처음 • 중학교 1학년 때
      산촌에서 자라 시내 중학교에 입학했을 때 키가 작았다.
      그러나 꿈만은 야무져서 어떤 식으로든 내 자신을 알리고 싶었다.

   중간 • 국어 시간에
      선생님이 문교부 장관이 누구인지 아는 사람이 있냐고 물으셨다.

나는 우리 나라 문교부 장관의 이름이 검정필이라고 대답했다.
선생님께서 웃으시며 그 책이 문교부의 검정을 받았다는 뜻이라고 이야기하셨다.
나는 문교부 장관 검정필이라는 별명을 얻었다.
그 후로 국어사전을 찾아보는 습관이 생겼다.

끝 나는 사전을 자주 이용한다.
사전을 찾는 일은 미지의 세계로 여행을 떠나는 것만큼 가슴 설레고 즐거운 일이다.
사전이 있어도 사전을 찾아보지 않으면 사전 속의 지식은 남의 머릿 속에 든 지식일 뿐이다.
책을 읽으며 사전을 찾아보는 일은 습관이 중요하다.

3. 1) ×   2) ○   3) ×

더 읽어보기

1. 짧은 시간에 많은 책을 읽을 수는 있으나 그 의미를 되새길 시간이 없을 것이다.
2. 책꽂이에 꽂힌 책들을 다시 읽는다.

속담 연습 1

1. 말이 씨가 된다 2. 개구리 올챙이 적 생각 못 하 3. 매도 먼저 맞는 게 낫다고 4. 개똥(쇠똥)도 약에 쓰려면 없다고 5. 남의 떡이 커 6. 떡 본 김에 제사 지낸다고
7. 과부 사정 홀아비가 안다고 8. 똥 묻은 개가 겨 묻은 개 나무란다고 9. 꿩 대신 닭이라고 10. 말 한마디로 천 냥 빚을 갚는다는

제2과 직업과 직장

2과 1항

1. ❷ 통계청 ❸ 뚫 ❹ 적성 ❺ 보람 ❻ 가치관 ❼ 소신 ❽ 고려해서

2. **<적성>** ❷ 공간 지각 능력 ❸ 수리 능력 ❹ 운동 조절 능력

   <가치관 유형> ❷ 사회사업형 ❸ 종교형 ❹ 심미형 ❺ 이론형 ❻ 경제형

   <성격 유형> ❷ 순종형 ❸ 사교형 ❹ 사고형 ❺ 흥분형 ❻ 지배형 ❼ 냉정형 ❽ 행동형 ❾ 독립형 ❿ 안정형

3. ❷ 교통사고를 방지하기 위해 과속 방지 감시 카메라를 곳곳에 설치했음에도 불구하고 교통사고는 줄어들지 않고 있다. ❸ 대규모 군중이 시위에 참여했음에도 불구하고 시위는 큰 혼란 없이 끝났다. ❹ 그 노래가 인기가 많았음에도 불구하고 불법 복제로 인해 음반 제작사는 이익을 내지 못했다. ❺ 국제 유가가 하락하고 있음에도 불구하고 국내 석유값은 떨어지지 않고 있다. ❻ 아름답고 훌륭한 작품을 많이 만들었음에도 불구하고 그 화가는 생전에는 사람들로부터 인정을 받지 못했다.

4. ❷ 부상을 당했음에도 불구하고 경기에 출전했어요. ❸ 태풍이 강력했음에도 불구하고(강한 태풍이 불었음에도 불구하고) 대비를 잘 해서 피해는 크지 않았어요. ❹ 실력이 뛰어남에도 불구하고 대인 관계에 문제가 있어서 승진하지 못했어요. ❺ 경기가 나쁨에도 불구하고 고가의 제품이 잘 팔려요. ❻ 암에 걸렸음에도 불구하고 계속 소설을 쓰고 있어요.

5. ❷ 현대 사회의 문제를 짚어내는 저자의 통찰력도 대단하거니와 제시된 대안도 탁월하다고 할 수 있지요. ❸ 윤리 문제도 다루거니와 노동과 복지, 환경 문제까지도 논의하고 있지요. ❹ 복지 비용도 많이 들거니와 노동할 수 있는 인구가 줄어들어 사회 전체의 생산력이 떨어집니다. ❺ 저출산도 그 한 요인이거니와 의학과 과학 기술의 발전으로 인간 수명이 연장된 것도 한 요인이지요. ❻ 양육비와 교육비문제도 그 원인이거니와 여성들의 사회 진출, 가치관의 변화 등도 그 원인이 될 수 있겠지요.

6. ❷ 리더십도 있어야 하거니와 도덕성도 갖추어야지요. ❸ 영양도 풍부해야 하거니와 맛도 있어야지요. ❹ 대

기 오염도 줄일 수 있거니와(환경 문제도 해결할 수 있거니와) 에너지 문제도 해결할 수 있습니다. ❺ 효과도 빠르거니와 가격도 싸요. ❻ 날씨도 좋았거니와 일정도 여유가 있어서 아주 좋았어요.

2과 2항

1. 전문매장, 동향 분석, 응한(응하는), 사은품, 증정하, 빈틈없, 단합대회, 날을 잡았다, 일처리

2. ❷ 자재부 ❸ 기획부 ❹ 총무부 ❺ 경리회계부 ❻ 인사부 ❼ 홍보부

3. ❷ 이번 경기는 선수들의 부상에다가 심판의 편파판정까지 심해서 경기에 졌어요. ❸ 그 환자는 고혈압에다가 당뇨병까지 있어서 조심해야 해요. ❹ 지난 주말에 신호위반에다가 속도위반까지 해서 벌금이 많이 나왔어요. ❺ 그 사람은 뛰어난 실력에다가 겸손한 태도까지 갖추고 있어서 위아래로 인정받고 있어요. ❻ 그 논술문은 논리적 구성에다가 문장력까지 갖추어서 최고 점수를 받았어요.

4. ❷ 이 영화는 독특한 이야기 전개에다가 화려한 영상까지 겸비해(갖추어) 깊은 인상을 남겼다. ❸ 김 감독은 국제적인 명성에다가 적지 않은 부까지 얻게 되었다. ❹ 유가 상승에다가 달러 약세까지 겹쳐서 경제 상황이 나빠지고 있다. ❺ 작년부터 부동산 시장 침체에다가 신용위기까지 시작돼 경제에 대한 불안감을 가중시키고 있다. ❻ 지난달에 폭설에다가 강풍까지 몰아 닥쳐서 농가에 큰 피해를 줘 물가 상승의 요인이 되고 있다.

5. ❷ 외국어 공부할 때 그 나라 문화를 많이 접해야 자연스러운 표현을 배우지. ❸ 정부 정책을 수립 할 때 각 계각층의 의견을 들어야 문제가 덜 생기지. ❹ 중요한 결정을 할 때 여러 번 생각해야 뒤탈이 없지. ❺ 인터넷을 사용할 때 보안에 신경 써야 개인 정보가 유출되지 않지. ❻ 직장을 선택할 때 적성을 고려해야 후회를 안 하지.

6. ❷ 아픈 증상이 나타났을 때 바로 병원에 가야 큰 병이 안 되지. ❸ 농담을 할 때 때와 장소를 가려서 해야 분

위기가 어색해지지 않지. ❹ 여행을 갈 때 준비를 철저히 해야 고생을 안 하지. ❺ 인터넷 쇼핑을 할 때 여러 사이트를 비교해 봐야 싸게 사지. ❻ 공부할 때 집중해서 해야 효율적이지요.

2과 3항

읽고 쓰기

1. ❷ 2. ❶, ❷

듣고 말하기

1. ❷ 2. 여행

2과 4항

어휘 연습

1. 1) 따져보다 : 자세히 헤아려 보다
   2) 들어맞다 : 미리 생각했던 그대로 되다
   3) 반박하다 : 다른 사람의 의견에 대하여 맞서 공격하다
   4) 증명하다 : 증거를 들어서 어떤 사건이나 내용이 참인지 거짓인지, 옳은지 그른지를 판단하다
   5) 가정하다 : 논리를 펴기 위하여 어떤 조건을 사실인 것처럼 받아들이다

2. 1) 하필이면   2) 어김없이   3) 오죽하면
   4) 또렷하게   5) 곰곰이

3. 1) 잔글씨, 잔기침, 잔주름, 잔소리
   ❶ 잔글씨   ❷ 잔기침   ❸ 잔소리
   2) 화, 잡담
   3)

변덕이 죽 끓듯하다

가려운 곳을 긁어주다

남의 괴로움이나 남에게 꼭 필요한 것을 잘 알아서 시원스럽게 만족시켜 주다

말이나 행동을 몹시 이랬다저랬다 하다

   ❶ 가려운 곳을 긁어 주어서
   ❷ 변덕이 죽 끓 듯한

내용 이해

1. ❹

2. 처음 • '머피의 법칙'이란
     잘될 수도 있고 잘못될 수도 있는 일은 반드시 잘못된다는 것이다.

   중간 • '머피의 법칙'은 '선택적 기억'에 의한 착각이다.
     • '머피의 법칙'을 과학적으로 증명 한 예
       1) '버터 바른 토스트' 던지기
          영국 TV 과학프로그램 실험 결과
          버터를 바른 쪽이 바닥으로 떨어지는 경우와 버터를 바른쪽이 위를 향하는 경우는 확률적으로 별 차이가 없다.
          로버트 매튜스의 증명
          보통의 식탁 높이나 사람의 손 높이에서 떨어뜨릴 경우 버터 바른 면이 반드시 바닥을 향해 떨어진다.
       2) 슈퍼마켓 계산대에서의 줄서기
          확률상 다른 줄이 줄어들 확률이 높다.

   끝 • '머피의 법칙은 재수의 문제가 아니다. 우리가 그 동안 세상에 얼마나 많은 것을 무리하게 요구했는가를 지적하는 법칙이다.

3. 1) ×   2) ○   3) ×

더 읽어보기

1. 지능 지수가 높은 사람이 아니라 창조성이 뛰어난 사람

2. 천재의 뇌 속에서 둔재의 머리 안에 없는 특별한 조직이 발견되지 않았을 뿐더러 천재나 보통 사람 모두 문제 해결 방식이 동일한 과정을 밟는 것으로 밝혀졌기 때문이다. 그리고 천재들의 창조적인 사고방식을 본뜰 수 있다는 사례도 확인됐기 때문이다.

속담 연습 2

11. 친구 따라 강남 간다   12. 웃는 낯에 침 뱉을

13. 수박 겉 핥기로   14. 십 년이면 강산도 변한다는데

15. 우물을 파도 한 우물을 파라고   16. 열 길 물속은 알아도 한 길 사람 속은 모른다고   17. 쥐구멍에도 볕들 날 있다고   18. 짚신도 짝이 있다는데   19. 오르지 못할 나무는 쳐다보지도 말라고   20. 사공이 많으면 배가 산으로 간다

제3과 일상생활과 여가문화

3과 1항

1. ❷ 기르 ❸ 때우 ❹ 일쑤인 ❺ 시달리는 ❻ 절약되 ❼ 챙겨 ❽ 단축되 ❾ 통근

2. ❷ 시켜먹다(배달해 먹다) ❸ 해 먹다 ❹ 사 먹다 ❺ 데워 먹다 ❻ 건강식 ❼ 자연식 ❽ 가공식

3. ❷ 요즘 경기가 안 좋긴 안 좋은가 봐요. ❸ 이 공연이 인기가 많긴 많은가 봐요. ❹ 신임 대통령이 능력과 카리스마가 있긴 있나 봐요. ❺ 이번 시험이 어렵긴 어려웠나 봐요. ❻ 역시 브라질 팀이 축구를 살하긴 잘하나 봐요.

4. ❷ 의지가 약하긴 약한가 ❸ 역시 가을이 축제의 계절이긴 계절인가 ❹ 세계경제가 위기이긴 위기인가 ❺ 요즘 사람들이 종이신문을 안 보긴 안 보나 ❻ 요즘엔 명절 때도 직접 인사드리지 않고 문자로 때우는 사람이 많긴 많은가

5. ❷ 사과가 무척 싸 ❸ 많은 사람들이 모여 있 ❹ 실내가 너무 덥길래 창문을 열었어요. ❺ 아이들이 길에다 휴지를 함부로 버리길래 그러면 안 된다고 혼내줬어요. ❻ 밖에 비가 오길래 우산을 가지고 나갔어요.

6. ❷ 저 사람이 누구길래 사람들이 사인해 달라고 몰려들어요? ❸ 거기가 어디길래 그렇게 시끄러워? 전화 소리가 하나도 안 들려. ❹ 도대체 유기농 한우는 어떻게 키우길래 그렇게 비쌉니까? ❺ 언제 떠났길래 여태 안 와? ❻ 얼마나 마셨길래 사람도 못 알아봐요?

3과 2항

1. ❷ 하긴 ❸ 여가 ❹ 활용해서 ❺ 알차

2. ❷ 징검다리 휴일 ❸ 격주 휴무

   동호회, 동호인, 활력소, 원기, 활기, 동아리, 재충전

3. ❷ 외롭기는커녕 오히려 친구 사귈 기회가 더 많아져서 좋다던데. ❸ 입에 안 맞기는커녕 너무 잘 먹어서 살이 찔까봐 걱정이래. ❹ 좋은 공기에 맛있는 음식도 잘 먹고 다니니까 피곤하기는커녕 오히려 기운이 넘친다는구나. ❺ 이상기후 때문에 눈이 다 녹아버려서 스키를 타기는커녕 눈 구경도 못 했대. ❻ 멋진 남자는커녕 거긴 온통 아저씨, 할아버지 천지라던데.

4. ❷ 살이 빠지기는커녕 근육양이 많아져서 몸무게가 더 늘었어요. ❸ 나아지기는커녕 증세가 더 악화됐어요. ❹ 피로가 풀리기는커녕 온몸이 두들겨 맞은 듯이 아픈데요. ❺ 줄어들기는커녕 학교 공부에 대비하기 위해 학원에 가는 학생들이 더 많아졌어요. ❻ 오해를 풀기는커녕 서로 기분만 더 나빠졌어.

5. ❷ 벨리댄스는 운동량도 많을뿐더러 누구나 재미있게 할 수 있기 때문에 좋다. ❸ 김 선생님은 중국어로 강의도 할 수 있을뿐더러 동시통역도 할 수 있습니다. ❹ 그 사람은 사업 실패로 전 재산을 잃었음뿐더러 약혼자와도 헤어지게 되었다. ❺ 각종 공해와 소음은 도시의 생활환경을 파괴할뿐더러 사람들의 생명까지도 위협한다. ❻ 국산 생선은 수입산에 비해 가격이 워낙 비싸 팔리지도 않을뿐더러 팔아도 이윤이 별로 남지 않는다고 합니다.

6. ❷ 우리 동아리에서는 함께 모여 락 음악을 연주할뿐더러 대학가요제에 출전하기도 합니다. ❸ 우리 동아리에서는 체력훈련을 할뿐더러 연고전 응원을 위해 매주 춤 연습을 하기도 합니다. ❹ 우리 동아리에서는 다양한 소프트웨어 사용법을 익힐뿐더러 컴퓨터 프로그래밍을 배우기도 합니다. ❺ 우리 동아리에서는 해마다 환경 관련 세미나를 열뿐더러 축제 때 친환경 장터를 열어 유기농 음식을 만들어 팔기도 합니다. ❻ 우리 동아리에서는 영화사적으로 의미가 있는 명화를 감상할뿐 더러 직접 단편영화를 찍기도 합니다.

모범 답안

3과 3항

읽고 말하기

1. 서로 모르는 불특정 다수의 대중이 인터넷과 이메일을 통해 시간과 장소를 정해 미리 약속한 행동을 하고 감쪽같이 사라지는 것을 말한다.

2. ❹

듣고 쓰기

1. 자주 찾아가 스트레스를 풀거나 자신의 여유를 찾는 공간.

2. ❸

3과 4항

어휘 연습

1. 1) 인도하다 : 가르쳐 일깨우며 이끌다
   2) 풍족하다 : 매우 넉넉하여 모자람이 없다
   3) 합리적이다 : 이치에 맞다
   4) 주체적이다 : 자신만의 소신과 판단이 있다
   5) 숭배하다 : 높이 우러러 공경하고 받들다

1. 1) 긴박하게 / 긴박한   2) 야기했다. / 야기할
   3) 신통해 / 신통한   4) 다그치면 / 다그쳤다.
   5) 부추기는 / 부추겼다.

3. 1) 압박감, 편재성, 문화계
      열등감, 합리성, 정치계
      책임감, 중독성, 경제계
   2)

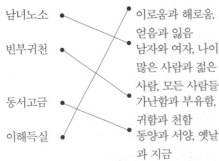

   ❶ 동서고금   ❷ 이해득실
   ❸ 남녀노소   ❹ 빈부귀천

내용 이해

1. ❷

2. 서론 • 지름신이란
          소비의 신으로 상품을 사도록 역사하는 신이다.

   본론 • 지름신의 특성
          1) 술이나 담배처럼 강한 중독성이 있다.
          2) 정보기술의 발달로 편재하는 특성을 갖게 됐다.
        • 홈쇼핑과 인터넷 쇼핑몰은 사람들의 소비욕망을 부추기고 있다.
        • 쇼핑이 야기하는 정서적 반응
          1) 안락감과 행복을 느끼게 된다.
          2) 불쾌감을 느끼게 된다.
        • 기업 역시 이미지를 위한 소비, 소비를 위한 소비를 부추긴다.

   결론 • 소비사회의 두 가지 노예
          1) 중독의 포로
          2) 선망의 포로
        • 소비사회의 노예가 되지 않기 위한 노력을 포기해선 안된다.

3. 1) ○   2) ○   3) ×

더 읽어보기

1. 아이를 늦게 데려가는 부모들이 오히려 늘어났다.
2. 체면, 자존심, 죄책감

관용어 연습 1

1. 간에 기별도 안 가요.(안 가겠어요) 2. 겉 다르고 속 다른 3. 간이 콩알만 해지 4. 개미 새끼 한 마리 얼씬하지 않 5. 그 사람이 그 사람이 6. 꿀 먹은 벙어리 7. 가려운 곳을 긁어 줬어 8. 굶기를 밥 먹듯 하 9. 검은 머리가 파뿌리가 되도록 살 10. 다람쥐 쳇바퀴 돌듯

제4과 과학과 기술

4과 1항

1. ❷ 친근한 ❸ 특이한 ❹ 조합하면, 조합해서

2. ❶ 인터넷에 접속한, 사이트 아이디, ❷ 글을 올리, 대화명, 닉네임, 글을 달았다, 글을 퍼가 ❸ 인터넷이 연결됐을, 인터넷이 끊어져서, 접속이 원활해서, 접속이 제한되는 ❹ 홈페이지를 방문했다, 꾸며, 글을 남겼다, 홈페이지를 만들

3. ❷ 김힘찬 후보와 최신중 후보가 인상적이 ❸ (김힘찬 후보는) 열정과 패기가 넘치 ❹ 차분하고 침착하(침착한 분위기) ❺ 자신이 지지하는 후보를 열렬히 응원하(고 있데요) ❻ 응원가들이 너무 경쾌해서 나도 모르게 따라 부르게 되데요.

4. ❷ 워터스크린 위에 중계되는 장면이 신기해서 계속 보게 되 ❸ 마이크로 사랑하는 여자에게 사랑을 고백하며 반지와 꽃을 선물하 ❹ 목소리는 떨리고 표정은 진지하 ❺ 청혼을 받은 여자가 승낙을 하자 축하메시지가 영상 위에 뜨데. ❻ 응, 그 장면을 보니 결혼하고 싶은 생각이 들데.(아니, 그래도 결혼하고 싶은 생각이 안 들데).

5. ❷ 사진을 찍고 산책을 하며 추억을 만들고 있 ❸ 핀란드의 산타 마을이 생각나 ❹ 그곳을 방문하는 사람들의 80%가 어른이라고 하 ❺ 세상의 시름이 적당히 스며들었으면서도 40대답지 않은 풋풋한 인상을 가지고 있더라고요. ❻ 잠이 오지 않더라고요.

6. ❷ 조심해서 운전하게 되 ❸ 많아졌 ❹ 그윽하 ❺ 단풍이 다 들었 ❻ 재충전이 되(활기차게 한주를 시작하게 되더라고요 등 여러 가지 대답 가능)

4과 2항

1. 이치, 장기이식, 복제, 생명공학, 혜택, 부작용, 유전인자, 사례

2. ❷ 조작 ❸ 동물 실험 ❹ 신약 개발 ❺ 염색체 ❻ 수명 연장 ❼ 유전공학

3. ❷ 투자를 하되 분산 투자를 해서 위험을 피하세요. ❸ 파티에 가되 일을 끝내고 가. ❹ 미니 홈피를 만들되 너무 많은 개인 정보를 올리지 마. ❺ 오지에 봉사 활동을 가되 철저히 준비해라(준비해) ❻ 도서관에서 컴퓨터를 개인적으로 사용하되 사용 시간이 2시간을 넘지 않도록 해라(해)

4. ❷ 게시판에 글을 올리되 남을 비방하는 글을 달지 말아야 해요. ❸ 개인적인 질문을 하되 너무 꼬치꼬치 캐묻지 마세요. ❹ 필요한 만큼 예산을 집행하되 반드시 영수증을 첨부하세요. ❺ (지하철에서) 음악을 듣되 헤드폰을 착용하세요. ❻ 다른 사람의 의견을 참조하되 소신을 굽히지 마세요.

5. ❷ 인터넷에서 익명성이 보장되지 않는 한 언론의 자유가 보장된다고 할 수 없어요. ❸ 유전자 조작으로 품종개량을 하지 않는 한 식량 증산의 한계로 인해 식량 위기가 올 것입니다. ❹ 유전자 조작 식품이 과연 식용으로 안전한지 충분히 검증되지 않는 한 안심하고 먹기 어려울 것입니다. ❺ 태아를 인간이라고 인정하는 한 절대로 낙태를 해서는 안 되죠. ❻ 낙태를 허용하시 않는 한 여성의 권리는 보장된다고 할 수 없지요.

6. ❷ 명절 문화를 바꾸지 않는 한 가족 구성원 사이의 갈등은 계속될 겁니다. ❸ 특단의 대책이 나오지 않는 한 지금의 이 정치적 위기 상황에서 벗어나기 어려울 거예요. ❹ 열정이 있는 한 나이가 많아도 노인이라고 할 수 없지요. ❺ 남의 탓을 하는 한 발전은 없습니다. ❻ 어머니가 아이를 지나치게 챙겨주는 한 아이는 독립성을 키울 수 없습니다.

4과 3항

읽고 말하기

1. ❶ 2. ❶

듣고 쓰기

1. ❷ 2. ❶

모범 답안

4과 4항

어휘 연습

1. 1) 천문학 : 우주에 관한 온갖 사항을 연구하는 학문
   2) 측량술 : 사물의 높이, 넓이, 길이 등을 기구를 써서 재는 기술
   3) 상형문자 : 사물의 모양을 본떠서 만든 글자
   4) 고고학자 : 유물과 유적을 가지고 옛사람들의 생활을 연구하는 사람
   5) 발상지 : 역사적으로 큰 뜻이 있는 일이 처음으로 생겨난 곳

2. 1) 고립된 / 고립되지   2) 소요된다. / 소요되는
   3) 염원하고 / 염원하면서
   4) 번성했다. / 번성했다가
   5) 숙연한 / 숙연해졌다.

3. 1)

   명동거리 ── 따끔거리다
   눈 ── 곱슬거리다
   가슴 ── 북적거리다
   머리카락 ── 두근거리다

   ❷ 눈에 뭐가 들어갔는지 자꾸 따끔거린다.
   ❸ 시상식에서 결과 발표를 기다리는데 가슴이 얼마나 두근거렸는지 모른다.
   ❹ 나는 머리카락이 너무 곱슬거려서 머리 손질하기가 어렵다.
   2) ❹
   3)

   열정을 불태우다 ── 감탄하거나 어이가 없어 무슨 말을 해야 할지 모르다
   할 말을 잃다 ── 실감이 나다
   피부로 느껴지다 ── 열렬한 애정을 가지고 열중하다

   ❶ 피부로 느껴진다.
   ❷ 열정을 불태우고 있다.
   ❸ 할 말을 잃었다.

내용 이해

1. ❹

2. **처음** ● **고대 이집트 문명**
   피라미드와 스핑크스로 대표됨.
   태양력, 측량술, 천문학을 창안함.
   파피루스에 상형문자를 만들어 씀

   중간 ● **겨울 이른 새벽에 도착한 카이로**
   카이로는 고대 문명의 요람이며
   '문화'라는 인류 최고의 산물을 일구어 낸 실험장이었음.
   ● **기자의 스핑크스와 피라미드**
   스핑크스 – 고대 이집트인들의 신앙 작품
   피라미드 – 고대 이집트의 절대 군주 파라오의 무덤
   4500년 전에 축조됨.
   축조하는 데에 20만 명의 인부가 동원되어 20년이 소요됨.

   끝 ● 오늘날의 카이로
   전통적인 아랍 분위기가 지배적임.
   이집트 문명의 요람이며 과거와 현재를 잇는 역사의 다리임.

3. 1) ○   2) ×   3) ×   4) ×

더 읽어보기

1. 온달 장군과 평강 공주의 이야기는 다른 어떠한 실증적 사실보다도 당시의 정서를 더 정확하게 담아내고 있으며 평강 공주의 결단과 주체적 삶에는 민중의 소망과 언어가 담겨 있다고 생각하기 때문이다.

2. 우직한 어리석음

관용어 연습 2

11. 마음은 굴뚝같   12. 모기 소리만 하

13. 도마 위에 오른   14. 두 다리 쭉 뻗고 잤어.

15. 물 쓰듯 하면   16. 물거품이 됐군요.

17. 바닥이 나서   18. 양다리를 걸치

19. 손때가 묻은   20. 둘이 먹다가 하나가 죽어도 모르

제5과 생활과 경제

5과 1항

1. 늘어났다, 보상해, 표가 안 나, 확연히, 소비자 보호원, 피해를 입은, 손해배상, 고발할

2. ❶ 고객 상담실, 접수, 무상수리 ❷ 판매자/판매처, 반품, 교환, 환불 ❸ 소비자, 청구, 신고, 보상

3. ❷ 적들에게 둘러싸여 있어서 후퇴할래야 후퇴할 ❸ 통신이 끊겨서 연락할래야 연락할 ❹ 총알도 다 떨어져서 공격할래야 공격할 ❺ 건빵에 곰팡이가 피어서 먹을래야 먹을 ❻ 다리를 심하게 다쳐서 뛸래야 뛸

4. ❷ 너무 시끄러워서 들을래야 들을 ❸ 너무 시어서 먹을래야 먹을 ❹ 너무 힘들어서 더 갈래야 갈 ❺ 너무 비싸서 살래야 살 ❻ 아팠던 기억들이 너무 생생해서 잊을래야 잊을

5. ❷ 말도 안 되는 핑계여서 소비자 보호원에 신고할까 ❸ 너무 불편해서 경찰에 고발할까 ❹ 아주 작은 흠집이라서 다른 제품으로 교환할까 ❺ 너무 마음에 드는 제품이어서 판매처에 반품할까 ❻ 증상이 아주 심하지는 않아서 손해배상을 청구할까

6. ❷ 너무 비싸서 살까 ❸ 환율이 너무 올라서 갈까 ❹ 요즘 이상한 전화가 많이 와서 받을까 ❺ 몸이 너무 안 좋아서 당분간 휴직할까 ❻ 시내에 볼일이 있는데 나갈까

5과 2항

1. 투기, 한탕해서, 욕심을 부리, 무작정, 안목

2. <재테크 방법> ❷ 예금 ❸ 직접투자 ❹ 간접투자 ❺ 분산투자

   <투자 대상> ❷ 주식 ❸ 미술품 ❹ 금 ❺ 부동산

   ❶ 수익률 ❷ 환율, 금리, 이자 ❸ 분양가, 매매가, 전세가, 부동산 가격

3. ❷ 좀 안다고 잘난 체하면 사람들이 싫어할 거예요. ❸ 취업을 준비한다고 실용적인 것만 공부한다면 전공을 깊이 있게 공부하지 못합니다. ❹ 너무 덥다고 찬 것만 먹는다면 배탈이 나기 쉽지요.

   ❺ 물가가 오른다고 사재기를 한다면 품귀현상으로 가격이 더 오르게 됩니다. ❻ 사회분위기를 어지럽힌다고 집회의 자유를 제한한다면 국민의 기본권을 침해하게 될 거예요.

4. ❷ 공부하기 힘들다고 대학진학을 포기해서야 되겠어요? ❸ 배가 고프다고 너무 급하게 먹으면 체해요. ❹ 단속 카메라가 없다고 속도위반을 하면 안 되지. ❺ 엄마 잔소리가 듣기 싫다고 가출해서야 되겠어? ❻ 많은 사람들이 지지한다고 그 후보의 정책도 잘 모른 채 무작정 찍으면 안 되지요.

5. ❷ 조금 위험하더라도 보다 적극적으로 투자하는 자세가 필요합니다. ❸ 주가가 올라가는 것처럼 보이더라도 언제 곤두박질칠지 모르므로 조심해야 합니다. ❹ 상황이 어렵더라도 조금만 견디면 다시 투자의 기회가 찾아올 것입니다. ❺ 피하고 싶더라도 위기 극복을 위해서는 현실을 직시해야 합니다. ❻ 삶이 그대를 속이더라도 슬퍼하거나 노여워하지 말라.

6. ❷ 화가 나더라도 부하에게 소리 지르지 마세요. ❸ 목표를 이루는 것이 힘들더라도 절대 포기하지 마세요. ❹ 당신이 세상을 떠나더라도 난 당신을 절대로 못 잊을 거예요. ❺ 아무리 비싸더라도 건강을 생각한다면 유기농 채소를 먹는 게 훨씬 좋지요. ❻ 이번 맞선이 잘 안 되더라도 실망하지 마세요. 언젠가 어울리는 짝이 꼭 나타날 거예요.

5과 3항

읽고 말하기

1. ❸, ❹ 2. ❸

듣고 쓰기

1. ❷ 2. ❸

모범 답안

5과 4항

어휘 연습

1. 1) 접근하다 : 어떤 것에 가까이 다가가다
   2) 간섭하다 : 남의 일에 이래라 저래라 말하다
   3) 끈끈하다 : 서로 느끼는 정이나 사랑이 아주 강하다
   4) 개입하다 : 자기와 직접적인 관계가 없는 일에 끼어들다
   5) 감시하다 : 통제하기 위해서 주의하여 지켜 보다

2. 1) 얼떨결에   2) 굳이   3) 되도록
   4) 바짝   5) 노골적으로

3. 1)

   ❶ 머리를 맞대고   ❷ 발을 빼면
   ❸ 등을 돌리는   ❹ 손을 잡고

   2) 모임, 결과

내용 이해

1. ❸

2. 처음 ● 사람과 사람 사이의 거리는 문화마다 다르다.

   중간 ● 문화의 차이가 거리의 차이로 표현되는 예
   1) 손을 잡고 다니는 한국 여성
   2) 낯선 아이가 귀엽다고 다가서는 한국 여행객
   3) 아파트의 이웃이 소음을 낼 때
      한국인 : 참아주거나 직접 찾아가서 조용히 해 달라고 한다.
      독일인 : 경찰을 부른다.
   4) 낯선 아이에게 뽀뽀하고 지나가는 튀니지 여인

   5) 아이를 춥게 한다고 글쓴이를 야단치는 한국 할머니

   끝 ● 벤다이어그램 교집합의 의미
      나의 결정에 주위 사람들이 개입할 수 있는 권리
      내 삶에 주위 사람들이 왈가왈부할 자격
      내가 하는 행동을 주위 사람의 눈이 감시할 권한

3. 1) ○   2) ○   3) ×   4) ×

더 읽어보기

1. 연줄과 인연

2. 식당에서 음식을 한가운데 놓고 같이 덜어 먹는다.
   식당에서 각자 먹은 만큼 나누어 내기보다는 어느 한두 사람이 계산을 다한다.
   여럿이 어울려 노는 경우 두세 명씩 짝을 지어 대화를 하기보다는 전체가 둘러앉아 노래하며 즐긴다.

중간복습문제 (1과~5과)

어휘

1. 1) 단축 2) 여가 3) 당장 4) 혜택 5) 소신 6) 보람 7) 부작용 8) 안목 9) 이치 10) 불치병 11) 가치관

2. 1) 활용하 2) 뚫 3) 알차 4) 처리하는 5) 조합해서 6) 챙긴다 7) 거르는, 때우는 8) 친근한 9) 접하 10) 한탕하 11) 시달리 12) 고려해야 13) 일쑤입니다.

3-1. 1) ❹ 2) ❷ 3) ❺ 4) ❸ 5) ❶

3-2. 1) ❸ 2) ❷ 3) ❶ 4) ❷ 5) ❸

4. 1) ❸   2) ❸ 3) ❷ 4) ❹ 5) ❶ 6) ❷ 7) ❸ 8) ❹ 9) ❶ 10) ❷

5. 1) 직장인에게 재충전을 위한 여가활동은 매우 중요하다. 주5일근무제가 본격적으로 도입된 지 벌써 5년이 흘렀다. 그러나 아직 여가와 여가 활용에 대한 인식은 많이 부족한 듯하다.
   2) 생명공학기술의 발달로 난치병 예방 및 치료, 장기 복제에 의한 장기 이식이 가능해짐으로써 인간 수명이 연장될 전망이다.

3) 대형할인점 H 플러스가 가전 전문매장을 갖춘 동대문점을 오픈한다. 이번 주말까지 방문하여 제품을 구매하고 설문에 응하는 고객에게는 유명호텔 숙박권을 사은품으로 증정한다.

4) 연세건설이 능력 있고 열정을 가진 글로벌 인재를 모집한다. 최종 인터뷰 과정을 통과하여 입사 하게 되면 연수 과정을 거친 후 해외 지사로 파견을 나가게 된다.

5) 경기 침체기에 기업은 투자를 줄이고 시장에는 돈이 돌지 않는다. 뿐만 아니라 부동산 가격과 주가도 계속 떨어진다.

문법

1. 1) 재미도 있거니와 영화 삽입곡들도 좋다더라.

2) 싸이클에다가 마라톤까지 해야 한대요.

3) 영수가 그렇게 화를 낼

4) 실험이 거듭될수록 성공률이 높아지고는 있지만 아직 완성되려면 시간이 너 필요할 것 같아요.

5) 시간이 있을 때 만들어야 꼼꼼하게 만들 수 있

6) 경기가 안 좋긴 안 좋은가 봐.

7) 생선회가 정말 신선하

8) 노력을 멈추지 않는 한 언젠가는 원하는 일이 이루어질 거야.

9) 친절도 하구려.

10) 동문회관 식당에서 저녁식사를 하는 게 어떤가?, 칸막이를 해 달라고 하면 되, 그럼, 거기에서 하는 것으로 결정하, 동창 모임에서 친구들한테 자네가 얘기하

2. 1) ❸ 2) ❹ 3) ❸ 4) ❷ 5) ❹

3. 1) 좋은 이야기가 나올 법한 곳이면 아무리 바쁜 경우라 하더라도 가고, 그렇지 않을 것 같으면 비록 성찬이 기다리고 있는 경우라 하더라도 안 가기로 한다.

2) 뛰어넘을까 말까 망설이는 것 같았다.

3) 초보자들은 그립을 가볍게 잡을래야 잡을 수가 없습니다. 왜냐하면 손의 악력이 발달되지 않았기 때문입니다.

4) 그러므로 한 사람이 2-3개에 가입했다고 병원비를 2-3배 받는 것은 아닙니다.

5) "지난주에 공식 홈페이지를 통해 조기종영이 없음을 공고했음에도 불구하고 불과 일주일 만에 일방적인 약속 파기로 시청자를 우롱했다"고 비난했다.

제6과 대중문화와 예술

6과 1항

1. 지니, 자리 잡았다고, 기획, 다루, 색다른, 흥미롭, 눈길을 끌어서, 넘나들, 생명력

2. ❶ 각색, 독자, 관객 ❷ 방송, 시청자, 방청객, 제작 ❸ 연출, 청중, 공연 ❹ 감독

3. ❷ 사회 개혁에 대한 열망을 보여 준다고도 ❸ 냉정형이라고도 ❹ 안정형이라고도 ❺ 탄탄한 이야기 전개 때문이라고도 ❻ 사회에 대한 풍자 때문이라고도

4. ❷ 독재적인 성향이 강하다고도 할 수 있다. ❸ 생활이 편리해졌다고도 할 수 있 ❹ 해킹으로 인한 피해가 우려된다고도 할 수 있다. ❺ 국제 금융 환경의 악화 때문이라고도 할 수 있 ❻ 시기를 놓친 잘못된 경제 정책에서 비롯됐다고도 할 수 있다.

5. ❷ 이제 세계 선수권 대회에서도 충분히 입상할 수 있을 ❸ 개그맨을 해도 될 ❹ 상태가 안 좋으신 ❺ 정말 골프가 대중화된 듯싶어요. ❻ 요즘 작가들은 독자에게 다가서기 위해 많이 노력하는 듯싶어요.

6. ❷ 당선될 ❸ 어디 출장 간(회사를 그만둔, 어디 아픈) ❹ 나를 좋아하는(뭔가 오해가 있는) ❺ 고집이 센(성격에 문제가 있는) ❻ 홍보가 부족한(아직 과도기인)

6과 2항

1. ❷ 역동적이에요. ❸ 어우러져서 ❹ 들썩거렸다. ❺ 보존해서 ❻ 다가서 ❼ 개량 ❽ 대중화 ❾ 여 백 ❿ 신명나는 곡선미

2. ❷ 화관무 ❸ 사물놀이 ❹ 청자 ❺ 가야금 ❻ 서예 ❼ 살풀이춤 ❽ 산수화 ❾ 탈춤 ❿ 판소리 풍속화 승무 풍물

  ❷ 투박한 ❸ 우아했다. ❹ 흥겹 ❺ 정적인 ❻ 동적이다 ❼ 익살스러웠다. ❽ 수수한

3. ❷ 결혼 상대자를 고를 때 조건이 중요하니 어쩌니 해도 사랑이 제일 중요해. ❸ 경제 성장을 위한 개발이니 뭐니 해도 환경을 보호해야 인류의 미래가 있지. ❹ 국가와 사회에 대한 책임감이 있어야 하니 어쩌니 해도 개인의 가치가 최우선적으로 존중되어야 해요. ❺ 돈을 차곡차곡 모으는 게 의미가 있니 어쩌니 해도 인생은 한방이야. ❻ 타인을 배려해야 하니 어쩌니 해도 나만 편하게 살면 그만이야.

4. ❷ 미신이니 뭐니 해도 시험을 잘 보라고 수험생에게 엿을 선물한답니다. ❸ 군대 생활이 힘드니 어쩌니 해도 저는 군대 생활이 보람이 있었어요. ❹ (인터넷 쇼핑몰이) 편리하니 어쩌니 해도 저는 직접 가서 보고 사야 안심이 돼요. ❺ 출산 장려 정책을 펴니 어쩌니 해도 교육비 때문에 사람들이 아이를 낳지 않아서 저출산 문제가 점점 더 심각해지는 것 같아요. ❻ 기름 값이 비싸니 어쩌니 해도 여전히 혼자 차를 타고 다니는 사람들이 많은 것 같아요.

5. ❷ 대규모 공적 자금을 투여한들 경기가 살아나 ❸ 보상을 받은들 마음이 풀리 ❹ 실력이 월등한들 이길 수 있겠어? ❺ 그렇게 탄압을 받으니 종교인인들 가만히 있을 수 있겠어? ❻ 과학과 의학이 발전한들 인간이 더 행복해지겠어?

6. ❷ 지금 담배를 끊은들 무슨 소용이 있 ❸ 사과한들 다시 사이가 좋아지 ❹ 지금 후회한들 무슨 소용이 있겠어? ❺ 분양가를 인하한들 아파트가 팔리겠어? ❻ 다른 사람들이 모두 가서 부탁해도 안 되는데 네가 가서 부탁한들 되겠어?

6과 3항

읽고 말하기

1. ❹ 2. ❸

듣고 쓰기

1. ❶ 2. ❶

6과 4항

어휘 연습

1. 1) 가로채다 : 남이 말하는 중간에 끼어들어 말을 계속하지 못하게 하다
   2) 주도하다 : 어떤 일을 주장하는 사람이 되어 이끌거나 지도하다
   3) 맞장구치다 : 남의 말에 의견을 같이 하여 부추기거나 찬성하는 말을 하다
   4) 장단을 맞추다 : 상대방의 행동이나 생각에 맞추어 행동이나 말을 하다
   5) 덧붙이다 : 앞서 한 말에 몇 마디의 말을 더 보태다

2. 1) 추구한다. / 추구하는
   2) 뒷바라지하느라 / 뒷바라지해 주신
   3) 모호한 / 모호해서
   4) 현저하게
   5) 발뺌을 하려고 / 발뺌을 했다.

3. 1) 맞선보다, 맞벌이하다, 맞고소하다 / 덧칠하다, 덧셈, 덧니
      ❶ 맞벌이하는 ❷ 덧칠하면 ❸ 덧셈
   1) ❶ 저런, 어쩌다 그랬대요? 많이 불편하겠어요.
      ❷ 어머나! 정말이에요?
      ❸ 그러게 말야. 그래야 월급도 좀 오를 텐데...
   3) ❶ 흥 ❷ 어쩜 ❸ 아이참

내용 이해

1. ❷
2. <남녀간의 대화>
   1. 주제
      남자 – 사업, 정치, 법률, 세금, 스포츠에 관한 것
      여자 – 사회생활, 책, 음식, 생활상 등에 관한 것

2. **말을 가로채는 횟수**
   남자가 여자의 말을 가로챈 횟수가 여자가 남자의 말을 가로챈 횟수보다 훨씬 많음.

3. **말과 말 사이의 공백 시간**
   앞사람이 여자이고 뒷사람이 남자일 경우 그 시간이 더 긺.

4. **질문을 하는 횟수**
   여자가 263회, 남자가 107회로 여자가 남자보다 질문을 두 배 이상 많이 함.

5. **한 화제가 끝까지 지속되는 건수**
   여자가 꺼낸 화제는 45건 중 17건만 지속되었으나 남자가 꺼낸 화제 28건은 모두 끝까지 지속됨.

3. 1) ○ 2) ○ 3) ×

더 읽어보기

1. 그 질문을 들은 사람이 미처 생각지 못한 것을 생각해내고 혼자서 해답을 찾아낼 수 있도록 물꼬를 터 주는 상쾌하면서도 통쾌한 질문이다.

2. 좋은 질문과 응답은 열 마디의 주옥같은 설교와 설득보다 강한 힘을 갖는다. 나아가 소통의 믿음을 증진시키고 상대의 믿음을 증진하고 상대방에 대한 진심어린 관심을 표명하며 같은 울타리 안에 있음을 확인할 좋은 길이 된다.

한자성어 연습 1

1. 속수무책이었지만 2. 시기상조인 3. 무위도식 4. 과대망상 5. 견물생심이라고 6. 동분서주 7. 금시초문이야 8. 무용지물이 9. 반신반의 10. 심사숙고

제7과 전통과 변화

7과 1항

1. ❷ 부정할, 부정한다 ❸ 저출산 ❹ 인정했다, 인정하 ❺ 귀성

2. <주민등록 관련> ❷ 세대주 ❸ 동거인 ❹ 세대원
   <가족 형태> ❷ 대안가족 ❸ 비동거가족 ❹ 핵가족

❺ 편부모가족 ❻ 노인가족

산업화, 남녀평등, 맞벌이, 여성의 사회진출, 고령화 사회, 고학력 현상, 이혼율 증가, 가정폭력, 가족해체

3. ❷ 육체적으로 힘들었다기보다는 정신적으로 힘들었습니다. ❸ 스포츠 경기를 본다기보다는 마치 한편의 예술작품을 보는 듯합니다. ❹ 특별한 비결이 있다기보다는 그동안 연습해온 모든 기량을 보이려 노력하는 것뿐이에요. ❺ 음악에 대한 감수성이 천부적으로 뛰어나다기보다는 제가 느낀 음악을 제 연기 속에 녹여내어 최대한으로 표현하고자 할 뿐이에요. ❻ 좋아한다기보다는 제 운명처럼 느끼고 있습니다.

4. ❷ 무뚝뚝하다기보다는 사교적인 성격이 아니라서 그래요. ❸ 잘생겼다기보다는 개성 있게 생겼지요. ❹ 선생님이라기보다는 이웃집 언니 같아요. ❺ 마음이 아프다기보다는 인생이 참으로 무상함을 느꼈다네. ❻ 완전히 낫는다기보다는 감기증상을 완화시켜주는 역할을 하지요.

5. ❷ 자는 애를 깨우자니 마음이 아프고 자게 그냥 두자니 경쟁에서 뒤처질까봐 불안하고 해서 아침마다 힘들어 죽겠어요. ❸ 직접 모유수유를 하자니 번거롭고 분유를 먹이자니 아기 건강에 안 좋을 것 같고 해서 우유병에 모유를 넣어 냉동시킨 후 먹이고 있어요. ❹ 혼수를 많이 하자니 경제적으로 부담되고 아예 안 하자니 시댁에서 서운해하실 것 같고 해서 꼭 필요한 것 위주로 간소하게 했습니다. ❺ 올리자니 판매율이 떨어질 것 같고 안 올리자니 올라가는 제조비 부담을 감당할 수 없고 해서 고민입니다. ❻ 초콜릿을 사자니 너무 상술에 놀아나는 것 같고 그냥 지나치자니 남자친구가 서운해할 것 같고 해서 집에서 직접 만들었어.

6. ❷ 집에만 있자니 심심하고 근교로 나가자니 교통체증으로 고생할 것 같 ❸ 계속 공부하자니 유학비가 부담스럽고 귀국하자니 그동안 공부한 것이 아깝 ❹ 연애를 하자니 제대로 된 남자를 만날 기회가 별로 없고 선을 보자니 너무 부담스럽 ❺ 팔아버리자니 그동안 들인 노력이 아깝고 계속 가지고 있자니 더 떨어질 것 같 ❻ 장관을 해임시키자니 마땅한 후임자가 없

고 그대로 두자니 국민들의 반대 여론이 심하

7과 2항

1. ❷ 고인 ❸ 빡빡해서 ❹ 빈소 ❺ 생전 ❻ 문상 ❼ 명복
   ❽ 초상 ❾ 묵념 ❿ 조문객 ⓫ 조의 ⓬ 장지

2. 장래를 축복해, 결혼식을 올리, 백년해로를 빌어, 회
   갑연을 벌입니다, 장수를 축하하, 장례식을 치르, 명
   복을 빌어, 제사를 지내요, 조상을 추모하

3. ❷ 여자 친구하고 도망이라도 가고 싶어. ❸ 상을 확
   엎어버리고 싶네. ❹ 배가 터지도록 계속해서 먹고 싶
   어요. ❺ 앞차를 확 받아버리고 싶다. ❻ 다 포기하고
   절에라도 들어가고 싶은 심정이야.

4. ❷ 요즘 같아선 사업을 그만두고 멀리 도망치고 싶은
   심정이에요. ❸ 욕심 같아선 박사과정까지 마치고 돌
   아오고 싶어요. ❹ 성질 같아선 컴퓨터를 확 부숴버리
   고 싶더라. ❺ 기분 같아선 돈도 내고 싶지 않더라고.
   ❻ 마음 같아선 그 사람을 따라가고 싶었어.

5. ❷ 다시 새로 쓸 것까지는 없겠지만 부족한 내용을
   보충하여 좀 수정하면 좋겠네. ❸ 원어민 수준으로 할
   것까지는 없겠지만 기본적인 일상 회화 정도는 배우
   고 가는 게 좋을 거야. ❹ 졸업을 미루고 취업준비를
   할 것까지는 없겠지만 학기 중에 전공공부 외에 취업
   준비도 틈틈이 하면 많은 도움이 될 거야. ❺ 몸에 해
   로울 것까지는 없겠지만 뭐든 너무 지나친 것은 좋지
   않을 것 같아. ❻ 다 집에서 만들 것까지는 없겠지만
   최대한 정성스럽게 준비하는 게 좋겠지요.

6. ❷ 꼭 특급호텔에서 할 것까지는 없겠지만 깨끗하고
   조용한 곳에서 하면 좋겠지요. ❸ 그렇게 모든 촬영을
   다 할 것까지는 없겠지만 아름다운 모습이 남을 수
   있도록 스튜디오 촬영정도는 하는 게 좋아요. ❹ 그렇
   게 모든 보석을 다 사 줄 것까지는 없겠지만 다이아
   몬드, 진주 정도는 세트로 해 주면 여자들이 좋아하지
   요. ❺ 그렇게 다 맞출 것까지는 없겠지만 한복 한 벌
   정도는 맞추는 게 좋아요. ❻ 무조건 신랑이 다 부담
   할 것까지는 없겠지만 호텔비와 비행기 값 정도는 남
   자가 부담하면 여자들이 좋아해요.

7과 3항

읽고 쓰기

1. ❷ 2. 한국인의 삶에 맞게 토착화되었기 때문이다.

듣고 말하기

1. ❷ 2. 패치워크가족, 원거리가족, 사이버가족

7과 4항

어휘 연습

1. 1) 평가하다 : 사물의 가치나 수준 따위를
   헤아리다.
   2) 칭송하다 : 잘했다고 말하다.
   3) 폄하다 : 가치를 깎아내려 대수롭지 않게 여기다.
   4) 인정하다 : 확실히 그렇다고 여기다.
   5) 비난하다 : 남의 잘못이나 결점을 잡아서 나쁘
   게 말하다.

2. 1) 좀체   2) 멀찌감치   3) 시종
   4) 전적으로   5) 아예

3. 1)
   이야기꽃을 피우다 —————— 이야기판이 재미나고 이야기가 즐겁다.
   마음이 내키다 —— 어떤 말을 하고 싶어 참기가 어렵다.
   입이 간질간질하다 —— 하고 싶은 마음이 생기다.
   ❶ 입이 간질간질하다.
   ❷ 내키기 않으면
   ❸ 이야기꽃을 피웠다.
   3)
   백가쟁명 —— 여러 가지 사물이 모두 차이가 있고 구별이 있음.
   천차만별 —— 많은 학자나 문화인 등이 자기의 학설이나 주장을 자유롭게 발표하여, 논쟁하고 토론하는 일.
   ❶ 천차만별이어서
   ❷ 백가쟁명이라고

내용 이해

1. ❶
2.

	인간 본성과 인간 행동
도정일	오늘날 생물학의 발견을 생각하지 않는 인문학적 인간론이란 불가능하다.
입양의	경우에도 생물학적 근거와 문화적 근거가 따로 있다.
최재천	나쁜 말로 하면 입양은 전시효과가 엄청난 행농이다.
도정일	입양은 사회적 인정의 효과다.
최재천	그렇다.
도정일	입양은 '뛰는' 행동일 때도 있시만, 문화적 순응일 때도 있다.
최재천	사회생물학에서 큰 주류는, 다윈이론으로부터 출발한다. <트리버즈의 상호호혜이론> 에 의하면, 사람들이 남을 돕는 이유는 좋은 평판을 기대하기 때문이다.
도정일	이타적 행동도 이기적 계산에 의한 것이다.
사회적	보상 때문에 인간이 이타적 방향으로 행동을 바꾸는 성향이 자연적인가?
최재천	그건 아니다.
도정일	유전자의 이기성으로 설명이 되나?
최재천	유전자는 계속 이기적이지만, 유전자 중에서, 평판을 걱정할 줄 아는 유전자, 또는 남을 도우면서 살겠다는 유전자 을/를 가진 사람들이 많아지도록 사회적 분위기를 조성해야 한다.

3. 1) ○   2) ○   3) ×

이야기해 봅시다

모성, 기부, 봉사, 헌혈, 때 밀어주기, 자리 양보하기 등.

더 읽어보기

1. 앓던 병 때문에
2. **법정** : 행복은 먼 곳에 있는 게 아니다. 일상적이고 지극히 사소한 일에 행복의 씨앗이 들어 있다.
   최인호 : 행복은 마음속에 있다. 작고 단순한 것에 행복이 있다.

한자성어 연습 2

11. 양자택일 12. 이구동성으로 13. 일구이언 14. 오십보백보야 15. 일편단심은 16. 어부지리로 17. 애지중지, 애지중지 18. 일사천리로 19. 의기양양 20. 포복절도

제8과 삶과 배움

8과 1항

1. ❷ 씨름했다 ❸ 인적자원 ❹ 치열해졌다 ❺ 풍부해서 ❻ 희생했다 ❼ 제대로 ❽ 예의범절 ❾ 대입

2. ❷ 특목고 ❸ 인문계 고등학교 ❹ 의무교육 ❺ 실업계 고등학교 ❻ 영재 교육 ❼ 예체능 교육 ❽ 조기 교육 ❾ 논술학원 ❿ 보습학원

3. ❷ 주문 받으랴 배달하랴 몸이 두 개라도 모자랄 지경이에요. ❸ 학교 알아보랴 비자 신청하랴 정신없이 바빴어요. ❹ 강의 들으랴 공책에 적으랴 정신없었어요. ❺ 음식 준비하랴 손님 맞으랴 쉴 틈이 없어요. ❻ 회의 준비하랴 보고서 쓰랴 점심 먹을 시간도 없었다.

4. ❷ 이이 등교시키랴 출근 준비하랴 정신이 없어요. ❸ 유권자들과 일일이 악수하랴 지역 주민들의 고충을 들으랴 쉴 틈이 없어요. ❹ 응급실 환자 돌보랴 선생님 도와 수술하랴 몸이 두 개라도 모자랄 지경이에요. ❺ 출연자 섭외하랴 행사 홍보하랴 정신없이 바빠요. ❻ 취재하랴 선배 기자들 원고 교정하랴 정신없이 바빠요.

5. ❷ 시험이 너무 어렵다 보니 그로 인해 학생들의 성적이 전반적으로 많이 떨어졌다. ❸ 제대로 식사를 못하다 보니 그로 인해 위장병이 생겼다. ❹ 대기오염이 심하다 보니 그로 인해 호흡기 질환자가 늘어났다. ❺ 도시화가 가속화되다 보니 그로 인해 농촌이 공동화되는 현상이 나타났다. ❻ 무리하게 정책을 추진하다 보니 그로 인해 정부 여당에 대한 반발이 거세게 일어났다.

모범 답안

6. ❷ 파업이 장기화되다 보니 그로 인해 막대한 손실이 발생했대요. ❸ 취업난이 지속되다 보니 그로 인해 대학을 오래 다니는 학생들이 많아졌대요. ❹ 두 나라가 군비 경쟁을 오래 하다 보니 그로 인해 경제 파탄의 위기에 직면하게 됐대요. ❺ 클래식 음악을 다룬 드라마가 인기를 끌다 보니 그로 인해 오케스트라 동호회가 늘어났대요. ❻ 가뭄이 오래 지속되다 보니 그로 인해 식수난이 심 각해졌대요.

8과 2항

1. ❷ 노후생활 ❸ 계발 ❹ 평균수명 ❺ 끊임없이 ❻ 삶의 질

2. ❷ 기초 및 교양 교육 ❸ 여가 교육 ❹ 생활 교육

❶ 면대면 교육 ❷ 디지털대학교/사이버 대학교 ❸ 방송통신대학교 ❹ 대학 부설 사회교육원/평생 교육원 ❺ 백화점 문화센터 ❻ 지역 평생학습관 ❼ 구청 복지관 ❽ 시립 도서관 평생교육센터

3. ❷ 경력에 도움이 되는 좋은 기회인 ❸ 열의가 대단한 ❹ 죄질이 나쁜 ❺ 인기 있는 강좌는 빨리 마감되는 만큼 ❻ 위험 부담이 있는 만큼

4. ❷ 양국 간 군사적 긴장이 완화되고 있는 만큼 점진적으로 평화 체제로 전환될 것으로 예상됩니다. ❸ 뛰어난 연기력을 보인 만큼 수상이 기대됩니다. ❹ 증거를 충분히 확보한 만큼 승소할 자신이 있습니다. ❺ 선거가 공정하게 치러진 만큼 공정성 시비는 없을 것으로 보입니다. ❻ 상황이 긴박한 만큼 시급히 대책을 내 놓도록 하겠습니다.

5. ❷ 선거제도를 바꾸지 않고서는 정치 개혁을 제대로 할 수 없어요. ❸ 실적을 올리지 않고서는 이번에 승진할 수 없어요. ❹ 국가 간 협조 체제를 갖추지 않고서는 지금의 세계적인 금융 위기를 극복할 수 없어요. ❺ 품종개량을 하지 않고서는 식량 부족 문제를 해결할 수 없어요. ❻ 이산화탄소 배출을 규제하지 않고서는 환경 문제를 개선할 수 없어요.

6. ❷ 정밀 검사를 하지 않고서는 정확한 진단이 어렵습니다. ❸ 자기 계발을 계속 하지 않고서는 경쟁력을 갖출 수 없으니까요. ❹ 다른 사람을 배려하지 않고서는 원만한 대인 관계를 유지할 수 없어요. ❺ 상호 신뢰가 회복되지 않고서는 남북 관계가 개선되기 어려워요. ❻ 고위 공직자들이 재산을 공개하지 않고서는 공직자 윤리를 바로 세우기 어렵지.

8과 3항

읽고 쓰기

1. ❶ 2. 강학청, 시강원/강서원

듣고 말하기

1. ❷ 2. ❶

8과 4항

어휘 연습

1. 1) 순수하다 : 나쁜 것이 섞이지 않아 깨끗하다
   2) 고귀하다 : 훌륭하고 귀중하다
   3) 유순하다 : 태도나 성격이 부드럽고 순하다
   4) 설치다 : 몹시 날뛰고 마구 덤비다
   5) 뽐내다 : 자기 것을 남에게 보이며 자랑하다

2. 1) 파헤쳐 / 파헤치기가   2) 더듬어
   3) 뒤지기 / 뒤지지   4) 무르익어
   5) 수긍하기가 / 수긍한다는

3. 1) ❶ 뼈가 빠지게   ❷ 뼈가 굵어서
      ❸ 뼈를 묻으리라   ❹ 뼈가 있는
   2)

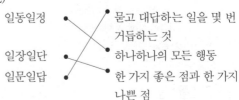

   ❶ 일장일단 ❷ 일동일정 ❸ 일문일답

내용이해

1. ❸
2. 1) 윤동주의 학창시절   (가 , 다)
   2) 윤동주의 성격과 외모   (마 , 바 , 나)

3) 윤동주의 저항정신   (자)
4) 시인 윤동주   (라 , 아)
5) 신앙인 윤동주   (차)
6) 윤동주의 삶   (사)

3. 1) ○   2) ○   3) ×   4) ○

더읽어보기

1. 첫째, 창의적 태도
   둘째, 세계를 향해 마음을 열고 '세계 속의 한국' 구현
   셋째, 국제 사회에 대한 기여 증대
   넷째, 외교 역량 강화

2. 유엔 개혁 추진, 지역분쟁 해소, 테러와 비전통적 위협들에 대처, 북한 핵문제 해결과 한반도 평화유지, 빈곤퇴치, 양극화 방지,
   민주주의와 인권을 전 세계에 보편적으로 확립, 회원국간의 화합

관용어 연습 3

21. 가치를 치 22. 발을 맞춰 23. 걸음마 단계 24. 기를 죽이, 기가 죽 25. 거울삼아, 거울삼아서 26. 등을 돌리 27. 값을 치르려고, 값을 치러야 28. 고개를 돌리 29. 무릎을 꿇어야, 무릎을 꿇 30. 발목을 잡혔다, 발목을 잡

제9과 자연과 환경

9과 1항

1. 태초, 산세, 솟아, 눈에 선하다, 경이로운, 압도당했다, 위용, 풍모, 넘볼, 보잘 것 없음을, 유유히, 흩어지, 반하, 정기, 만끽하

2. ❶ 대륙, 산맥, 광활하 ❷ 육지, 들판, 수려한, 펼쳐지는, 장엄한 ❸ 황량하, 사막, 샘 ❹ 동굴, 화산, 폭발하면서, 생겼다고 ❺ 거친, 대양, 빙하 ❻ 호수, 폭포, 떨어지, 온천

3. ❷ 고향에 꼭 돌아가리라 이야기하시던 부모님의 유골을 고향에 묻어드렸어요. ❸ 꼭 만나리라 생각하던 작은 아버님과 사촌들을 만나서 너무 기뻤습니다. ❹ 언젠가 꼭 찾아보리라 생각하던 어릴 적 소꿉친구를 만났어요. ❺ 고향에 가서 꼭 먹어보리라 생각하던 냉면, 만두 등을 실컷 먹었습니다. ❻ 다시 한 번 가보리라 생각하던 고향 근처의 바닷가에 꼭 가보고 싶습니다.

4. ❷ 고국의 팬들에게 보여 드리리라 이야기하던 베토벤 피아노 소나타 전곡 연주회를 마치게 되어 너무나 기쁩니다. ❸ 언젠가 뛰어넘으리라 말하던 9.5초의 벽을 깨다니 믿어지지 않습니다. ❹ 반드시 최고의 자리에 올라가리라 생각하던 제 꿈은 이뤄졌지만 책임감에 어깨가 무겁습니다. ❺ 기필코 사리라 생각하던 꿈의 스포츠카를 사게 되어 너무 즐겁습니다. ❻ 언젠가 정복하리라 말하던 전 세계를 제패하게 되어 가슴이 벅차오릅니다.

5. ❷ 감히 바라볼 수 없으리만치 ❸ 잠을 이룰 수 없으리만치 ❹ 한 치 눈앞을 가늠할 수 없으리만치 ❺ 일일이 열거할 수 없으리만치 ❻ 뭐라고 말할 수 없으리만치

6. ❷ 영화의 마지막 장면이 잊을 수 없으리만치 감동적이고 인상적이었다. ❸ 6월의 베트남은 참을 수 없으리만치 덥고 축축한 날씨가 계속되었다. ❹ 비행기의 창밖은 믿을 수 없으리만치 아름다운 광경이 펼쳐지고 있었다. ❺ '사이코'란 보통사람들이 이해할 수 없으리만치 이상한 행동을 보이는 사람을 말한다. ❻ 조선시대의 기생은 오늘날의 연예인과 비교할 수 없으리만치 풍부한 학식과 예술적 재능을 지녔다.

9과 2항

1. ❷ 분리 ❸ 무분별하 ❹ 훼손 ❺ 수거 ❻ 터전 ❼ 물려 ❽ 근시안적인

2. ❷ 폐수 ❸ 배기가스/매연 ❹ 일회용품 ❺ 폐기물 ❻ 오염물질

   ❷ 수질오염 ❸ 토양오염 ❹ 소음공해 ❺ 오존층 파괴

모범 답안

⑥ 온실효과 ⑦ 지구온난화 ⑧ 해수면 상승 ⑨ 이상기후 ⑩ 산성비

② 개발을 규제하는 ③ 대체에너지를 개발하 ④ 재활용할

3. ② 열심히 공부할 줄만 알았지 친구들과 같이 어울려 놀 줄 몰라. ③ 남편에게 바가지를 긁을 줄만 알았지 남편을 따뜻하게 감싸줄 줄 몰라. ④ 자신의 행복을 위해 꿈꿀 줄만 알았지 어떤 것도 실천에 옮길 줄 몰라. ⑤ 자기에게 유리한 기회를 이용할 줄만 알았지 의리와 신의를 지킬 줄 몰라. ⑥ 환경을 개발할 줄만 알았지 무엇이 진짜 인간과 환경을 위한 것인 줄은 몰라.

4. ② 그 사람은 원래부터 자기 얘기를 할 줄만 알았지 남의 얘기는 전혀 듣지 않는 사람이에요. ③ 맞아요, 사랑을 받을 줄만 알았지 부모님의 깊은 마음을 헤아릴 줄은 모르지요. ④ 국민들을 정치적으로 이용할 줄만 알았지 진정으로 국민을 위할 줄은 몰라요. ⑤ 취직공부 할 줄만 알았지 꿈을 실현하기 위해 노력할 줄은 모르는 것 같아요. ⑥ 부모들이 아이들을 학원에 보낼 줄만 알았지 진짜 아이들을 위하는 것이 무엇인지는 모르는 것 같아요.

5. ② 높은 이상만 추구할 게 아니라 자신이 처한 현실도 고려해야 합니다. ③ 무조건 안 된다고 생각할 게 아니라 긍정적인 마음가짐을 가져 보세요. ④ 사회적 지위의 높이만 생각할 게 아니라 자신의 행복의 깊이를 생각해야 해요. ⑤ 실수하는 것을 두려워할 게 아니라 실수에서도 배울 수 있다는 자세를 가져야 해. ⑥ 자기나라의 문화만 옳다고 고집할 게 아니라 다른 나라의 다양한 문화도 인정해야지요.

6. ② 그냥 버릴 게 아니라 된장찌개 끓이는 데 이용해 보세요. ③ 무조건 화내실 게 아니라 제 얘기도 좀 들어 보세요. ④ 무조건 참을 게 아니라 부당한 대우에는 솔직하게 불만을 이야기하세요. ⑤ 좋은 제도라도 급하게 실시할 게 아니라 시민들의 의견을 충분히 수렴한 후 실시하는 게 어떨까요? ⑥ 상처가 된다고 그냥 넘어갈 게 아니라 끝까지 진실을 밝혀야 합니다.

9과 3항

읽고 말하기

1. ④ 2. ④

듣고 쓰기

1. ① 2. 절벽, 현무암 해안길, 돌 도구리, 푸른 평원, 바다 풍경, 생이기정

9과 4항

<국화 옆에서>

내용이해

1. 지문에 제시한 모두가 답이 됩니다.
2.

1연) 봄 '소쩍새'가 울다
2연) 여름 천둥 치다 → 3연) 가을 국화 꽃이 피다.
4연) 지난 밤 무서리 내리다.   ↓
                    거울 앞에 선 누님같은 꽃

3. ①
4. 불안, 초조, 혼란스러웠던 젊은 날의 시련

이야기해 봅시다

세대		꽃
한 살-10살	유년기	개나리
10대	소년기	해바라기
20대	청년기	장미꽃
30대	장년기	백합
40-50대	중년기	'국화꽃'
60-70대	노년기	안개꽃

<귀천>

내용이해

1. 죽음
2. 소풍가는 것처럼 즐겁고 설레는 경험
3. 새벽빛, 노을빛
4. 예문이 모두 답이 됩니다.
   ① "잠깐 끝나버리는 인생을 깨닫게 해주므로 우울해져요."

❷ "아름다운 그림을 볼 때처럼 맑고 투명한 공기를 들이마시는 기분이 돼요."

이야기해 봅시다
(예) 인생은 여행이다. 여행처럼 예상 못한 여러 경험을 할 수 있고 또 언젠가는 끝이 나기 때문이다.

<즐거운 편지>
내용이해
1. 내가 그대에게,
   누군가를 사랑하고 있는 사람이 사랑을 하는 대상에게
2. 날마다 반복되어 별로 특별할 것이 없는 일을 의미한다.
   (밥 먹는 일, 날마다 잠에서 깨어나는 일, 바람이 부는 일, 비가 오는 일)
3. 사랑을 하면서 힘들어지는 때
4. 변하지 않고 기다려주는 것.
   특별하지 않게 일상적으로 늘 보살펴주고 곁에 있어주는 것

이야기해 봅시다
생략

<광화문 연가>
내용이해
1. 사랑의 추억
2.

이제 모두들 변했지만 아직 변하지 않은 것이 있다.	덕수궁 옆 돌담길의 연인들
언젠가는 우리 모두가 떠나가지만 남아 있는 것이 있다.	언덕 밑 정동 길의 교회당
오월의 꽃향기가 그리워지면 나는 찾아 간다.	눈 내린 광화문 네 거리

3. 아름답고 행복했던 사랑의 시간
4. 겨울, 광화문에서 부르고 있다.

이야기해 봅시다
(예) 친구와 발을 담궈 봤던 청계천. 쇼핑을 했던 명동....

<거위의 꿈>
내용이해
1. 불가능해 보이지만 꼭 이루고 싶은 꿈
2. 비웃음, 날 수 있다.
3. 가능성이 없는 꿈 때문에 무모하게 도전하는 것
4. 운명이라는 벽, 헤쳐 나가기 어려운 여러 난관을 의미한다.

이야기해 봅시다
희망의 메시지를 전하는 여러 노래
(예) 황규영<나는 문제없어>, 이한철<슈퍼스타>, 소녀시대<소원을 말해 봐>, 싸이<챔피언> 등

관용어 연습 4

31. 손이 많이 가는, 손이 많이 간다. 32. 얼굴 깎이는 33. 손발, 맞아요, 손발이 맞 34. 빛을 보는, 빛을 볼 35. 뿌리 뽑는, 뿌리 뽑 36. 시치미를 떼면, 시치미를 떼 37. 입을 모아 38. 마침표를 찍 39. 배가 부른, 배가 불러요 40. 찬물을 끼얹었다.

제10과 개인과 공동체

10과 1항

1. 봉사활동, 기부하는, 결식아동, 십시일반, 수재의연금, 재단, 후원하는

2. ❷ 노숙자, 무료진료소, 의료봉사 ❸ 교육 봉사 ❹ 아동보호시설, 보육원, 물품기증 ❺ 소년소녀가장 ❻ 장애인시설, 장애인 ❼ 독거노인, 무료급식 ❽ 양로원, 노력봉사 ❾ 영세민, 결혼 이민여성 ❿ 입양단체, 기부 쉼터 헌혈, 장기기증 이주 노동자

모범 답안

3. ❷ 폐허가 되 ❸ 부동산 거래가 거의 끊기 ❹ 백지화되 ❺ 방치하 ❻ 교통이 마비되다시피 했다.

4. ❷ 매일 만나 ❸ 폐인이 되 ❹ 모든 상을 휩쓸 ❺ 독점하 ❻ 숨어살

5. ❷ 인터넷으로 요약본이라도 볼까 ❸ 입석표라도 구입할까 ❹ 교외에 가서 바람이라도 쐬고 올까 ❺ 산책이라도 할까 ❻ 소액이라도 기부할까

6. ❷ 문자로라도 축하 메시지를 보낼까 봐. ❸ 이메일이나 전화로라도 인터뷰를 할까 봐. ❹ 동생에게라도 같이 가자고 할까 봐. ❺ 길거리에서라도 공연을 할까 봐. ❻ 싼값에라도 팔까 봐.

10과 2항

1. ❷ 견문 ❸ 증진 ❹ 설립 ❺ 협력

2. ❷ 유니세프, 산하기구, 구호 ❸ 코이카, 재난, 지원 ❹ 굿네이버스, 기아, 빈민 ❺ 적십자사 ❻ 국경없는 의사회, 재해, 난민, 구조 ❼ 보건, 위생, 의료 ❽ 식량 ❾ NGO(비정부조직), NPO(비영리 단체)

3. ❷ 이메일 ❸ 미니홈피 ❹ 라디오 연설 ❺ 해저터널 ❻ 대중매체

4. ❷ 추첨을 통해 놀이 공원 무료입장권을 드립니다. ❸ 중재를 통해 해결의 실마리가 보이고 있다.
❹ 시와 그림을 통해 문화사를 고찰하는 것이다. ❺ 인공위성을 통해 관측된다. ❻ 다양한 독서를 통해 사고의 폭을 넓힐 수 있

5. ❷ 사용하지 않는 전기 플러그를 뽑음으로써 ❸ 전문 인력을 양성함으로써 경쟁력을 확보했대요.
❹ 절충안을 양쪽이 수용함으로써 협정이 체결됐어요. ❺ 인건비가 싼 지역으로 공장을 이전함으로써 생산비를 절감했대요. ❻ 식생활을 개선함으로써 체질을 개선할 수 있어요.

6. ❷ 교통 시스템을 개선함으로써 교통 체증을 줄일 수 있다. ❸ 자동차를 미리 점검함으로써 고장에 의한 사고를 방지할 수 있다. ❹ 영양을 보충해 줌으로써 건강하게 여름을 날 수 있다. ❺ 그 분이 장기 기증을 함

으로써 여러 사람이 새 인생을 살 수 있게 되었다. ❻ 산에 나무를 많이 심음으로써 홍수에 의한 재난을 줄일 수 있다.

10과 3항

읽고 쓰기

1. 여행은 단순히 여유 있는 사람들의 휴식과 오락의 방법이 아니라 개인이 세계를 만나는 직접적 경험이며, 젊은이들이 세상을 배우는 교육의 장이고, 봉사하고 실천하는 나눔의 장이다.(여행에서 만나는 이들의 삶과 문화를 존중하고, 여행에서 쓰는 돈으로 그들의 삶에 보탬이 되고, 그곳의 자연을 지켜주는 것이 여행이다.)

2. ❷

듣고 말하기

1. 다자간 품앗이, 지역 화폐(공동 화폐) 2. ❷

10과 4항

어휘 연습

1. 1) 들이마시다 – 내쉬다   2) 펴다 – 오므리다
   3) 움켜잡다 – 뿌리치다
   4) 고요하다 – 소란스럽다
   5) 잡아매다 – 풀리다

2. 1) 골똘히   2) 기껏   3) 일찌감치
   4) 하릴없이   5) 물끄러미

3. 1)

눈가를	찰싹	때리다	눈가를 쓱쓱 문지르다.
등을	빙빙	문지르다	등을 찰싹 때리다.
고개를	절레절레	돌리다	고개를 절레절레 흔들다.
머리카락을	쓱쓱	흔들다	머리카락을 빙빙 돌리다.

❶ 눈이 간지러운지 눈가를 쓱쓱 문질렀다.
❷ 화가 나서 등을 소리나게 찰싹 때려 주었다.
❸ 그런 뜻이 아니라고 고개를 절레절레 흔들었다.
❹ 나는 긴장하면 머리카락을 빙빙 돌리는 버릇이 있다.

2) ❶ 꼬불꼬불　　❷ 꾸벅꾸벅　　❸ 우적우적
　　❹ 멀뚱멀뚱　　❺ 흥얼흥얼

내용 이해

1. ❹
2. 앵무새, 공황장애, 풍선, 독일어, 풍선
3. 1) ○　2) ○　3) ×　4) ×

써 봅시다

독일 철학을 전공한 연상의 상사와 공황장애를 극복한
연하의 남자친구가 앞으로 어떻게 될 지를 생각해보고
쓰게 하는 과제를 내어 준다.

기말복습문제 (6과–10과)

어휘

1. 1) 문상, 고인, 조의 2) 여백 3) 사교육 4) 협력 5) 보존
   6) 개량 7) 공연 8) 고령화 9) 훼손 10) 열의

2. 1) 시니 2) 희생한, 추모하는 3) 계발하 4) 씨름해야 5)
   부정할 6) 넘보 7) 기부하는 8) 풍부했다고 9) 우아하
   10) 물려줬다 11) 흩어졌다 12) 형용하

3-1. 1) ❸ 2) ❷ 3) ❷ 4) ❶ 5) ❶

3-2. 1) ❶ 2) ❹ 3) ❸ 4) ❷ 5) ❹

4. 1) ❹ 2) ❹ 3) ❸ 4) ❹ 5) ❹ 6) ❸ 7) ❸ 8) ❹ 9) ❷ 10)
   ❷

5. 1) 전통 음악을 대중화한 퓨전 국악을 들었는데 너무
   신명나서 어깨가 저절로 들썩거렸다.
   2) 최근 들어 결혼을 하지 않고 혼자 사는 1인 가구나
   비동거 가족이 점차 늘어나는 추세이다. 비동거 가족
   의 예로는 주말 부부로 지내야 하는 맞벌이 부부, 자
   녀의 조기 유학 등으로 인해 떨어져 사는 가족 등이
   있다.
   3) 평균 수명이 늘어나면서 노후생활을 위한 대책이
   중요한 문제로 떠올랐다. 고령화 사회에서 노인들이
   삶의 질을 유지하기 위해서는 젊은 시절부터 미리미
   리 준비해야 하기 때문이다.
   4) 무분별한 자연 개발과 오염 물질 배출 등으로 인해
   환경 파괴 문제가 점점 심각해지고 있다. 또한 온실

효과로 인한 지구온난화의 결과 세계 곳곳에서 이상
기후 현상이 나타나고 있다. 이러한 문제를 시급히 해
결하기 위해 국가 간 협력이 필요하다.
5) 봉사 활동이나 소액 기부 등. 작은 실천을 통해 더
불어 사는 사회를 만들고자 노력하는 사람들이 많아
지고 있다.

문법

1. 1) 신중하다고도

   2) 유능하긴 한데 좀 독선적인

   3) 말을 너무 함부로 하다 보니 그로 인해 따돌림을
   당하는 것 같아요.

   4) 소질이 있다기보다는 운동을 좋아하니까 자수 해
   서 잘하게 된 것 같아요.

   5) 도서관에서 하자니 자리가 없고 집에서 하자니 집
   중이 안 되고(자꾸 텔레비전을 보고) 해서 카페에서
   해요.

   6) 인터넷으로라도 공부를 할까

   7) 무릎을 꿇고 빌 것까지는 없겠지만 신심어린 사과
   는 해야겠지요.

   8) 좌담회 준비하랴 기말시험 공부하랴 정신없이 바
   빠요.

   9) 효과가 좋은 만큼 가격이 비싸요.

   10) 친구를 통해 들었어요.

2. 1) ❷ 2) ❶ 3) ❹ 4) ❷ 5) ❶

3. 1) 죽기 전에 반드시 가 보리라 생각했던 고향을 방문
   하니 꿈만 같았다.

   2) 언제나 자신의 주장을 내세울 줄만 알았지 다른 사
   람의 의견은 들을 줄 모른다.

   3) 하지만 이로 인해 지구온난화, 자원 고갈, 생물 다
   양성 파괴, 사막화 등 셀 수 없으리만치 많은 부작용
   이 파생되고 있다.

   4) 이 대책에 따른 세제(세금제도) 강화의 영향으로
   부동산 거래가 거의 끊기다시피 했다.

   5) 로봇을 수술에 이용함으로써 수술의 정확도가 높
   아졌고 절개 부위가 작아 환자의 통증이 적고 회복도
   빨라졌다.

지문출처

과	통합 과제	지 문 출 처
1과 3항	읽고 말하기	서진우 기자, 매일경제, 2006. 3. 9
	듣고 쓰기	'이재성(2009), 「글쓰기를 위한 4천만의 국어책」, 들녘, 5~7쪽'에서 발췌, 가공
2과 3항	읽고 쓰기	안철수(2001), 「CEO 안철수, 영혼의 승부」, 김영사, 137~138쪽
	듣고 말하기	'조세미(2005), 「세계는 지금 이런 인재를 원한다」, 해냄, 182~187쪽'에서 발췌, 가공
3과 3항	읽고 말하기	'이동연(2005), 「문화 부족의 사회: 히피에서 폐인까지」, 책세상, 74쪽'에서 참조 및 발췌 '최혜실(2006), 「문화 콘텐츠, 스토리텔링을 만나다」, 삼성경제연구소, 69쪽' 참조
	듣고 쓰기	'김민주(2008), 「2008 트렌드 키워드」, 미래의 창, 221~223쪽'에서 발췌, 가공
4과 3항	읽고 말하기	'김기봉(2007), 「29개의 키워드로 읽는 한국문화의 지형도」, 한국출판마케팅연구소, 250~258쪽'에서 발췌, 가공
	듣고 쓰기	'MBC 심야스페셜 391회'에서 발췌
5과 3항	읽고 말하기	'유강문(1996) 색깔, 새로운 산업혁명, 한겨레21 125호, 62~70쪽'에서 발췌 가공
	듣고 쓰기	'구정화(2009), 「퍼센트 경제학」, 해냄, 42~44쪽'에서 발췌, 가공
6과 3항	읽고 말하기	'이동연(2005), 「문화 부족의 사회: 히피에서 폐인까지」, 217~223쪽' 참조 및 일부 발췌 '박재환, 일상성·일상생활 연구회(2004), 「현대 한국 사회의 일상문화코드」, 한울아카데미, 235~244쪽' 참조
7과 3항	읽고 쓰기	'서윤영(2003), 「세상에서 가장 아름다운 집」, 궁리, 143~156쪽'에서 발췌, 가공
	듣고 말하기	조선일보 2009.7.25
8과 3항	읽고 쓰기	'<전통과 현대>창간호, 158~161쪽'에서 발췌
	듣고 말하기	'김기봉(2007), 「29개의 키워드로 읽는 한국문화의 지형도」, 한국출판마케팅 연구소, 300~308쪽'에서 발췌, 가공
9과 3항	읽고 말하기	조선일보 2009.2.26
	듣고 쓰기	'채지형(2009), [LEISURE/채지형의 On the Road], <주간동아> 680호, 92~93쪽 에서 발췌, 가공
10과 3항	읽고 쓰기	'임영신·이혜영(2009), 「희망을 여행하라」'에 대한 '인터파크' 사이트의 책 소개 참조
	듣고 말하기	과천마을신문 2006. 6. 20 한국경제신문 2009. 5. 22

Linking Korean
最權威的延世大學韓國語 5 練習本

2017年2月初版　　　　　　　　　　　　　　　　　定價：新臺幣350元
有著作權·翻印必究
Printed in Taiwan.

著　者：延世大學韓國語學堂
　　　　Yonsei University Korean Language Institute

總　編　輯　胡　　金　　倫
總　經　理　羅　　國　　俊
發　行　人　林　　載　　爵

出　版　者　聯 經 出 版 事 業 股 份 有 限 公 司
地　　　址　台 北 市 基 隆 路 一 段 1 8 0 號 4 樓
編 輯 部 地 址　台 北 市 基 隆 路 一 段 1 8 0 號 4 樓
叢 書 主 編 電 話　(0 2) 8 7 8 7 6 2 4 2 轉 2 2 6
台 北 聯 經 書 房　台 北 市 新 生 南 路 三 段 9 4 號
電　　　話　(0 2) 2 3 6 2 0 3 0 8
台 中 分 公 司　台 中 市 北 區 崇 德 路 一 段 1 9 8 號
暨 門 市 電 話　(0 4) 2 2 3 1 2 0 2 3
台 中 電 子 信 箱　e - m a i l：l i n k i n g 2 @ m s 4 2 . h i n e t . n e t
郵 政 劃 撥 帳 戶 第 0 1 0 0 5 5 9 - 3 號
郵 撥 電 話　(0 2) 2 3 6 2 0 3 0 8
印　刷　者　文 聯 彩 色 製 版 有 限 公 司
總　經　銷　聯 合 發 行 股 份 有 限 公 司
發　行　所　新 北 市 新 店 區 寶 橋 路 2 3 5 巷 6 弄 6 號 2 樓
電　　　話　(0 2) 2 9 1 7 8 0 2 2

叢 書 主 編　李　　　　　芃
文 字 編 輯　高　　毓　　婷
內 文 排 版　楊　　佩　　菱
封 面 設 計　賴　　雅　　莉
錄 音 後 製　純 粹 錄 音 後 製 公 司

行政院新聞局出版事業登記證局版臺業字第0130號

本書如有缺頁，破損，倒裝請寄回台北聯經書房更換。　471條碼　4711132387797（平裝）
聯經網址：www.linkingbooks.com.tw
電子信箱：linking@udngroup.com